2

알리시아 브라
디아 서키스타
물의 나라 서키스타의
제2왕녀이며, 스로우의
'옛' 약혼자.

돼지 공작으로 전생했으니까,

PIGGY DUKE WANT TO SAY LOVE TO YOU

이번엔 너에게 좋아한다고 말하고싶어

「이것은 추기경이 자네에게──
수호기사 선정 시련에 참가해 달라는 요청일세」

「저는 아직 왕실기사로서 미숙한 몸입니다」

세피스 펜드래건
기사국가 다리스의 왕실기사.
귀족과 평민의 피가 섞인 사생아.

모로조프 학원장
크루슈 마법학원의 학원장.
학생들의 평화를 지키기 위해서
밤낮으로 힘을 쏟는다.

「마, 말도 안 돼!」

「왕실의 뜻을 거스를 수 있는 자는 이 나라에 없어요」

스로우 데닝
애니메이션 세계로 전생한 주인공.
데닝 공작 가문 3남.
크루슈 마법학원의 문제아였는데……?

약혼의 증거인 반지의 차가운 감촉을 확인할 때마다.
저 녀석에게 말을 걸려고 노력해 봤지만……
그런 용기는 결국, 아무 데서도 솟아나지 않았다.
시선이 마주쳐도, 언제나 저 녀석은.
저 녀석은 자신이 아니라.
어딘가 먼 곳을 보고 있었으니까.

「저도 자세히는 모른단 말이죠……」

「알리시아 님이랑 선배, 과거에 무슨 일이 있었을까요?」

티나
스로우의 귀여운 후배. 평민이지만 흙 마법을 발현한다.

샬롯 릴리 휴잭
멸망한 대국의 프린세스. 현재는 스로우의 종자 신세다.

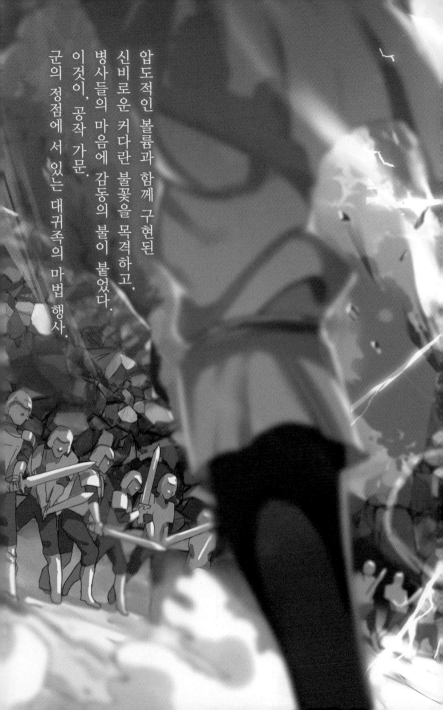

압도적인 볼륨과 함께 구현된 신비로운 커다란 불꽃을 목격하고, 병사들의 마음에 감동의 불이 붙었다.

이것이, 공작 가문.

군의 정점에 서 있는 대귀족의 마법 행사.

「영광으로 생각해라.
이건, 세상을 구한 남자의 마법이야.」

CONTENTS

PIGGY DUKE WANT TO SAY LOVE TO YOU

This is because
I have transmigrated to piggy duke!

돼지 공작으로 전생했으니까,
PIGGY DUKE WANT TO SAY LOVE TO YOU

이번엔 너에게 좋아한다고 말하고싶어

2

아이다 리즈무

illustration
nauribon

돼지 공작은 영리하고, 강하고, 상냥하며,

그리고 슬프게도 근성이 있었습니다.

이 『슈야 마리오넷』은

무대 뒤에서 보면

그의 비극적인 이야기입니다.

──『슈야 마리오넷』 감독

서장 어린 시절과 이제부터

꿀잠을 즐기고 있는데, 문득 누군가의 목소리가 들렸다.

"그 울보 샬롯! 자기가 뭐라도 되는 줄 아나 보죠!"

신기하게도 가슴이 들뜨는 목소리.

나는 의식을 귀에 집중하여 목소리의 주인이 대체 누구일까 귀를 기울였다.

"약혼자인 나를 내팽개치고…… 그 애만 볼 거면 이런 반지도 필요 없어! 이건 나를 제일 소중히 여긴다는 증거잖아!"

……여자애?

그리고 이 목소리는 어디선가 들어본 거 같은데? 한 번 신경 쓰이기 시작하니 끝이 없었다.

"엿차, 일어난다꾸울."

혼잣말을 신호로, 나는 눈을 반짝 떴다.

시야에 한가득 펼쳐진 녹색 나무들. 화초가 흐드러지고, 숨막힐 것 같은 녹음의 냄새.

그리고 발견했다. 키가 작은 잡초가 뒤덮인 땅 위에 작은 여자애가 앉아 있고, 가녀린 등이 불규칙하게 흔들리고 있었다.

티 없는 황갈색 머리카락. 가늘게 떨리는 어깨. 격렬하게 보호 욕구를 불러일으키는 모습에 나무 줄기를 오르던 귀여운 작은 동물들까지도 그 아이를 보고 있었다.

어린아이는 틀림없이 내가 아는 알리시아의 어릴 적 모습이었다. 그리고 내 앞에는 작은 남자애가 커다란 나무 뒤에 숨어서 기세 좋게 잡초를 뜯는 알리시아의 뒷모습을 보고 있었다.

──그렇구나.

아무래도 나는 과거의 내 등 뒤에서 옛날과 같은 광경을 보고 있는 모양이다.

"그렇구나……. 꿈, 인가?"

보고 있는 광경이 먼 옛날임을 인식한 순간, 나는 자신을 되찾았다.

벌써 오래도록 떠올리지 않았던 기억의 흔적 앞에서, 그저 바라보기만 하는 자신을 안타깝게 생각했다.

그러나 그건 당연한 일이다.

지나가 버린 과거를 바꾸는 것은 신도 못하는 일이니까.

"그 녀석도 그 녀석이야! 난 전속 종자라는 이야기 못 들었어! 기껏 만나러 왔는데, 그 울보 샬롯만 상대하느라 전혀 얘기를 못하잖아!"

그러고 보니 샬롯을 내 전속 종자로 지명한 직후. 약혼자인 알리시아가 공작 영지로 놀러 온 적이 있었던가?

나는 그런 과거의 한 장면을, 아무래도 꿈속에서 다시 체험하는 모양이었다.

"우우～～～ 그 애만 상대하다니…… 치사해!"

 이미 죽은 줄 알았던 망국의 공주, 샬롯 릴리 휴잭.

 데닝 공작령에서 노예 신분으로 떨어진 그녀를 구했을 때, 나는 날뛰는 바람의 대정령에게 그녀를 평생 지키겠다고 약속하고서 증명을 위해 그녀를 전속 종자로 지명했다.

 데닝 공작 가문에서 전속 종자란 평생을 함께한다는 맹세의 증거.

 내 갑작스러운 선언에 공작 가문은 대혼란. 그렇지만 난 내 의견을 굽히지 않았다.

 내 마음이 금세 바뀔 거라고 생각했는지, 요청이 허가됐다. 아마도 공작 가문 사람들은 그 울보 샬롯이 엄격한 종자 교육에 항복할 거라 생각했음이 틀림없다.

"조금 노려봤더니 금세 울어 버리고…… 정말～～～! 나는 걔 정말 싫어!"

 알리시아와는 정략 결혼으로 약혼했지만, 내 정식 약혼자란 것도 틀림없었다.

 그렇지만 이 무렵 나는 상처를 받은 샬롯과 바람의 대정령을 보살피는 걸로 벅차서, 일부러 나와 친목을 다지기 위해 찾아온 알리시아까지 잘 상대하지 못했다.

"겨우 찾았네——. 이런 곳에 있었구나, 알리시아."

불평을 흘리던 알리시아 곁으로, 어디선가 나타난 사람이 다가섰다.

목소리의 주인은 소년이었다.

길고 검은 머리칼을 뒤로 묶었고, 공작 가문의 트레이드 컬러인 빨간색으로 물들인 외투의 주머니에 양손을 집어넣었다. 그러나 알리시아의 기분이 틀어진 걸 짐작했는지, 주머니에 넣었던 한 손을 꺼내 그 아이의 머리를 상냥하게 쓰다듬기 시작했다.

"평민. 갑자기 뭐 하는 거야? 누구 머리를 마구 만지고 있다고 생각하는 거야? 허가를 받으란 말야."

"알리시아. 네가 사라졌다고 공작 가문에서 큰 소동이 났어. 어디 갈 때는 도련님이나 나한테 말을 안 해 주면 내가 혼난단 말이지."

"평민이 혼나는 건 아무래도 상관없거든……. 그보다도, 물어보고 싶은 게 있는데."

알리시아는 금세 일어서서, 눈가를 쓱쓱 닦더니 소년을 노려보았다. 그러고 보니 알리시아는 어렸을 때부터 기가 드셌지.

"걔, 대체 누구야?"

"걔라니…… 도련님의 종자, 샬롯 말이니?"

알리시아가 고개를 끄덕였다.

"그 애는, 나랑 도련님이 노예시장에서 구해낸 애야."

"그건 알아. 하지만 왜 그런 애가 스로우의 종자가 된 거야? 그렇잖아? 걔는 평민이고, 마법 재능도 거의 없는걸. 심지어 울보고……. 그런 애가 스로우의 전속이라니 믿을 수 없어. 그런 애가 스로우의 종자라니 절대 무리야. 걔는 차기 공작이잖아? 공작이 될 녀석의 전속 종자는 더 강한 녀석이어야 하잖아?"

"……나도 모르겠다. 하지만 도련님이 그 애를 전속 종자로 지명했어."

"스로우가……? 어째서?"

"글쎄. 나도 좀 가르쳐 줬으면 좋겠다. 하지만 도련님이 바란다면 양익의 기사인 나는 따를 뿐이지. 아하, 지금 그 말로 알았다. 알리시아는 샬롯한테 도련님을 뺏겼단 생각에 여기서 혼자 삐쳐 있던 거구나."

"삐……삐친 거 아냐!"

그때 갑자기, 과거의 나는 그 자리를 뒤로했다.

그대로 알리시아를 지켜보고 싶었지만, 내 의식도 과거의 나에게 이끌리는 것처럼 숲속을 나아가고 있으니 어쩔 수 없지.

본관으로 돌아간 나는 방에서 책의 산에 둘러싸여 공부를 시작했다. 시정부터 나라의 통치, 전술에서 군사, 종국에는 각지의 풍습에 이르기까지. 숨 쉴 틈도 없이 공부하는 사이 문득 누군가의 기척을 느꼈다. 위를 올려다보니 아까 알리시아와 대화하던 검은 머리 소년이 방의 문에 등을 기댄 채 나를 보고 있었다.

"너냐……. 하고 싶은 말이 있으면 말을 걸어."

"꽤 집중하고 있는 것 같길래요."

"집중하지 않으면 이 양을 하루에 못 끝내니까……. 그보다 알리시아는 그 뒤로 어때? 기분 틀어진 건 나아졌나?"

"그렇다면 도련님도 거기 있었단 말이군요. 나오시면 좋았을 텐데."

꿈속에서도 건방진 그 녀석은 여전히 외투 주머니에 양손을 넣은 채, 알리시아에게 말을 걸었을 때와 마찬가지로 싱글싱글 얄미운 웃음을 짓고 있었다.

"그러고 보니…… 너도 샬롯을 내 전속으로 삼은 걸 불복하는 모양인데."

"그야 불복하죠. 그 조그만 아가씨가 도련님 전속이잖아요? 마법은 조금 쓸 수 있는 모양이지만, 그냥 귀족이 아니라 공작 가문의 전속 종자니까요. 세간에서는 공작 가문 직계랑 그 전속 종자는 괴물 취급을 할 정도인데요."

"하하, 나는 괴물인가?"

"도련님, 웃을 일이 아니라고요. 대체 무슨 생각이세요? 출신 도 잘 모르는 애를 자기 전속으로 지명하다니……. 그냥 신변 을 보살펴 주는 종자가 아니라, 차기 공작이 될 도련님의 전속 이라뇨? 나는 그 애가 전투에 재능이 있다는 생각은 전혀 안 들 어요……. 그래서 솔직히, 그 애가 불쌍합니다. 절대 못 버틸 거라고요."

"누가 뭐라고 해도 내 생각은 안 바뀌어. 그리고 너도 우리 집 기사치고는 너무 젊잖아. 게다가 그냥 고용된 기사가 아니라 정식으로 우리 집을 섬기는 기사. 최연소 기록 보유자."

"나랑 샬롯을 똑같이 보시면 안 되죠. 나는 특별하니까."

"그래. 너는 특별하구나."

"네, 특별합니다."

"뭐…… 그럴지도 모르지. 너는 우리 아버지가 인정할 정도의 인재니까."

내 말에 기분이 좋아져서는 싱글싱글 웃으며 허리에 찬 검에 손을 올리는 모습까지 멋지다. 자신이 특별하다는 말을 자신만만하게 하는 구석이 이 녀석의 굉장한 점이지.

우연한 만남으로, 내가 평민에서 공작 가문의 기사까지 끌어올린 유망주.

검을 다루는 실력만 따지면 이미 우리 집에서 고용한 귀족 기사보다도 뛰어나다.

"하아……. 역시 나는 도련님이 샬롯을 전속 종자로 삼은 이유를 모르겠어요. 하지만 도련님은 우리 의견을 완전히 무시하고, 그 애가 아니면 자기 전속 종자를 맡을 수 없다고 했죠. 그럼 나도 도련님을 믿기로 할게요. 그 애는 특별한 존재라고."

"그래. 샬롯은 특별해. 사실은 언제나 내 눈이 닿는 장소에 두고 싶지만…… 안타깝게도 입장상 그럴 수도 없어. 그러니 내 눈이 닿지 않을 때는——."

검은 머리와 검은 눈. 그 눈동자.

그리고 모든 것을 다 안다고 말하는 태도에 기가 막힐 정도의 자신감. 정말로 그립다.

어느샌가 공작 영지에서 떠난 너는, 내 마음에 남은 앙금 중 하나야.

너는 뭐든지 얘기할 수 있는 좋은 상담 상대였지만, 결국 샬롯의 일에 대해서는 아무 말도 못했다.

이봐── 지금, 너는, 뭘 하고 있지?

또, 이 나라의 어딘가를 방랑이라도 하고 있나?

"너한테, 그녀의 수호를 맡긴다── 시르바."

나는 직접 선발한 양익의 기사의 한쪽 날개인 그 녀석에게 손을 뻗으려다가.

"……역시 꿈, 이구나."

현실세계의 나는 그때 번쩍 눈을 떴다.

이제 녹음의 냄새도, 밝음도 느껴지지 않았다.

천장을 향해 팔을 뻗어도, 내 손바닥은 아무것도 잡지 못한다.

창으로 쏟아지는 아침의 광선에 얼굴을 찌푸렸다. 몸을 쭈욱 뻗고 부드러운 침대 위에서 천천히 내려와 그 앞에 섰다. 이제는 매일 아침 일과가 됐다.

눈을 깜빡이자, 서서히 선명해지는 시야에 뛰어드는 것.

"……역시 나. 뚱보구나아."

거울에 비친 자신의 모습이었다.

학원에 사는 수많은 사람의 배를 채우는 아침의 식당은 언제나 굉장히 혼잡하다.

은제 식기가 부딪히는 소리가 여기저기서 들리고, 몇 줄로 늘어놓은 긴 테이블 위에는 평민 가정에서는 흔히 볼 수 없는 호화로운 요리가 놓였다.

"잠깐! 거기 비켜 줘! 어머나. 죄송합니다, 귀족님!"

그리고 메이드가 바쁘게 돌아다닌다. 1년 가까이 이 학원에 다니면 이것이 일상이다. 사이좋은 동급생이 헝클어진 머리로 밥을 먹고 있어도 주의를 주는 사람은 거의 없었다.

"──선배, 선배애! 뭐 하세요? 갑자기 멍~하니."

멍~하니 있었다는 나는 옆에 앉아 있는 검은 머리칼 여자애가 말을 걸어서 의식을 되찾았다.

"사실 오늘 아침에 굉장히 그리운 꿈을 꿨거든. 잠깐 추억에 잠겨 있었어."

"선배라도 옛날 일을 떠올리는 경우가 있는 거군요. 오직 앞만 보고 달리는 사람이라고 생각했어요."

"우~응...... 티나랑 만난 뒤로는 정말로 그런 느낌이었지."

그 무렵은 매일 행복했다.

내 종자로서 조금씩 제 몫을 하는 샬롯의 성장을 지켜보면서, 나는 나대로 공작 가문의 사람으로서 수련에 매진하는 나날.

나는 그런 즐거운 매일이 앞으로도 쭉 이어지리라 생각했다.

"그런데 티나…… 이건 뭐냐?"

눈앞에는 요리를 담은 접시가 테이블 위에 빼곡하게 놓여 있었다.

……아무리 내가 대식가라지만, 이렇게 많이 먹을 리가 없잖아! 마침내 교복을 기성품 최대 사이즈로 입을 수 있게 됐지만, 나는 아직 다이어트 중이란 말야!

"선배가 멍~하니 있는 사이에 이렇게 됐어요. 자기는 배고프지 않으니까 스로우 데닝 님께서 드셨으면 좋겠다며 사람이 몇명이나 왔거든요. 요전에 노 어쩌고 용병을 붙잡은 뒤로 선배는 단숨에 유명인이 됐으니까요. 이번에는 좋은 의미로!"

"과연. 하지만 나는 다이어트 중이야~."

알기 쉽게 설명해 주는 검은 머리 빼어난 몸매의 여자애.

제1학년의 평민 학생, 내가 순백 돼지 공작이 된 뒤 처음으로 생긴 이성 친구.

"조금이라도 선배한테 잘 보이고 싶은 거죠. 분명히 다들 선배가 조금 살이 쪘지만 이 나라의 대귀족, 그 데닝 공작 가문 사람이라는 걸 이제야 깨달은 거예요."

평민이지만 흙의 마법 발현에 성공한 우등생.

상당한 노력파이며, 애니메이션에서는 공략 불가였던 서브 캐릭터. 그리고 그 용모를 논하면서 피할 수 없기 때문에 하는 말인데, 상당한 거유다. 그런 소녀, 티나는 용병 소동이 일어난

다음에도 나를 전과 다름없이 대해 주는 몇 안 되는 친구다.

"나한테 잘 보이고 싶단 말이지, 꾸히히히."

"앗 선배⋯⋯. 딱히 싫은 눈치도 아니네요. 그런데 그 헌상품, 어떡할 거예요? 안 먹어요?"

"그러게에⋯⋯."

⋯⋯기껏 호의로 준 건데. 조금이라면 먹어도 되겠지. 오히려 안 먹으면 실례가 되잖아? 조, 조금이라면⋯⋯ 하며 마음속 악마의 유혹에 굴복하는 형태로 샌드위치에 손을 뻗으려는데.

"꺅, 죄송합니다!"

낯익은 목소리. 나는 소리가 난 쪽을 보려고 이번에는 살짝 고개를 들었다.

늘씬한 몸에 긴 스트레이트 은발.

에이프런 드레스를 입고서, 등줄기를 쭉 편 메이드가 귀족 남학생과 난리 법석을 떨고 있었다.

"너~ 교복이 축축해져 버렸잖아! 어떻게 해줄 거지!"

"죄, 죄송합니다! 세탁을 맡길 테니까 지금 당장 벗어 주세요, 지금이라면 아침 세탁 시간에 안 늦을 거예요! 에이!"

"잠깐, 이봐, 그만둬!"

조바심을 내면서 기어이 남학생의 옷을 잡아당기기 시작하는 메이드.

비슷한 복장의 메이드가 수없이 많은 이 식당에서도 한층 더 빛나는 청초한 투명감.

그 하얗고 고운 피부색은 남의 눈길을 끌 수밖에 없는지, 지금도 식당 전체의 남학생들 시선을 빼앗고 있었다.

"하지만 얼른 세탁하지 않으면 얼룩이 질 거예요! 벗어 주세요! 얼른!"

"귀, 귀족이, 이런 장소에서 벗을 수 있겠나! 됐어! 이건 내가 나중에 세탁을 맡길 테니까! 잠깐, 그 손을 좀 놓게나!"

숨길 필요도 없지. 지금 필사적으로 교복을 벗기려는 그녀가 바로 내 전속 종자다.

샬롯이었다.

"……샬롯 씨, 여전히 예쁘다아. 그리고 덤벙이란 것도 포인트 높아요, 선배. 샬롯 씨랑 지금 얘기하는 귀족도 진심으로 화내는 것 같지 않으니까요…… 하아……. 미인은 득을 보네에……."

옆에서 티나가 부러운 기색으로 중얼거렸다. 분명히 샬롯과 말다툼을 하는 녀석은 얼굴이 빨개져서, 진심으로 화내는 것처럼 보이지 않았다.

"꾸울……."

그리고 나는 떠올렸다.

크루슈 마법학원에 침입한 용병을 붙잡은 그날 밤, 나는 분위기에 휩쓸려서 너를 평생 지키겠다며 부끄러운 말을 하고 말았다. 그렇지만 샬롯은 그걸 종자로서의 의미로 생각했는지, 우리의 거리는 조금 줄어든 것 같기도 하고 아닌 것 같기도 했다.

그저 한마디. 너를 좋아한다고. 마음속에 계속 담아 둔 말을 그대로 꺼내면 되는데, 무거운 한마디는 내 목을 통과하는 것이 부끄러운지 금세 배 속으로 떨어져 버린다.

애니메이션에서는 칠흑 돼지 공작이 영원히 하지 못한 말.

고작 한마디인데 말이지이. 나에게 그 한마디는 끝없이 높은 벽이다.

"선배, 갑자기 멍~해졌다 싶더니 이번에는 풀이 죽었네요. 역시 무슨 일 있나요? 아침도 잘 못 먹는 것 같은데."

"나도 이것저것 사정이 있어……. 아아~ 나는 왜 이렇게 한심한 놈이지이."

"한심하다뇨. 소문으로는 나쁜 용병이랑 싸울 때 굉장히 멋있었다고 들었어요. 전혀 한심하지 않다니까요!"

"아니~야! 나는 근성도 없는 돼지야아. 부히이이이이이."

머리를 감싸 쥐고 테이블에 엎드렸다.

"……데닝 같은 대, 대, 대애~ 귀족님에게는 분명히 제가 모르는 고민거리가 잔뜩 있겠죠. 앗, 그리고 보니 용병을 붙잡은 걸로 학원에서 포상 같은 건 없나요? 그러니까, 돈이라거나!"

나는 긴 테이블에 이마를 꽁 박은 채, 고개를 훌훌 흔들었다.

그 용병 소동.

학원장님에게 직접 칭찬을 들었고, 본래 용병을 붙잡았어야 할 꽃의 기사에게는 위험한 짓을 하지 말라고 가볍게 혼났다. 로코모코 선생님은 역시 돼지의 탈을 쓰고 있었다면서 게슴츠

레한 눈으로 보고, 슈야는 어째선가 가끔씩 노려보며 지금까지보다 더 적대시하고 있었다. 용병 포박의 여파라면 그 정도였다.

그리고 이렇게 요리를 헌상받는 일이 늘어났다.

"야, 이상한 거 물어봐도 될까?"

"이상한 거요? ……내용에 따라 다르지만 ……뭔가요?"

"티나는 저기…… 사랑을 해 본 적 있어?"

그녀는 도시 소녀다. 연애 경험도 나랑 달리 그럭저럭 있지 않을까?

"……선배. 고민이란 게 설마…… 좋아하는 사람이 생긴 건가요!?"

"잠깐, 목소리가 너무 커. 조용히, 부탁이니까 조용히 해…….
그리고 예를 들어서라니까!"

"수상해……. 하지만 우~응. 사실은 저도 어렸을 때부터 집안 일을 돕기만 해서 사랑할 틈도 없었어요. 이쪽에서도 공부를 따라가는 게 고작이라서………… 크으, 그렇게 생각하니 태평하게 놀고 있는 귀족님들이 부러워지네……."

그리고 티나의 고생담.

친가인 여관의 지배인으로 일하는 어머니가 사람을 너무 막 부린다거나, 마법학원의 메이드 급료가 은근슬쩍 좋으니까 언젠가 일해 보고 싶다거나, 마법을 쓸 수 있게 된 뒤로 공부하는 양이 배로 늘어났다거나. 나는 티나의 이야기에 때로는 놀라고, 때로는 맞장구를 치면서 천천히 아침 식사를 해치웠다.

뭐…… 될 대로 되겠지.

칠흑 돼지 공작과 달리, 순백 돼지 공작인 지금의 나에게는 시간이 듬뿍 있으니까.

이제부터 느긋하게 샬롯과 관계를 고쳐나가면 되는 거야.

"무언가 성실한 표정으로 숙고하고 계신 참에 죄송합니다만, 스로우 님. 이 괜한 아침 식사는 정리하는 편이 좋겠지요?"

"응? ……아아, 미안하네. 가난뱅이 도련님. 지금 나는 다이어트 중이니까."

"이게 지금 제가 할 일이니까요……. 그리고, 그 호칭 정말로 그만둬 주시면 안 될까요?"

텅 빈 컵에 홍차를 따르면서, 눈앞에 놓인 누군가의 현상품을 정리해 주는 금발의 급사. 그 녀석은 내가 가난뱅이 도련님이라고 부르는, 비젼 그레이트로드란 이름의 귀족 학생이다.

백작가의 적자가 왜 이런 일을 하고 있느냐 하면 다 이유가 있다.

이 녀석, 돈이 없단 말이지. 겉모습은 완전 귀족인데, 사실은 양말에 구멍이 났을 정도로 가난뱅이다. 자신의 거처도 귀족이 사는 기숙사 3층에서 평민이 들어찬 1층으로 옮긴 희한한 녀석.

"잠깐 당신! 왜 내가 아직 먹는 중인데 멋대로 접시를 치우는 거야! 설마 내가 조금 통통하니까 먹는 걸 참으라고 하는 거야!?"

"아아아, 아니에요! 오해예요! 그런 생각 안 했어요!"

또 샬롯이 뭔가 트러블을 일으켰군.

그런 설부른 구석은 옛날이랑 변함이 없지만, 무심코 미소를 짓고 만다.

"스로우 님. 당신의 종자인 샬롯 씨를 바라보는 건 좋습니다만."

"따, 딱히 샬롯을 보고 있었던 건 아니야!"

"──손님이 오신 모양입니다."

"응? 손님?"

가난뱅이 도련님의 목소리에 돌아보자, 한 소녀의 모습이 보였다.

대인기 애니메이션 『슈야 마리오넷』의 메인 히로인 님이 입을 일자로 다문 채 서 있었다.

과실처럼 촉촉하고 매끄러운 피부, 분홍색으로 흔들리는 부드러워 보이는 입술이 인상적이다. 이 크루슈 마법학원에 다니는 또래 학생들보다 화려한 분위기를 둘렀지만, 몸집은 훨씬 가녀리고 가련하다. 그게 또 귀여움에 박차를 가했다.

"……알리시아?"

용병 사건 때, 이 녀석은 유괴당할 뻔했다.

그 용병 사건 직후에는 그나마 알리시아도 나한테 감사를 했지만 그뿐이었다.

나와 알리시아의 험악한 관계가 다소 개선되지 않을까 생각했는데, 우리 사이에 생긴 깊숙한 골짜기는 그 정도로는 전혀 메워지지 않았다.

"나한테 무슨 용건이야?"

"공작가의 데닝 선배에 서키스타의 공주님…… 으아아, 사람들 시선이 굉장해애……."

티나가 말한 것처럼 식당이 찬물이라도 뿌린 것처럼 단숨에 조용해졌다.

다리스의 대귀족, 데닝 공작 가문의 직계인 나. 그리고 동맹국이면서 대등한 대국의 제2왕녀 알리시아. 우리가 과거에 약혼자였다는 것은 학원 전체에 다 알려진 사실이기 때문에, 이렇게 둘이 얼굴을 마주치면 주목의 대상이 된다.

그런 주목이 싫어서 알리시아는 칠흑 돼지 공작이던 나에게 어지간해서 다가오지 않도록, 철저하게 행동했었는데.

"돼지 스로우."

"뭔데?"

"──따라와요."

이럴 때는 꼭 무슨 일이 있다.

대인기 애니메이션 『슈야 마리오넷』 제일의 트러블 메이커.

애니메이션의 이벤트가, 대부분 메인 히로인의 엉뚱한 행동으로 시작됐던 것을 나는 잘 알고 있었다.

1장 추기경의 선물

"후우……. 어디로 가나 했더니만."

"하아하악…………. 있잖아요! 저도 좋아서 당신을 여기로 데리고 온 게 아니라……. 아직 좀 숨이, 후우…… 이제야 안정 됐네……. 그것보다 왜 계단에서 갑자기 달리는 건가요! 깜짝 놀랐잖아요!"

"계단은 나에게 다이어트 도구란 말이다. 그나저나 너 체력 진짜 없다."

"저는 당신과 달리 다이어트 같은 건 안 하고, 마법사에겐 체력 같은 거 필요 없거든요! ……하아, 이제 됐어요. 당신과 이야기하면 나까지 바보가 될 것 같아요……."

그래서 나를 데리고 온 곳은 학원장님의 방이었다.

알리시아의 뒤를 따라가다가, 고풍스러운 교육동 입구에 들어섰을 때 혹시나 하고 생각했는데 예상이 맞았다. 창에서 아침 햇살이 몇 줄기나 들어오는 커다란 방은 그야말로 식물원.

그리고, 그 방의 주인.

학원장님은 의자에 앉아서 종이 같은 것을 빛에 비춰 보며 주의 깊게 관찰하고 있었다.

"두 번이나 이 방에 오다니, 다른 애들이 알면 부러워할 거야."

"……두 번이라는 건 무슨 소리죠?"

"아아, 그건 이쪽 얘기고."

하지만 어째서 일부러 알리시아가 데리러 온 거지? 혹시 전에 붙잡은 용병 일로 무슨 새로운 전개가 있었나?

알리시아가 동요하는 기색은 없었다. 왜 내가 일부러 이 녀석을…… 하는 불만스러운 모습을 감출 기색도 없었다.

그리고 왜 나랑 그렇게 떨어진 장소에 서 있는데? 나한테 접근하는 게 그렇게 싫은가?

"스로우 군, 내 방에 오는 것이 그렇게 희한한 일인가?"

"네. 학생들 사이에서는 이 방에 불려 온 학생은 왕실기사 추천을 받거나, 졸업한 뒤에 왕궁에서 하는 일을 알선받는다는 소문이 돌 정도니까요. 나도 그 소문은 최근 들었지만서도요." _{로열 나이트}

"어머, 그런가요?"

"타국에서 온 유학생인 너하고는 상관없으니까."

"허어, 그런 흥미로운 이야기가 돌고 있었다니. 대체 누가 흘린 것일꼬."

학원장님은 하얀 수염을 쓰다듬었다.

"그러나, 틀리지는 않았네. 과거에 정말로 그런 적이 있었지. 로열 나이트로 추천한 것은 딱 한 명이었네만…… 대단히, 우수한 학생이었어. ……그때 내 선택이 옳은 것이었는지, 지금도 자신의 행동을 돌이켜보지 않는 날이 없긴 하네만."

뭔가 떠올랐는지, 학원장님은 눈을 가늘게 뜨고 쓸쓸한 기색으로 말했다.

"그래서 알리시아 군, 스로우 군을 데려와 줘서 고맙네. 그러면, 그 소동의 당사자인 자네들 두 사람에게는 용병이 무사히 왕도 다리스에 호송됐다는 것을 전해 두지. 알리시아 군, 자네에게는 각별히 걱정을 끼쳤지. 이 학원의 장으로서, 새삼 자네에게 커다란 폐를 끼친 것을 사죄하고 싶어. 면목이 없다네."

"……아뇨. 이미 지난 일이니까요."

알리시아가 살며시 가슴을 쓸어 내렸다.

운이 나쁜 녀석이야. 용병이 마법진을 조작하는 와중에 딱 마주치다니. 하지만 용병이 지팡이를 들이밀고 있는 동안 살아 있는 심정이 아니었겠지.

"스로우 군, 용병을 붙잡은 자네는 그 뒤로 주위의 반응도 크게 바뀌었겠지. 그건 어떤가?"

"……그럴 거라고 생각을 했는데, 여전히 나는 다가서기 어려운 존재인 것 같아요."

그 뒤로도 결국, 나에게 직접 말을 거는 녀석은 없었으니까. 오늘 아침의 식당처럼 멀리서 조심스레 모습을 살피는 녀석들이 태반이었다.

"하지만 일단. 스로우 데닝은 썩어도 데닝의 일원이라며 다들 눈여겨보는 것 같아요. 지금까지 너무 심했던 만큼 이거면 충분하죠. 이제부터 진짜 자신을 되찾으려고 생각합니다."

"과연, 썩어도 데닝이라. 그러나, 아무리 공작 가문의 일원이라도 그 용병을 압도할 수는 없지. 내가 로열 나이트로 추천했던 자라도 당시로는 무리한 재주. 노페이스와 실제로 대치한 알리시아 군이라면 그 용병이 어느 정도로 마법에 정통한 자였는지 알 수 있겠지? 그토록 손쉽게 모습을 바꾸는 어둠의 마법 사용자는 세상에 몇 없어."

"……그거야 뭐, 이해는 가지만요. 이 녀석은 지금까지 너무 심했으니까 그걸로 다시 본다거나, 그런 감정은 도저히……. 그래서, 직접 말을 거는 사람도 없다고 생각한답니다."

"그렇구먼. 스로우 군, 자네가 저지른 일은 너무나도 극적이라 아직 다들 받아들이지 못한다고 봐야 할 것이야. 그러나, 알고 있는가? 왕궁에서는 그 바람의 신동이 귀환한 것 아니냐며 조심스레 소문이 돌고 있는 모양일세."

바람의 신동.

그것은 내가 칠흑 돼지 공작으로 타락하여 리얼 오크가 되기 전까지 불리던 이름이다. 제멋대로 굴던 어린 시절의 흔적이었다. ……우우, 너무 중2병스러워서 닭살 돋겠어.

"그래서 학원장님. 나한테 무슨 용건인가요? 용병 관련은 아닌 것 같은데요."

단순히 용병을 포박한 것을 칭찬하려고 불렀다는 건 있을 수 없다.

일부러 알리시아를 통해서 나를 불렀다는 것은, 이 녀석이랑 연관된 문제가 일어났다고 봐야겠지.

지난번 이 방에 찾아왔을 때를 떠올렸다. 그때는 슈야와 이런저런 이야기를 한 뒤에 학원에 숨어든 침입자에 대해서 알려줬지만, 이번에는 달랐다.

나는 일의 진상을 곧바로 알게 되는 꼴이 됐다.

학원 바깥.

교외에 펼쳐진 미로 같은 숲에서, 미궁이 발견됐다는 사실을.

"학원 주변의 탐사는 군의 관할……. 우리 집, 데닝 공작 가문의 실수로군요."

"그렇게 단언할 수는 없네. 이번 던전이 발각된 경위는 용병 같은 침입자가 숨어들었던 것을 고려해 교사들이 자발적으로 바깥의 숲을 조사하다가 발각된 우연의 산물. 학원 바깥에 펼쳐진 숲은 광대하다네. 그토록 광대한 땅에 나타난 던전을 제때 못 찾았다고 해서 공작 가문에 모든 책임이 있다고는 도저히 단언할 수 없지."

이 크루슈 마법학원 바깥에는 울창하게 우거진 숲이 펼쳐져 있었다.

통칭, 길 잃는 숲.

안쪽으로 들어가면 두 번 다시 나올 수 없다고 하는 그곳에는 몬스터가 살고 있으며, 학원 수업에도 가끔씩 이용된다. 그러나 학원에 몬스터가 침입하지 않도록 데닝 공작 가문이 이끄는 군이 정기적으로 소탕하고 있었다.

그런 숲에서 새로운 던전이 발견됐다.

이 밝은 하늘 아래가 우리 인간의 세상이라면, 어두운 지하던전은 몬스터가 살아가는 영역이다.

"그렇지만 왕궁에서는 기꺼이, 일단 말디니 추기경부터 데닝의 책임이라고 주장할 것 같군요."

"그건 부정하지 않네만, 어떤 의미로는 감사하고 있을지도 모르겠다네. 왜냐하면──."

학원장님이 전한 내용은 던전이 발견됐다는 것만이 아니었다.

"──발견된 던전을 이용해서 수호기사^{가 디 언 세 리 온} 선정시련을 행한다, 란 말이죠. ……설마 여기서 다리스 왕실이 얽힌 기밀을 듣게 될 줄은 몰랐는데요."

"가디언 세리온의 전권을 맡은 추기경은 줄곧 시련의 장소가 될 적절한 장소를 찾고 있었지. 던전에서 무엇을 하는지는 나도 모르네만 당사자인 카리나 전하가 가까운 시일에 이곳 크루슈 마법학원에 찾아오는 모양일세. 커다란 행사가 되겠지. 어쩌면 시련을 치를 때 전하와 이 학원의 학생 사이에 교류가 있을지도 모른다네."

수호기사^{가 디 언}.

그것은 여왕 폐하. 그리고 장래 여왕이 될 왕녀 전하 전속 기사에게 내리는 칭호다.

현 여왕 폐하와 그 검인 가디언 루돌프 경의 관계는 예를 들자면 나와 샬롯에 가깝다. 자신의 행복보다도 지켜야 할 사람의 안전을 우선하며, 평생을 바치는 것이 요구되는 충의의 기사. 가디언이 되는 것은 다리스 왕실을 수호하는 로열 나이츠에서도 뛰어난 자에게만 내려지는 이 나라 최고의 명예라 할 수 있었다.

따라서, 왕녀 전하의 가디언을 선정하는 시련의 내용은 나라의 앞날을 좌우하는 중대한 기밀.

……그런데 알리시아는 놀라는 기색도 없다. 저 녀석…… 알고 있었군.

"왕녀가 학원에 오다니. 학원에 있는 사람들이 모두 기뻐하겠군요."

"카리나 전하는 외출을 대단히 꺼리신다네. 그렇기에 이 크루슈 마법학원이 적합한 것이겠지. 추기경이 부모 같은 마음으로 조금이라도 같은 세대 아이들과 교류를 꾀하려는 것일 게야."

차기 여왕인 왕녀 전하, 카리나 리틀 다리스.

애니메이션에서는 이름만 등장하고 겉으로는 모습을 전혀 드러내지 않았다. 그렇지만 이 세상에 태어나 자란 칠흑 돼지 공작의 기억에는 분명히 남아 있었다.

그에 따르면 보드라운 금발, 가슴은 위험, 완벽주의, 방구석

죽순이. 사실은 의욕 없음 등등이다.

"그래서 저기. 왜 내가 여기 있죠? 그리고 알리시아도 던전이나 가디언 이야기를 아는 눈치이고요. 이것들은 다른 나라 사람에게 들려줄 내용이 아니라고 생각하는데요."

"현재, 가디언 세리온에 지원할 로열 나이트 선별이 국내 몇 군데의 장소에서 이루어지고 있다네. 그중 하나가 이 학원과 가도로 이어진 요렘에서 진행 중인데 말일세."

지금까지 나 몰라라 하는 기색이던 알리시아가 그 말에 흥미를 보이는 것처럼 움직임이 멈췄다.

"그 도시에 있는 로열 나이트가 알리시아에게 알현 요청을 했다네. 용병 일로 주목을 모은 알리시아 군에게 인사를 하고 싶다는군."

"로열 나이트가 일부러 알리시아에게 알현 요청을……?"

"그렇네. 가디언은 로열 나이트와 비교도 안 될 정도로 전 세계의 요인과 만나야 하지. 성급하다 생각하긴 하네만, 결정하는 건 여기 있는 본인일세. 내가 정할 일이 아니지."

그제서야 나는 알리시아가 여기 있는 이유를 이해했다.

"너, 설마……."

"흥, 딱히 제가 뭘 하든 당신과 상관이 있던가요?"

"상관은 없지만……."

이 녀석이라면 알현 같은 귀찮은 짓을 제일 싫어할 것 같은데. 게다가 다리스 왕실 상대가 아니라, 로열 나이트의 요청이다.

그런 걸 일부러 들어줄 필요 따위 없다.

"스로우 군, 알리시아 군은 흔쾌히 수락했다네. 이 자리에서 다시 확인하고자 생각했네만, 지금 보아하니 의사는 변함이 없는 모양이군."

그러나 알리시아는 학원장이 말한 것처럼, 요렘에 갈 생각이 가득한 모양이다.

그런 이 녀석의 모습에서 나는 어쩐지 위화감이 들었다.

평소에는 그런 인사 귀찮다고 딱 잘라 내치는 메인 히로인님이다. 이건 뭔가 있군.

"――모로조프 학원장님. 요렘에서 로열 나이트에게 내려지는 시련은 대체 뭔가요?"

그 말에, 알리시아의 몸이 한순간 굳는 것을 나는 놓치지 않았다.

"서키스타에서 외국 범죄자의 정보가 전해져 왔다네. 스로우 군, 자네는 보르기이라는 이름을 기억하는가?"

"……서키스타에서 왕족을 죽인 유랑 마법사. 설마――."

"로열 나이트 몇 명이 지금 요렘에 숨은 도적단을 찾고 있네. 아무래도 가디언 세리온의 내용은 놈들의 괴멸인 모양이야."

그렇구나. 그래서 알리시아는 로열 나이트의 요청을 승락했군.

몇 년 전, 알리시아의 조국 서키스타에서 일어난 사건.

은거하고 있던 괴짜 서키스타 왕족의 주거지에 도적단이 들이닥쳐 금품 강탈을 꾀했다. 그러나 집을 비워야 했을 서키스타 왕족이 집에 있어서 지팡이로 응전. 치고 받은 끝에 왕족은 돌아오지 못하는 사람이 됐다.

"왕족을 살해한 도적단은 호수의 기사가 이끄는 서키스타군의 집요한 추적을 벗어나 다리스까지 도망친 모양일세. 현재 요렘에서 몸을 숨기고 있다는 정보가 그쪽에서 전해졌다고 하더군."

알리시아를 슬쩍 살펴 보니, 뭔가 굳게 결심한 모습이었다.

왕족 살해자 보르기이는 노페이스 정도로 중요한 적 캐릭터는 아니다. 돈을 위해 제국에 고용되어 슈야 일행과 싸우는 일개 캐릭터일 뿐이다. 그러나 알리시아는 보르기이를 만났을 때 이성을 잃고 덤벼들어서, 슈야가 도와주지 않았다면 비참한 꼴을 당할 뻔했다.

"학원장님. 그건 다리스군이 대처해야 할 문제가 아닌가요?"

"추기경은 데닝 공작 가문의 힘이 아니라 자신의 권력으로 일에 대처하려는 모양이야. 다시 말해서, 로열 나이트들이 나설 차례란 것이지. 요렘에 있는 로열 나이트도 이것이 가디언이 되기 위한 지름길이라면 무슨 일이 있어도 붙잡고 싶겠지."

"놈들은 아직 서키스타 왕실에 원한이 있다고 합니다. 알리시아를 그런 녀석들이 숨어 있는 요렘에 보내다니……."

"걱정되는가?"

"걱정되는 것보다……. 다만 학원장님답지 않다고 생각해서요. 학원장님은 그게, 우리 안전부터 생각하시잖아요."

학생의 안전을 제일로 생각하는 학원장님답지 않다.

그러나 뒤에서 가만히 서 있던 알리시아가 혀를 찼다.

"학원장님! 어째서 돼지 스로우에게 이 이야기를 하는 건가요? 이 녀석하고는 전혀! 상관없는 이야기라고 생각하는데요!"

맞다. 로열 나이트의 알현 따위 알리시아의 문제지 내가 나설 자리가 아니다.

가디언 세리온도 나라의 앞날을 정하는 중요 이벤트이며, 일개 학생인 내가 연관될 이야기가 아니다. 게다가 나는 굴러떨어지긴 했어도 데닝 공작 가문의 사람이다.

데닝 공작 가문은 왕실기사단과 사이가 나쁘단 말이지. 다리스 왕실을 수호하는 왕실기사단장을 겸임하는 말디니 추기경과 내 아버지 데닝 공작의 관계는 최악이다.

"실은 관계가 있는 정도를 넘어서 상당히 큰 상황이라네. 알리시아 군."

"……무슨 뜻이죠?"

이미 용병 사건에 관해서 학원장님한테 감사를 받았는데, 이자리에 나를 불러낸 이유는 뭘까?

"스로우 군. 부디, 마음을 단단히 먹고 이제부터 하는 이야기를 듣게나."

학원장님은 아까부터 책상 위에 놓인 한 장의 편지를 나에게 내밀었다.

"이것은 추기경이 자네에게—— 가디언 세리온에 참가해 달라는 요청일세."

"——네?"

가디언 세리온 참가 요청?

누가? 공작 가문 사람인 나한테? 아니아니, 말도 안 되잖아.

가디언은 언제나 로열 나이츠 안에서 선택되며, 나라의 얼굴이라고 할 수 있는 지고의 존재다.

그런 영예로운 기사가 되기 위한 시련에, 내가?

얼마 전까지 추락한 바람이라든가 리얼 오크라든가, 몬스터에 비유될 정도로 바보 취급을 받던 나를 추기경이 직접 지명해? 잠깐 기다려 보라고, 이상하잖아.

"돼지 스로우에게 가디언 세리온 참가 요청!? 그, 그런 거 말도 안 돼요! 왜냐면 이 녀석은…… 돼, 돼지고, 데닝 공작 가문 사람인걸요! 공작 가문 사람이 로열 나이츠 일원이 되다니."

그것은 지금까지 입을 다물고 있던 알리시아마저 소란을 피우지 않을 수 없는 정보였다.

"학원장님. 나는 썩어도 로열 나이츠와 반목하는 데닝 공작 가문 출신입니다. 그리고 알리시아, 중간에 의미를 알 수 없는 이유가 있었는데……. 일단 뭔가 잘못된 소식은 아닌 건가요?"

군을 총괄하는 데닝 공작 가문과 내정을 다스리는 추기경이 이끄는 로열 나이츠는 걸핏하면 대립한다. 왕실의 존재가 백성보다도 존귀하다고 생각하는 로열 나이츠와 백성의 안녕이야말로 절대적이라고 생각하는 데닝 공작 가문. 그 사고방식의 차이가 근본적인 원인이었다.

대륙 북방에 존재하는 도스톨 제국에 위협받고 있는 요즘 들어서는 다리스군을 지휘하는 공작 가문이 최전선에 몇 명의 실력자, 다시 말해 로열 나이트의 파견을 요구했다가 로열 버틀러를 겸하는 추기경이 매정하게 거절하여 일촉즉발의 상황이 되기도 했다. 험악한 화제가 끊이질 않는다니까.

그런 데닝 공작 가문에 속한 나한테, 다리스 왕실에 깊게 연관된 로열 나이트, 그것도 가디언이 되기 위한 시험에 참가 요청이 오는 일은 생각할 수 없었다.

"잘못된 소식이 아니라네. 나 또한 요청을 받았을 때는 귀를 의심했네만, 왕실의 정식 각인도 찍혀 있지. 몇 번이고 반복해서 확인을 했네만……. 그렇게까지 의심한다면, 보게나."

학원장님이 무슨 종이를 훌훌 흔들어 보여주길래, 나는 곧장 책상으로 다가섰다. 편지에 새겨진 각인은 틀림없이 왕실의 증거. 어느 모로 보나 진짜로 보였다.

"……농담이 아닌 거군요."

"그래. 이것은 왕실에서 정식으로 요청한 것일세. 자네가 용병을 포박한 것을 추기경과 왕실 분들이 대단히 높게 평가한 것이지. 설령 데닝 공작, 다시 말해서 자네 아버지와 사이가 더욱

틀어지더라도, 자네를 끌어들이는 편이 이득이다. 그들은 그렇게 판단했을 게야."

……진짜냐아.

설마 노페이스 토벌의 대가가 이런 형태로 연관될 줄이야.

"크루슈 마법학원은 본 건에 관해 불간섭을 관철할 것일세. 스로우 군에게는 미안하네만 다리스 왕실의 정식 요청이라면 떨쳐낼 수도 없지. 나는 공작 가문과 로열 나이츠 어느 한쪽 편도 안 든다네."

"그거야…… 어쩔 수 없는 일이겠죠. 추기경의 명령은 다시 말해 왕실의 뜻. 거스를 수 있는 자는 이 나라에 없어요."

"이번 일은 내밀하게 일을 진행해야 하네. 그러나 추기경의 편지가 자네에게 전달된 것은 가까운 시일에 자네 아버지인 데닝 공작도 알게 될 거야."

현시점에서 공작 가문 사람은 나에게 어떤 요청이 왔는지 아무것도 모른다는 거구나.

그렇지만 나에게 직접 전달된 왕실의 요청을 일개 학생인 내가 떨쳐낼 수는 없었다.

"그래서, 알리시아 군. 자네에게는 며칠 생각할 시간을 줬네만, 요렘으로 가겠다는 결심은 여전히 확고한 겐가?"

학원장님이 물어보자 이 녀석은 분명히 고개를 끄덕였다.

"위험하다네. 특히 서키스타 왕족인 자네에게는. 도적단, 보르기이 일파는 아직도 서키스타 왕실에 원한이 강할 게야."

"우문이랍니다. 이것은 친족의 원한을 풀 수 있는 천재일우의 기회. 놈이 있다면 제 손으로 붙잡겠어요. 저도 마법사니까요!"

이 녀석의 시선은 어디까지나 곧다. 『슈야 마리오넷』의 메인 히로인은 한번 정하면 절대로 주저하지 않는다.

로열 나이트의 알현. 명목은 그거지만 알리시아니까, 도적단 문제를 정리할 때까지는 학원에 돌아올 생각이 없겠지.

위태로운데. 학원장님도 걱정스레 알리시아를 보고 있어.

"그래서, 스로우 군. 자네에게도 생각할 시간이 필요하다고 생각하네만……."

과연…… 그렇게 된 거구나.

일부러 말하지 않아도 나는 이해했다.

학원장님도 알리시아의 의욕을 위태롭다고 생각한다. 그래서 이렇게 나랑 알리시아를 함께 불러서, 이 녀석이 위태롭다는 걸 나한테 직접 보여준 건가.

……뭐 좋아. 어차피 나는 추기경의 참가 요청을 거절하기 어려우니까.

"학원장님. 나도, 갈게요."

이거야 원. 하지만 조금이야 괜찮겠지.

가디언 세리온에 본격적으로 참가하는 건 데닝 공작 가문 사람으로서 문제가 있지만, 요렘에서 이 녀석이 무모한 짓을 못하도록 슬쩍 지켜봐 주는 정도라면 상관없겠지?

마법학원의 수업은 오늘도 변함없이 혼돈에 휩싸여 있었다.

만악의 근원은 교단에 서서 몸짓 손짓을 섞어 독자적인 마법 이론을 설명하는 검은 셔츠 차림의 폭탄머리였다.

"허. 이 내용은 뭐냐……. 아니, 아직도 이런 낡아빠진 교과서가 현역이라고? 아루루 선생님도 시대착오…… 아아, 아루루 선생님이 아니었군……. 정말이지, 노페이스도 노페이스구만. 뭘 꼬박꼬박 수업을 하고 있었는지. 그 녀석의 정체를 눈치채지 못한 너희도 문제다! 귀족도 아닌 여자가 수업하는데 위화감도 없었던 거냐!?"

로코모코 선생님이 마법학 담당이 된 당초에는 다들 어떤 수업이 이루어질지 기대했었다. 누가 뭐래도 로코모코 선생님은 마법연습학까지 겸임했기 때문이다. 교과서 그대로가 아니라 실천적이며 효과적인 이야기를 들을 수 있으리라 생각했지만, 몇 번째인가 수업을 받으면서 교실에는 완전히 실망 무드가 떠돌고 있었다.

"잘 들어라~. 마법이란 건 도전이야. 교과서를 통째로 암기해서는 의미가 없어. 이론은 절대로 경험을 이길 수 없으니까……. 그러니까 꼬맹이들. 지금 당장 교과서를 정리해라. 나는 그런 거에 의지할 생각 없으니까."

직무태만도 이쯤 되면 시원스럽다.

오히려 아루루 선생님으로 변장했던 노페이스가 훨씬 학원 선생님다운 수업을 했다는 소문이 퍼졌다.

"내가 여기 학생이었을 때는 아무도 교과서 같은 거 안 봤다. 매일매일 싸움에 빠져 있었지. 그래도 나는 이 나라에 살아가는 귀족이라면 누구나 동경하는 로열 나이트가——."

나는 평소처럼 계단 교실 최상단 한가운데 진을 치고서 선생님의 추태를 바라보고 있었다.

아아아, 또 선생님의 자기 자랑이 시작됐네.

선생님의 모험담, 모험가 시절의 체험담이나 로열 나이트였을 때 했던 일. 처음에는 가슴이 뛰는 이야기였다는 것도 부정하지 않지만, 이렇게 몇 번이나 들으면 질리는 법이다.

다들 질린 표정으로 책상에 팔꿈치를 괴기 시작했을 때였다.

"으아?"

——내 볼에 뭔가 툭 맞았다.

"데닝, 왜 그러냐? 갑자기 한심스러운 소리를 내다니."

"아, 아뇨. 아무것도 아니에요."

"……말해 둔다만, 노페이스 정도라면 나도 붙잡을 수 있었다아. 그렇지, 너희에게 내가 모험가 길드의 모험가였던 시절 이야기를 해 주마. 그때 나는 땅 쪼개기란 별명으로 알려져 있었……."

"이건 뭐지. 종이, 쪼가리……? 저 녀석이군……."

한심스러운 장난을 친 사람은 나랑 대조적으로 줄 끝에 앉은 알리시아였다.

평소에는 파트너인 슈야랑 나란히 앉는 저 녀석이, 오늘은 어째선가 일부러 내 구역인 최상단으로 찾아왔다……. 솔직히 부자연스럽기 짝이 없다. 고개를 옆으로 돌리자 녀석의 입가가 주문처럼 움직이면서, 쌍꺼풀이 진 커다란 눈동자가 나를 가만히 바라보고 있었다. 무시하고 있는데 또 한 번 종이가 휙 날아왔다…… 아야.

하아……. 역시 범인은 저 녀석이군.

"대체 뭔데……."

종이를 펼치자 딱 한 문장.

──왜 그 이야기 받아들인 거야.

동글동글한 문자로 그것만 적혀 있었다.

"선생님은 말이다, 딱히 너희에게 설교할 생각은 없어. …… 그렇지, 어이 뉴케른. 내가 하는 말이 얼마나 중요한지, 모험가 길드에 등록한 너라면 이해할 수 있겠지이?"

로코모코 선생님 이야기를 흘려 들으면서, 나는 생각했다.

추기경의 참가 요청.

학원장님이 건넨 양피지에는 가디언 세리온에 참가하란 요청만 적혀 있었다. 그것 말고 다른 것. 예를 들어서 내가 선택된 이유 따위는 아무것도 적혀 있지 않았다.

다리스 왕실이 나에게 무얼 요구하는 건지는 모르겠지만, 나는 추기경의 참가 요청을 받아들이기로 했다. 그리고 그런 내 일대 결심은 알리시아에게 상당히 예상 밖이었던 모양이다.

……그리고 저 녀석, 내가 왕실의 명령도 무시하는 인간이라

고 생각한 거냐?

"서, 선생님…… 모험가란 건 대체 무슨 이야기인가요? 나는 **잘 모르겠는데요.**"

"슈야 뉴케른. 3년 전에 모험가 등록, 계급은 데일 데몬. 아아…… 데몬 명칭은 길드 안에서 사용되는 정식 호칭……이라고 해도 태반이 도련님으로 자란 너희들은 모르겠지. 그러니까 아 D급이라고 말하면 알려나? 다시 말해서, 뉴케른은 그럭저럭 실력 있는 모험가란 말이다. 던전 공략 실적은 없는 모양이지만."

"어, 어어어어!? 잠깐만요! 로코모코 선생님이 왜 내 계급까지 알고 있는 건데요! 나는 아무한테도 말 안 했거든요!"

"잘 들어라아. 뉴케른뿐이 아니야. 학원에 제출한 서류는 우리 선생님들한테 다 들킨다는 걸 잘 기억해 둬라."

"프라이버시 침해! 직권 남용!"

"뉴케른은 저래 보여도 향상심이 있는 나이스 가이다. 그러니까아, 그런 너에게 선생님이 특별 훈련을 받게 해 주마. 자, 뉴케른. 일어서라. 이쪽으로 내려와."

붉은 머리의 슈야 뉴케른.

애니메이션에서는 주인공을 맡은 열혈 마법사이며, 불의 마법에 높은 적성을 가진 알리시아의 파트너. 평소 함께 있는 저 녀석이 선생님에게 불려나갔는데도 알리시아는 흘끔거리며 나를 보더니 또 종이가 날아왔다. 역시 동글동글한 글자로 얼른 대답하라고 적혀 있었다.

"상대는…… 그렇지, 그레이트로드. 너다."

"잠깐 기다려 주세요! 어째서 제가 뉴케른 상대 같은 걸 해야 합니까!"

"너희 사이 안 좋지? 이런 건 말이다. 상성이 중요하거든. 싫어하는 상대 앞에서는 절대로 지고 싶지 않다. 그런 마음이 새로운 마법의 발현에 도움이 되는 거야. 잘 들어라, 뉴케른. 만약 이걸로 흙의 마법에 눈을 뜬다면 너는 불과 흙의 이중 마법사다."

^{더블 마스터}

로열 나이트의 알현을 받아들인 알리시아.

아마도 알리시아는 짝꿍인 슈야에게 걱정을 끼치지 않으려고, 진짜 이유를 말하지 않은 채 요렘으로 갈 것이다. 요렘에서는 무슨 일이 있어도 저 녀석을 지킬 슈야가 없다. 그래서 내가 슈야 대신 저 녀석을 좀 봐줄까 하는 정도의 가벼운 기분이지만, 그런 이유를 솔직히 말했다간 화낼 것 같단 말이지…….

"좋아, 그러면 그레이트로드. 뉴케른의 볼을 가볍게 툭툭 쳐 봐라. 그리고 뉴케른, 너는 흙의 마법으로 그레이트로드의 손을 막는 이미지로 마법을 써 보고. 새로운 속성 마법이란 건 말이다. 분통함을 겪지 않으면 발동하지 않는 거란 말이다아."

마침 딱 좋게 교실이 뜨거워지고 있었다.

나는 너한테 설명할 의무가 있냐고 써서 종이를 꾸깃꾸깃 뭉쳐 알리시아의 얼굴을 향해 던졌다.

그리고 교단 위의 뭔가 소란스러운 금발과 적발의 두 사람을 보았다.

"슈야 뉴케른. 마침 잘됐으니까 말해 두지. 너, 요전에 뒤에서 나를 가난하다 뭐다라며 모욕했다고 하던데."

"비젼 그레이트로드. 넓기만 한 너네 백작 영지. 가문밖에 장점이 없는 네가 장래에 다스릴 수 있겠냐? 그리고 돈이 없는 건 맞잖아? 너네 영민 내놓으라고."

저 녀석들은 집안 영지가 바로 옆에 붙어 있어서 그런가 사이가 안 좋단 말이지. 저 녀석들 영지가 있는 다리스 남동부에 사는 백성의 성질은 참으로 자유롭다. 그 탓인지 뉴케른 남작 영지와 그레이트로드 백작 영지 사이에서는 영민의 이동이 끊이지 않는다.

그 탓에 저 녀석들의 아버지. 영주들은 온갖 수를 써서 영민을 영지에 붙들어두는 책략을 실행하고 있는데……. 요즘에는 뉴케른 남작령에 영민을 뺏기는 중이라고 한다.

장래에 싸울 수밖에 없는 영주의 후계자들. 사이가 나쁜 것도 어쩔 수 없겠지.

"요즘 평민들이 오냐오냐 띄워 주는 모양인데, 백작 가문도 추락했구나——."

"슈야. 너는 남작 가문 주제에 나를 진짜 깔보고 있군——."

하지만 참 품격이 없는 녀석들이옵니다.

저게 귀족이라고 하니 이 나라의 미래가 걱정되는군. 그리고 역시 선생님은 마법연습학 같은 무투파의 수업은 괜찮지만, 마법학 같은 이론의 적성은 전혀 없구나……. 뭐, 여차할 때는 의지가 되는 선생님이니까 괜찮지만.

"──우와! 너…… 어느새 이렇게 가까이 온 거냐."

알리시아가 고양이처럼 민첩한 움직임으로 자리 네 개를 옮겨서 내 바로 옆에 와 있었다.

"다들 저 바보들을 주목하고 있으니까 지금이라면 말을 해도 눈치 못 채요. 그래서, 어째서 추기경의 요청을 수락했죠? 당신은 기사를 동경하는 사람도 아니고, 그 이전에 사람 이하의 돼지잖아요."

"바보들, 사람 이하, 자연스럽게 심한 말을 하냐."

"이유! 얼른 대답해요."

"……썩어도 데닝. 그게 지금 내 평가야. 앞으로 얼마나 표창을 받고 활약을 하든, 지금까지 했던 일이 사라지는 건 아니란 말이지."

"그거야 자업자득 아닌가요? 서키스타에서도 당신은 부끄러울 줄도 모른다고 놀림당하는 처지예요. 하지만 데닝 공작 가문 사람이 추기경, 그 로열 버틀러의 손을 잡다니, 나중에 공작님에게 크게 꾸중을 들을 거랍니다?"

"있잖아. 추기경의 요청은 이 나라에서 왕실의 뜻이나 마찬가지야. 거절할 수 있을 리가 없잖아."

"왕실? 어째서 왕실이 당신 따위를."

"내가 알고 싶다고. 하지만 뭐, 지금 추기경에게 은혜를 베풀어 둬서 나쁠 건 하나도 없어. 그 할아범이 가진 권력은 무시할 수 없으니까.”

학원장님이 나랑 알리시아를 같이 부른 이유는 용병에게 붙잡혀서 무서운 체험을 한 알리시아를 지켜봐 줬으면 좋겠다, 뭐 이런 거겠지.

나는 신뢰를 받고 있다고 생각해도 되겠다. 하지만 뭐, 아무리 그래도 본인 눈앞이잖아. 막무가내인 네가 엉뚱한 행동을 하지 않나 감시하는 거라고는 입이 찢어져도 말을 못하지.

하지만, 내가 쥐어짜낸 설명에 알리시아는 일단 납득한 모양이다.

이거야 원……. 손이 많이 가는 왕녀님이다.

“괜히 물어봤어요. 참 시시한 이유군요.”

“시끄러워……. 그보다 너는 어떤데? 정말로 그 왕족 살해자 도적단을 네가 처단할 수 있다고 생각해? 로열 나이트가 나설 정도의 문제거든?”

“……저는 왕족이에요. 친족의 원수가 있다는 걸 알면서도 학원에 틀어박혀 있을 수는 없어요……. 하지만, 아까 그 이유는 정말로 그것뿐인가요?”

“추기경에게 좋은 인상을 주고 싶다. 그것뿐이야. 네가 생각하는 것처럼 나는 나밖에 생각하지 않으니까.”

“……정말로 괜히 물어봤네요. 기가 막혀요.”

"자 뉴케른, 그레이트로드. 이제 너희 자리로 돌아가라. 나중에 의무실에 가서 물의 마법이라도 걸어달라고 하고. 아, 절대로 마법학 수업 중에 다쳤다고 하지 마라? 어어, 말할 때는 마법연습학 수업이라고 해. 선생님한테도 이래저래 사정이 있다."

얼굴이 부운 슈야가 계단을 올라가더니, 자기 자리로 돌아가려다 "어." 소리를 내고는 놀라서 우리를 보았다.

"그보다도 알리시아…… 너, 눈치 못 챘냐?"

"뭐가 말인가요?"

"너무 가까워. 다들 보고 있다."

"──어, 히익!"

이제 와서 주위의 눈길을 깨달았는지, 알리시아는 고양이처럼 민첩한 움직임으로 본래 있던 위치로 돌아갔다.

"다음 주까지 숙제는……. 그렇지. 또 한 가지 마법 속성을 얻는다면 무슨 속성이 좋을지 생각해 와라. 이유를 붙여서."

뜻밖에도 의미 있는 숙제군.

분명히 로코모코 선생님의 말은 지리멸렬하지만, 생각할 가치는 있다. 특히 귀족 학생들은 어렸을 때부터 마법이 친숙한 녀석들뿐이다. 이제 와서 다른 마법을 연습하려는 녀석은 적겠지. 나는 모든 속성을 마스터했으니 상관없는 이야기지만 말이다.

그렇게 생각하고 있는데 슈야가 흘끔거리며 나를 보고 있었다. 붉게 부운 볼이 가난뱅이 도련님과 벌인 격렬한 난투를 이야기해 주고 있었다.

"아아, 그렇지. 잊을 뻔했네. 데닝이랑 서키스타는 숙제 면제. 너희는 영감…… 어이쿠, 학원장님이 특별 과외학습을 내렸다."

모두의 눈길이 최상단에 앉은 알리시아와 나에게 일제히 향하더니, 조금씩 비난의 목소리가 흘렀다. 슈야도 왜 너만 그러냐고 분개하는 눈길로 나를 보고 있었다.

"그리고 두 사람은 오후 수업도 모두 면제다. 이것도 특별 취급이지만, 그만한 이유가 있다. 너희 꼬맹이들도 특별 취급을 받고 싶으면 지위나 힘, 아니면 연줄을 손에 넣어라. 이상."

끝까지 현실적이며 꿈도 없는 선생님의 말을 마지막으로, 마법학 수업이 끝났다.

아무 고민도 없어 보이는 파란 하늘 아래. 나는 식당에서 받아온 도시락을 먹고 있었다.

"잘 먹겠습니다아꾸힉."

점심은 식당에서 갓 만든 음식을 먹을 수도 있고, 도시락을 받아올 수도 있다. 오늘은 기분에 따라 도시락을 선택하여 광장 앞 벤치에서 먹어 치우고 있었다.

정성스레 정돈된 녹색 잔디. 작은 새가 지저귀는 소리, 도시 안에서는 결코 맛볼 수 없는 풍요로운 세계. 그런 일이 있었지만, 오늘도 크루슈 마법학원은 평소처럼 평화로웠다.

"스로우 님. 아까 로코모코 선생님이 말씀하신 부분에 관해 묻고 싶습니다만?"

내 옆에 갑자기 털썩 앉는 금발.

바람에 흘러 흔들리는 금발을 손가락으로 만지작거리며 한숨을 흘리는 가난뱅이 도련님이다.

그림이 되는 훈남이지만, 볼에 남은 벌건 흔적이 좀 아쉽다.

"알리시아 님과 함께 과외학습은 뭔가요? 혹시 로열 나이트 관련인가요?"

"어어이. 가난뱅이 도련님. 갑자기 나타났다 싶더라니 질문 공세냐. 그리고 로열 나이트 관련이라는 건 뭔데?"

"학원장님이 과거에 뛰어난 학생을 로열 나이트에 추천한 일이 있지 않습니까? 지난번 용병을 붙잡은 소동이 있었으니 이것은 혹시나 하여…… 어허, 뭔가요? 그야말로 제가 진실을 맞혔다는 그 표정은! 서, 설마, 로열 나이트를 뛰어넘어서 가디언인가요? 스로우 님이 가디언이 된다면 부디 저를 로열 나이츠의 일원으로! 부탁드립니다!"

"바보냐! 아직도 잠꼬대하고 있게?!"

그러나 내심 심장이 벌름거린다.

그야말로 이 녀석의 의견이 적중했으니까.

"있잖아! 가디언이라는 건 이 나라에서 오로지 한 명에게 주어지는 명예거든!"

"그렇지만 스로우 님은 과거에 바람의 신동이라고 불리지 않았습니까? 그 무렵은 왕실의 인상도 좋았다는 소문이 있었습니다."

"전부 옛날 일이야! 들어봐라. 나는 로열 나이츠에서 눈엣가시로 여기는 데닝 공작 가문 사람이야. 게다가 난 얼마 전까지 인간 취급도 못 받을 정도로 평판이 최악이었거든?"

"아, 하긴. 공작 가문은 로열 나이츠와 견원지간이었죠……. 그리고 냉정하게 생각해 보면 스로우 님이 로열 나이트가 되는 건 드래곤이 탭댄스를 추기 시작하는 것만큼 있을 수 없는 이야기였습니다."

"야 너, 나를 띄우나 싶더니 갑자기 실례되는 말을 하는데. 그보다도 샬롯에 대해 묻고 싶다. 메이드 일은 잘하고 있냐?"

설거지에서 배치 전환. 지금 샬롯은 식당에서 급사 일을 돕고 있었다. 아침의 전장이라고 하는 식당에서 열심히 아르바이트를 하는 비젼은 식당에서 샬롯의 동료이며 지원을 맡고 있었다.

"샬롯 양 말인가요? 분명히 첫날에는 심했지만, 이제 걱정 없습니다. 메이드들하고도 사이좋게 지내고, 정말로 착한 아이니까요. 솔직히 스로우 님의 종자라고 생각하기 어렵군요."

"어이, 그건 무슨 뜻이야?"

"암흑시대의 스로우 님 곁에서 용케 성격이 비뚤어지지 않았다고 생각합니다."

그렇게 말하더니, 비젼이 큭큭 웃음을 흘렸다.

"냅둬. 하지만 너. 로열 나이츠에 들어가고 싶으면 빛의 마법을 연습해라. 그 녀석들 태반이 빛의 마법을 쓸 수 있으니까."

"분명히……. 스로우 님이 가디언이 되어 그 연줄을 쓰는 것보다는 현실적이군요……."

"아첨 다음은 내 연줄이냐? 응? 얼른 가라, 연습이나 해."

그리고 나서 금방, 그 녀석은 마법 연습을 한다며 사라졌다. 분명히 연습장에라도 간 거겠지. 마침 로코모코 선생님이 숙제를 냈으니까. 거기는 점심 휴식 시간이라도 마법 연습을 하느라 많은 귀족이 있었다.

따스한 햇살에 이제 슬슬 하품이 나올 것 같군. 눈을 감은 채 바람을 느끼고 있을 때였다.

"서서서, 선배 드디어 찾았다! 이런 데 있었네요! 허억, 허억…… 저기, 저기, 우리 여관에 묵으신다는 게 정말인가요?"

바람처럼 갑자기 나타난 여학생, 내 앞에서 흔들리는 가슴.

거친 숨결을 내뱉는 여학생이 나타나자 무심코 시선을 아래로 내렸다. 자극이 너무 강해. 나는 풋풋한 귀족, 순정파라고.

"여관! 선배!"

"여관? 이야기? 오케이, 티나. 좀 진정해 봐. 자, 심호흡. 하나, 둘, 셋."

"스읍~ ……하아~ ……스읍~ 하아~ 가 아니라, 선배! 그래서 요렘에 가는 거죠!?"

"전혀 진정 못했어."

"저는 엄청나게 진정됐어요! 그, 래, 서! 선배, 이제부터 가는 거죠?"

"그러니까아⋯⋯. 왜 티나가 그걸 알고 있는데?"

나랑 알리시아가 과외학습을 간다는 사실.

그건 로코모코 선생님의 가벼운 입 탓에 널리 알려진 사실이 되어 버렸다. 그러나 우리 목적지 등은 여전히 은닉됐고, 알리시아가 행선지를 누군가에게 흘렸다고 생각하기도 어려웠다.

"엄마한테서 선배가 좋아하는 음식을 가르쳐 달라고 연락이 왔어요! 그래서 혹시 그런 건가 했죠. 하지만, 제 예상이 딱 맞았네요!"

"혹시⋯⋯ '골도니' 라는 곳이."

"우리 집! 우리 집이에요!"

"쉬잇! 그러니까 목소리가 너무 크다고!"

그 다음 나는 티나에게 엄중하게 입막음을 했다.

다음에 미니 골렘의 숙제를 도와주는 것을 조건으로 삼아서, 우리 과외학습 장소가 어디인지 퍼뜨리지 말라고 약속했다.

"스로우 님, 이야기는 전부 들었어요!"

저녁 식사 뒤, 의자에 앉아서 느긋하게 지내고 있는데 내 방에 메이드 한 뛰어들어 왔다.

"누, 누구냐!?"

불법침입인가? 메이드를 부른 기억 없는데!

"……? 무슨 말씀이세요? 저예요!"

"아. 샬롯이구나……. 메이드복이라서 누군지 몰랐어."

하얀 에이프런 드레스를 입은 샬롯은 방으로 들어오자마자 나한테 티 없이 맑은 웃음을 지었다. 그렇지만 등에는 어째선가 빵빵하게 부푼 가방을 메고 있었다.

"혹시 벌써 아는 거야……?"

"네! 내일 아침 편으로 알리시아 님과 함께 요렘으로 가는 거죠! 자 보세요. 벌써 준비 만전!"

바닥에 내리자, 쿠우웅. 대체 뭘 넣은 거야?

"식당 일도 당분간 쉰다고 말했으니까 준비도 완벽해요!"

그렇게 말하며 가방의 내용물을 펼쳤다. 거기에는 숙박 도구가 꽉 들어차 있었다. 과연 샬롯, 솜씨가 좋다고 칭찬하려 했는데, 어쩐지 황홀한 표정이 눈에 들어왔다.

"설마 스로우 님이 가디언이라니…… 스로우 님이 왕실의 수호자……."

"아직 된 게 아니잖아. 그리고 일단 수락했을 뿐이지 진심으로 노릴 생각은 없어."

"에이! 무슨 말씀이세요!!"

흥분한 샬롯은 로열 나이트, 로열 나이트라고 중얼거리며 함박웃음을 지었다.

이후로 샬롯은 내 일을 자기 일처럼 기뻐하면서 내 여행 준비를 갖춰 주었다.

"로열 나이트~ 가디언~ 공주님이 있고요. 궁정의 만찬회에
불려가서~ 저도 불려가서~ 요리가 잔뜩 나와서~ 하지만 저
는 스로우 님이 많이 못 먹게 감시하고~ 하지만 결국 스로우
님은 참지 못해서……… 먹고서~ 살이 쪄서……… 또 다
시………."

엉뚱한 노래를 부르면서, 내 생활에 필요한 의류를 서랍에서
꺼내 가방에 집어넣는다. 그러나 점점 샬롯의 미소가 시들어
갔다.

"스로우 님이 하얀 망토를 두른 아기돼지가 됐어요……."

아무래도 오랜 세월 물들어 버린 내 이미지는 샬롯이라도 좀
처럼 떨쳐내지 못하는 모양이다.

내 목표 첫째.

되도록 빨리 살을 뺀다.

슬림 마초 같은 사치스러운 말은 안 하고 그냥 보통 사람만큼!

그러나 아직도 나는 완전 돼지를 간신히 빠져나온 수준. 그 많
이 먹기 마법대회에서 획득한 진짜 살 빠지는 약이 있으면 일이
매끄럽게 진행됐을지도 모르지만, 샬롯이 부숴 버렸다. 시장
에 유통되는 살 빠지는 약은 대단히 비싸서, 우리는 도저히 손
을 댈 수 없었다.

지금은 샬롯 특제 살 빠지는 약을 먹고 있지만, 효과는 느껴지지 않는다. 이제 슬슬 마시는 걸 관둬야 하나 갈등하고 있는데.

"아, 맞다. 사실 스로우 님한테 건네야 할 것이 몇 개 있어요."

어쩐지 자랑스러운 기색의 샬롯이 병을 건넸다.

뭔가 질척질척하고, 하얗고 탁한 액체가 들어 있는데 이건 대체 뭐지……? 백탁액 속에 둥둥 떠 있는 길쭉한 물체가 보였다.

"저기 이거. 안에 뭔가 들어 있는데."

"끈적끈적 지렁이예요!"

"네이밍 센스가 무시무시하네……."

"스로우 님, 끈적끈적 지렁이를 모르시나요?"

"당연히 처음 듣지……. 우와…… 이거, 눈 크다……."

"후후후, 놀라지 마세요? 이 끈적끈적 지렁이는, 노, 노, 놀랍게도! 다이어트를 하는 스로우 님에게 딱! 마법사 전용 살 빼는 약에 쓰이는 몬스터예요! 스로우 님, 병을 흔들어 보세요!"

지시에 따라 병을 흔들어봤더니, 안에 있는 끈적끈적 지렁이가 외눈을 부릅떴다.

무, 무서워어어어어어!! 이거 팔팔하게 살아 있잖아! 하마터면 지금 떨어뜨릴 뻔했다!!

"신중하게 흔들어 주세요. 제 이번 달 급료를 전부 써서 구한 거니까요!"

"……샬롯, 이런 물건에 용케 그런 돈을 쓸 배짱이 있구나."

"스로우 님이 살을 빼면, 전속 종자인 제 평가도 쭈욱 올라가니까요. 하지만, 돈이 없으니까 이게 마지막 살 빼는 약이 될 것 같아요……. 그러니까 조심해서 드세요."

진지한 표정으로 끈적끈적 지렁이의 유효함과 구하는 고생을 역설하는 샬롯에겐 미안하지만, 살 빼는 약의 효과에 관해서는 아마 말도 안 되는 정보일 것 같다.

마법에 반응해서 살을 뺀다고? 지방을 연소? 그런 이야기 들어본 적도 없거든.

흔한 이야기다. 돈이 궁한 모험가가 신형 몬스터를 붙잡아서, 적당한 효과를 꾸며내어 일반 서민에게 팔아 치운다. 하지만 샬롯이 나를 위해 만들어 준 마지막 살 빼는 약이잖아. 깊게 파고들지 말고, 소중하게 마시리라고 나는 홀로 결심했다.

"훗후~흥, 후응~후후후. 아, 제 손수건이네요. 잃어버린 줄 알았는데 스로우 님 방에 있었구나. 후후후~."

그 다음에도 샬롯은 내 방을 척척 청소하며 짐을 정돈했다. 방을 얼마나 비울지 알 수가 없으니, 철저하게 청소를 하려는 모양이다. ……메이드 차림이니까, 샬롯에게는 미안하지만 솔직히 메이드로만 보인다.

"샬롯, 어쩐지 기뻐 보이네."

"지금까지는 저 스로우 님 전속 메이드 같은 일만 했잖아요. 드디어 저도 종자다운 일을 할 수 있다고 할까요……. 자, 그러면, 청소도 얼추 끝났으니까…… 각오는 되셨나요?"

"각오……? 설마."

아직 병 안에서 나를 바라보고 있는 끈적끈적 지렁이.

그 눈은 얼른 나를 여기서 꺼내라고 말하는 것 같았다…….
설마 이 녀석을 지금 이 자리에서 마시라는 건가? 윽, 마음의
준비가!

그런 내 걱정과 달리, 샬롯은 가슴의 주머니에서 뭔가를 꺼냈
다.

"짜자안. 사실은 스로우 님에게 편지가 왔어요."

편지 내용은 보기 드물게 어머니의 직필. 길고 성실한 글자로
학원에서 무슨 일이 있었는지, 나는 무엇을 했는지, 어떤 마법
을 써서 용병을 붙잡았는지 등을 극명하게 적으라고 했다.

역시 학원장님이 말한 것처럼, 데닝 공작 가문에는 추기경의
초대장 소식이 아직 전해지지 않았나 보다. 그러나, 괜히 달필
이라서 읽기가 힘들군.

"저기 스로우 님……. 이 부분 말인데요."

"벌써 거기까지 읽었어? 어…… 농담이지?"

샬롯의 가는 손가락이 가리킨 곳. 그곳에는 내 아버지인 데닝
공작이 최전선에서 귀환하여, 사정을 직접 듣기 위해 크루슈
마법학원으로 온다는 내용이 적혀 있었다.

"……일을 팽개치고서 여기 온다고?"

"공작님은 스로우 님을 굉장히 아끼셨으니까요……."

"그렇다 쳐도 이야기가 너무 갑작스러워."

"……그렇네요."

추욱. 묵직한 침묵이 흘렀다.

분명히 샬롯이 말한 대로 나는 굉장히 사랑받고 있었을지도 모른다. 내가 옛날에 최연소로 차기 데닝 공작으로 선택된 것 역시 아버지의 강한 추천이 있었기 때문이다.

"저희는 어떻게 되는 걸까요……? 혹시 집으로 돌아오라고 하시는 걸까요? 본래, 저희 말고 크루슈 마법학원에 다니는 공작 가문 사람은 없으니까요……."

조용히 중얼거리고. 그렇게 활기가 넘치던 샬롯이 눈물을 지었다.

마음은 이해한다. 아버지는 꽉 막힌 군인이다. 내가 칠흑 돼지 공작이 된 뒤로 몇 번 철권을 받는지 모르고, 샬롯에게도 대단히 엄격하다. 샬롯에게서 지팡이를 몰수한 것도 아버지가 한 일이었다.

"샬롯. 지금은 외출 준비에 전념하자. 아버지 일은 나중에 생각하고."

"그, 그렇네요……. 저희가 뭐라고 해 봤자 해결되는 문제도 아니니까요……."

그리고 얼마 동안.

"제가 들게요!"

"아니야, 내가!"

"저는 스로우 님의 종자니까 제가!"

우리는 현실도피를 하는 것처럼, 어느 쪽이 학원 문 옆에 대기하고 있는 마차까지 짐을 옮길 것인가를 두고서 시끌벅적하게 실랑이를 벌였다.

2장 옛 피앙세와 거리는 멀기만 하다

"소드피시 초절임도 있어요! 마법학원에도 납품할 예정인 최고급품."

"다치기 싫으면 비켜! 이쪽은 서두르는 중이다!"

길을 오가는 행상인과 짐꾼의 목소리.

더욱이 가끔 귀족으로 보이는 상등품 망토를 두른 자들의 모습도 보였다. 그런 그들은 돌로 포장된 길을 서로 밀고 밀리며 걷고 있었다.

"스로우 님, 저도 들 테니 짐 절반씩 나눠요!"

"어? 정말? 하지만 절반은 많으니까……. 그러면 이거랑 이것만 들어줄 수 있을까?"

"네! 맡겨 주세——."

"——샬롯 씨! 괜한 짓을 하지 말아주겠어요!?"

학원 정문에서 뻗은 숲의 가도.

그 길을 따라 말을 타고 몇 시간 걸리는 곳에 있는 도시, 요렘.

대륙 중앙 서부에 위치한 나라. 다리스에서도 활기가 있는 도시로 알려져 있으며, 크루슈 마법학원이 건조된 시대와 같은 시기에 발전을 이룬 역사를 가졌다.

　도시 중앙, 거대한 시계탑이 있는 영주의 저택은 멀리서도 확인할 수 있을 정도다.

"왕도에서 들여온 최신 한날 양손검. 황금의 자루다!"

"크무르 은화 몇 닢으로 백산수(白山水)를 마실 수 있는 곳은 우리 집뿐이야!"

　언제나 병사가 순찰하기 때문에 치안도 좋고, 영주도 선량한 사람이라고 들었다.

　마법학원에 다니는 학생이 주말에 걸쳐 놀러 오기 딱 좋은 규모. 지금도 어디선가 악단이 연주하기 시작한 음악이 시가지에 울려 퍼져, 도시의 활기찬 분위기를 만드는데 박차를 가하고 있었다.

　우리처럼 오락에 까다로운 귀족 도련님이라도 안심하고 안전하게, 마음껏 즐길 수 있는 도시였다.

"샬롯 씨, 이리 와요. 그 녀석이랑 얘기할 틈이 있으면 저 깃털 모자를 쓴 아저씨가 낙찰하려는 반지를 사다 주겠어요? 저는 이쪽에서 다른 상품을 보느라 바빠서. ……그렇죠. 저 아저씨가 지금 말하는 가격의 2배 안쪽으로 낙찰해 줘요."

"네, 네에. 알리시아 님……. 하지만……. 돈을 이렇게 써도 괜찮은가요?"

"아까 전당포에서 필요 없는 보석을 잔뜩 팔았으니 문제 없답니다."

도시의 중심부에 가까운 환락가.

우리는 저녁 노을에 물든 거리 풍경 속을 걷고 있었다.

도시에 녹아 드는 서민복치고는 조금 화려한 붉은 스커트를 입은 알리시아를 선두로 원피스를 입은 샬롯이 알리시아를 따르고, 마지막으로 짐꾼인 내가 사람들과 부딪히면서 따라간다.

"저, 저기 알리시아 님? 이제 그만 여관으로 안 가시겠어요?"

"모처럼 짐꾼이 있으니까, 이걸 이용하지 않을 순 없답니다."

학원에서 도시로 온 우리의 주도권은 완전히 왕녀님이 쥐고 있었다.

여관으로 곧장 가면 될 것을, 이 녀석은 방금 산 연한 핑크색 귀걸이를 달고서 기분 좋게 도시를 활보한다. 도시 전체로 뻗은 돌바닥 길 위에 펼쳐진 노점에서, 희귀품을 조금이라도 비싸게 팔려는 노점상들이 호구를 향해서 목청을 높이고 있었다.

나는 양손으로 짐을 끌어안고, 더욱이 목에도 정체 모를 꾸러미를 매달고 있었다. 덕분에 아까부터 사람들과 마구 부딪히고 몇 번이나 고개를 숙여 길을 비켜 달라고 했는지 알 수가 없다.

"……스로우 님, 역시 저도 들게요. 이리 주세요."

"아이참! 몇 번을 말해야 알아듣나요! 짐꾼은 돼지 스로우의 일이니까 제멋대로 구는 건 그만두라고 했죠!"

우리 짐은 마차에서 직접 여관에 전달하게 되어 있었다.

그래서 본래는 빈손이어야 했다. 여관까지는 샬롯과 둘이서 유유자적 대화를 나눌 수 있을 거라 생각했는데, 우리가 뭘 말하려고 할 때마다 알리시아가 대화를 가로막았다.

"그, 그래도……."

"메이드는 말대꾸 금지! 자, 얼른 걸어요!"

"우우……. 저, 메이드 아닌데요……."

잘난 척하는 태도마저도 당당하시다.

장래에는 틀림없이 절세의 미녀, 그런 화려한 미래를 예감할 수 있는 『슈야 마리오넷』의 메인 히로인에게 이것저것 지시를 받는 나를 부러운 기색으로 바라보는 녀석들도 있는 모양이지만……. 이거, 꽤 스트레스거든…….

"누나 비켜 봐!"

"꺅!"

작은 그림자. 길을 억지로 가로지르는 어린애가 알리시아와 부딪혀서, 나는 반사적으로 이 녀석의 작은 몸을 짐과 함께 받아냈다.

가녀린 몸, 옷을 입었지만 체온이 살며시 전해진다.

"알리시아 너 말이야. 이 도시에 온 목적을 잊은 건 아니겠지?"

"……흐, 흥! 그러면 쇼핑은 끝이랍니다. 어, 어쨌든 손을 놓아 줄래요? ……얼른, 놓으라니까요! 자! 놔아──요!"

수치 탓에 약간 볼이 붉어진 막무가내 프린세스.

이제부터 이 녀석과 생활할 걸 생각하니, 나는 벌써부터 속이 쓰리기 시작했다.

도시 중심에 우뚝 선 시계탑을 향해서, 인파 사이를 슬슬 빠져 나가는 소녀가 두 사람.

　나는 그 뒤를 서둘러 따르면서 학원을 나서기 전에 마주친 여자애 한 명의 말을 떠올렸다.

　어느샌가 널찍한 메인 스트리트에서 뒷골목으로, 조금 좁아진 골목을 영차영차 걸어가자 건너편에 어엿한 문이 보인다. 문 앞에는 험상궂은 남자가 두 사람. 위압감을 풍기면서 직립부동.

　"늦어요!"

　"나는 네 짐까지 들고 있잖아. 그리고 뭔데? 갑자기 멈춰 서서는……."

　문의 입구를 지키며 서 있는 남자가 가진 장비를 본 나는 진심으로 놀랐다.

　명백하게 인간용이 아닌 거대한 대검이나 창 같은 무기를 들고, 주위를 위협하고 있었다.

　이 녀석들…… 틀림없이 모험가다. 몬스터용으로 살상력을 높이기 위한 무장. 격을 따지면 숙련자^{베테랑}에 이른 남자들 두 사람이 지키는 문에 큼지막하게 커다란 글자가 새겨져 있었다.

　【골도니】.

　아래쪽에는 왕실 거래처를 나타내는 황금판까지.

　빼꼼 고개를 내밀어 문 안쪽을 들여다 보자, 정비된 정원으로 이어지는 길. 그 앞에는 한층 거대한 벽돌로 만들어진 저택. 옆에 독립된 별관도 보이고——.

나는 숨을 꿀꺽 삼키고 중얼거렸다.

"……진짜야?"

티나, 아무래도 너는—— 부잣집 아이였나 보구나…….

"그럼요, 그럼요! 그 아이한테 들었어요! 데닝 공작 가문의 작은 공자님!"

베테랑 모험가를 경비원으로 고용할 정도의 고급 여관.

중심가 근처면서도 가게가 수십 개나 쏙 들어가 버릴 정도로 광대한 부지. 여관인 본관 주위에는 한숨 돌리기 좋은 마음 편한 정원도 있고, 길 옆에는 분수나 작은 연못마저도 있었다.

"설마 그 추기경님께서 직접 지명하시다니. 이렇게 영광스러운 일은 없어요. 최상층에 방 2개를 준비했답니다. 그럼요."

이 여관의 지배인이자 티나의 어머니인 여주인 뒤를 따랐다.

여관은 손님층으로 격을 알 수 있다고 하는데, 그렇다면 이곳은 최상급이 틀림없다. 접수 홀은 바깥에서 상상도 못할 정도로 번쩍번쩍하게 닦여 있었고 귀족 취향의 격식 있는 인테리어였다. 타깃이 되는 숙박객은 대상인이나 백작 클래스. 왕실도 이용한 적이 있다는 건 정말이겠지.

"우리 딸아이가 작은 공자님께 신세를 지고 있다고 들었어요. 정말로 참. 뭐라고 감사를 드려야 할지. 그 아이는 잘 지내고 있나요? 데닝 공작 가문의 작은 공자님.”

“친구도 많은 것 같으니 걱정 없어요. 마법에 눈을 뜬 것도 그렇지만 이야기를 들어보니 학업도 충분히 우수한 부류에 들어가는 것 같고요.”

“설마 그 애가 마법에 눈을 뜨다니. 아이참, 곤란하답니다.”

계단을 오르면서 말하는 여주인. 커다란 눈동자와 빼어난 몸매는 딸인 티나와 꼭 닮았다. 안에서부터 커다랗게 옷을 부풀게 만드는 풍만한 가슴이 역시 눈길을 끌었다. 티나도 성장하면 이런 느낌이 되는 걸까아? 어어 아니야. 지금도 충분히 크단 말이지…….

“우선, 작은 공자님의 방은 이쪽이랍니다.”

최상층, 가장 안쪽에서 두 번째. 티나의 어머니가 깊숙이 고개를 숙이면서 문을 천천히 열었다.

“그러면 데닝 공작 가문의 작은 공자님, 종자님. 느긋하게 쉬어 주세요…… 어머나? 그러고 보니…… 당신은 작은 공자님 일행의 메이드인가요?”

“어…… 저는 메이드가 아니라 스로우 님의 종자예요!”

티나의 어머니가 고개를 갸웃거리면서 안색이 창백해졌다.

“종자님이…… 여, 여자애? 데닝 공작 가문의 종자는 다들 남자 아니었나요——!!”

발목까지 빠질 것 같은 융단과 높은 천장.

겨울에는 도움이 될 난로나 푹신푹신한 의자가 방의 장식품으로 격을 높이고 있으며, 널찍한 실내는 열 명 가까운 사람도 다 함께 쉴 수 있을 법한 사양이었다.

"역시 데닝 공작 가문은 이래저래 오해를 사고 있네요."

"그렇단 말이지이……."

티나의 어머니는 아무래도 우리 집 종자가 모두 남자라고 착각해서, 일부러 방에 침대가 하나밖에 없는 방을 준비했다. 듣자니 데닝의 종자는 언제나 주인 곁에 있으며 결코 침대에서 안 잔다는 소문을 진심으로 믿은 모양이다. 근거 없는 소문이라고 일축했지만, 집에서 생활할 때를 가만히 떠올려 보니 그렇게 틀린 것도 아닌 것 같았다.

실제로 그런 종자가 데닝 공작 가문에 있단 말이지…….

척척 짐을 풀면서 샬롯은 먼저 짐이 모두 여관에 도착했는지 확인하고 있었다. 머무를 기간은 미정이지만, 샬롯은 최대 2주 동안을 지낼 수 있게 짐을 꾸려 왔다고 했다.

다른 방은 거절하고 한방에서 묵기로 했다. 샬롯이 자기가 여관에 폐가 되는 걸 걱정하면서 움츠린 채 송구한 기색인 것을 보고 내가 문제 없다고 해 버렸지. 침대는 나랑 샬롯이 함께 자도 아무 문제 없을 정도로 넓었다. 나는 소파에서 자도 되니까.

"……그래서. 왜 네가 여기 있는 건데? 알리시아."

"있으면 안돼?"

그렇게 선언하는 알리시아는 방에 놓인 침대 가장자리에 살포시 앉아서 팔짱을 끼고 있었다.

어허? 이 녀석도 옆에 방 하나가 제공됐을 텐데…….

"안되고 말고, 네 방은 옆이잖아."

"……당신이 샬롯 씨랑 같은 방에 묵는 파렴치한 일이 용납될 거라 생각하나요?"

"샬롯은 내 종자다. 같은 침대에서 자는 건 분명히 문제가 있을지도 모르지만 한 지붕 아래 정도는 상관없잖아."

"헤에~. 한 지붕 아래 정도, 말이죠. 당신 그런 몸으로 용케 부끄러운 줄 모르는 말을 하네요."

"뭔데에……. 또 내가 돼지 같다는 험담을 하려고? 말해 두는데, 네가 입을 열 때마다 돼지돼지하니까 나도 내성이란 게 생겼거든."

"……말로 하는 것보다 보여주는 편이 빠르겠어요. 영차, 잠깐 거기 서 보세요."

그러더니 알리시아가 일어서서 내 등을 꾹꾹 밀었다. 뭐야 대체?

"어, 야. 대체 뭔데?"

"됐으니까 거기 서 보세요."

나는 시키는 대로 거울 앞에 섰다.

"거울 안에…… 뭐가 보이죠?"

우으응, 아기돼지? 분명히 거울 안에는 통통하게 살찐 뚱보가 보였다.

하지만 최악의 칠흑 돼지 공작 시절에 비하면 훨씬 낫잖아.

아니, 그야 엄격한 눈으로 보면 뚱보라고 할 수 있는 범주긴 한데 말이지. 다이어트를 시작한 시기를 생각하면 상당히 하이 페이스로 지방을 떨궈내고 있잖아.

늘씬한 마초의 길로 폭주하고 있다고 해도 좋다.

"그러면, 샬롯 씨도 돼지 스로우 옆에 서보겠어요?"

짐을 체크하고 있던 샬롯이 알리시아의 손에 이끌려 침실로 왔다.

샬롯이 내 옆에 서자, 곧장 화사함이 흘러 넘친다.

"이걸로 바보 같은 당신이라도 알 수 있겠죠. 다시 말해서, 그런 거랍니다."

"전혀 요만큼도 모르겠거든요~. 그러니까, 넌 무슨 말을 하고 싶은데!"

"저기 알리시아 님, 저는 신경 안 쓰는데요……. 저는 스로우 님의 종자니까요. 침대도 커다랗고 푹신푹신해요…….."

샬롯의 작은 항의는 알리시아의 커다란 소리에 지워졌다.

"저는 신경 안 쓰는데요!? ……무슨 잠꼬대를 하는 건가요. 그러고 보니 당신은 옛날부터 그랬죠!"

"히이! 죄, 죄송합니다!"

"어디를 어떻게 봐도 멍청한 메이드와 뒤룩뒤룩 살찐 물정 모르는 돼지 귀족! 아니, 뭐 돼지 스로우가 말한 것처럼 분명히 최악이었을 때보다는 상당히 나아졌을지도 모르지만요. 교복도 분명히 학원에서 팔고 있는 기성품을 입을 수 있게 됐다고 들었어요. 질리지도 않고 다이어트도 계속하고 있다고 하고……. 하지만, 같은 방은 안돼요! 거울 속에 있는 건 딱 봐도 버르장머리 없는 바보 귀족과 그 귀족에게 붙잡힌 바보 메이드잖아요!"

"누가 버르장머리 없는 바보 귀족이냐!"

"그러니까 저는 메이드가 아니에요……. 그리고 바보 아닌걸요……."

"──내 옆방에서, 남녀 두 사람이 동침하는 건 안 돼요! 안 된다면 절대로 안 돼요!"

"귀찮은 녀석이네. 딱히 상관없잖아. 너도 슈야랑 같은 방에서 자는 일도 있고──."

"뭐──뭐라고요오오? 제가 언제 슈야랑 한 지붕 아래에서 동침을 했다는 건가요! 그 녀석 따위는 제가 보기에 그저 사용인! 같은 방에서 잔다니 절대 안 그래요!"

알리시아의 말투가 날카로워졌다.

어이쿠, 이럼 안 되지. 알리시아랑 슈야 사이가 가까워지는 건 애니메이션에서 더 나중 이야기였다. 지금 이 녀석에게 말해도 이해할 리 없었어.

그건 그렇고, 역시 슈야는 사용인 취급이구나……. 가여운 애니판 주인공.

"슈야 일은 농담이야. 그렇게 화내지 마."

"당신이 갑자기 이상한 말을 꺼내서 그렇잖아요!"

"미안하다니까……. 하지만 그럼, 나는 어디서 자는데?"

"아, 그리고, 그거잖아요. 돼지 스로우, 당신이 내 방에서 생활, 이 아니라 자면 되잖아요."

"……네 방? 싫어. 침대에 봉제인형이 잔뜩 있는 동화풍 방이 잖아. 그리고 지붕이 딸린 침대……. 내 취향이 아니야."

아까 가볍게 구경 갔는데 지붕이 딸린 침대에다 봉제인형이 비좁게 늘어선, 소녀 취향으로 가득한 침실이었다. 알리시아 같은 자그마한 여자애가 자고 있으면 귀엽겠지만…… 내가 자고 있으면 악취미도 그런 악취미가 없잖아. 오크가 핑크색 방의 지붕 딸린 침대에서 자는 모습은 너무 끔찍하다고.

뭐, 이 방은 넓으니까 한 사람쯤 늘어나도 매일 생활하는 데 지장은 없을 거야. 그리고 알리시아는 나를 싫어하니, 금세 내 존재에 질려서 자기 방으로 돌아가겠지.

"……있죠. 지금 깨달았는데 왜 침대 위에 저런 귀여운 고양이가 있나요?"

그 말에, 침실에서 거실로 몰래 돌아가려던 샬롯이 반응했다. 알리시아가 저거저거라고 가리킨 곳. 침대 머리맡에 동그랗게 몸을 말고 있는 검은 고양이가 있었다.

"와아~! 아르가 왜 여기 있지! 학원에 두고 왔는데!"

냥, 냥. 샬롯의 목소리에 꼬리를 술술 흔들면서 응답하는 검은 고양이.

그게 아니라 바람의 대정령 씨. 샬롯의 보호자이며 야성을 잃어버린 가련한 짐승. 저 검은 고양이가 바람의 대정령이란 걸 아는 사람은 이 나라에서 오로지 한 명, 나뿐이다.

……응, 그러고 보니 알리시아. 지금 저 녀석을 귀엽다고 했냐? 저 눈초리 나쁜 녀석을? 취향 참……. 그리고 대정령 씨한테 요렘에 간다고 말을 안 했군. ……그래서 좀 원망스러운 눈으로 나를 노려보고 있는 거구나.

"샬롯 씨, 그 애를 알아요?"

"에헤헤. 사실 얘는 제가 기르는 고양이에요."

"호, 호오……. 그 애는 샬롯 씨의 애완동물이었어요? 흐……흐응. 귀, 귀엽잖아요……. 샤, 샬롯 씨. 나중에 만져 봐도 될까요?"

두 사람과 한 마리 짐승이 노닥거리는 동안 나는 알리시아가 사들인 짐을 전부 저 녀석 방에 두러 갔다. 복도를 건너가서 문을 철커덕. 넓은 거실 구석에 짐을 두고서 실내를 둘러보았다. 역시 방 구조 자체는 우리 방과 크게 다를 거 없었지만, 침실이 좀……. 동맹국의 왕녀인 알리시아의 취향을 조사한 거겠지. 조금이라도 그 녀석이 편하게 묵도록 하려는 거다. 골도니에서 일하는 고생을 엿볼 수 있는 침소였다.

"하지만 저. 아직 정리정돈이 안 끝났어요! 목욕은 알리시아 님 혼자서!"

"샬롯 씨도 오세요! 당신에겐 좀 숙녀의 소양에 대해서 말해둘 것이 있으니까요!"

"괜찮아요! 저, 소양 있어요! 우우…… 놔 주세요~~~!"

복도로 돌아가자, 내 방에서 나오려는 알리시아와 저항하는 샬롯.

괜히 건드려서 화를 자초할 건 없지. 내 전속 종자는 그대로 알리시아에게 질질 연행되어 계단 아래로 사라져 버렸다.

"……나도 저녁 먹기 전에 목욕하고 와야지."

"……뿌히이이이이이~~~."

무심코 소리를 낼 정도로, 기분이 편안해지는 욕탕이었다.

학원의 목욕탕보다는 다소 좁지만 편안함은 격이 다르다. 거긴 소란스러운 데다가 주위에서 주목한단 말이지. 무엇보다 이 뚱뚱한 몸을 사람들 눈에 드러내는 게 싫었다.

나는 몸을 가라앉히면서, 부글부글부글 머리를 담그고 솟아오르는 수증기 속에서 생각했다.

내일 아침에는 로열 나이트가 알현을 위해서 이 여관에 찾아온다. 어디, 대체 누가 오려나? 조금 궁금하니까 몰래 관찰이라도 해 봐야지.

그 밖에는…… 알리시아랑 샬롯의 관계도 조금 걱정이야.

샬롯은 알리시아에게 좀 사양하는 기색이지만, 알리시아는 전혀 상관 안 한다. 전에 본 꿈에서도 그랬지만, 그 녀석은 옛날부터 샬롯을 인정 못하는 느낌이었단 말이지.

……뭐, 하지만 어떻게든 되겠지. 나랑 달라서 둘 다 커뮤니케이션 능력이 높으니까…….

"어이, 도련님! 얼굴이 빨간데!"

같은 욕조에 몸을 담그고 있던 아저씨의 목소리에 나는 제정신을 차렸다.

아이쿠 위험했다. 욕조에서 익사할 뻔했어. 가볍게 인사를 하고 얼굴을 물 위로 떠올렸다. 자, 어지러워지기 전에 이만 나가야지. 샬롯 일행도 이제 목욕 끝났을 테니까……. 오늘은 알리시아의 쇼핑에 어울려준 탓에 묘하게 피로가 쌓였단 말이지.

"……마치 번식기의 오크 같은 기분 나쁜 소리를 내는 도련님이네."

"정말이지. 던전 안에 있는 게 아닌가 착각하겠어. 저 소리는."

……그리고 말이지. 나는 오늘 잘 수 있을까……? 방에 침대는 하나뿐이다. 다시 말해서 샬롯이랑 같은 침대. 아무리 그래도 도시에 오고서 첫날인데. 그건 아무래도 너무 이르지 않을까? ……우응. 그치만 샬롯은 나를 전혀 의식하지 않는단 말이지. 같은 침대를 써도 문제 없다고 해서 알리시아한테 혼났을 정도니까……. 하지만 나는 콩닥콩닥하거든꾸울…….

결론부터 말하자면, 걱정이 하나도 소용없었다.

내 풋풋한 콩닥거림은 무신경한 난입자 때문에 무참하게 부서져 버렸기 때문이었다.

"쿠울…… 우응…… 쿠울……."

……쿠울쿠울 시끄러워어, 이 녀석.

커다란 침대 중앙을 자기 것이란 표정으로 점령한 황갈색 머리 여자애. 어디 있어도 남자의 눈을 끄는 미소녀인『슈야 마리오넷』의 메인 히로인님이, 평소의 드센 표정이 아니라 앳된 표정으로 쿨쿨 잠들어 있었다.

언제까지 내 방에 있는 거냐고 생각했는데, 설마 잘 때까지 내 방에 있다니.

게다가 침대 한가운데를 당당하게 차지했다.

……이 녀석의 자그마한 등. 알리시아의 건너편에는 내 천사가 얼굴을 이쪽으로 향한 채, 귀여운 얼굴을 무방비하게 드러내고 있었다. 투명감이 있는 피부에 탱탱한 볼, 직시하기 어려운 모습으로 새근새근 깊은 잠에 빠져 있었다.

"……꾸히이오오……. ……꾸히이오오……."

잠들 수 없다는 의미의 오크어다.

알리시아 덕분에 콩닥콩닥은 줄었지만, 이번에는 여자애랑 같은 침대라는 사실이 머리를 뒤흔들었다. 아무래도 나는 리얼 오크라고 불리는 입장이잖아? 오크가 인간님과 같은 방에서 자도 되나? ……꾸힉꾸힉! 마음속으로 한 차례 외치자, 그나마 좀 차분해졌다.

머리가 어떻게 될 것 같지만, 되도록 냉정을 가장하면서 눈을 감았다. 강력한 자력에 끌려가는 것처럼, 내 시선은 어째선가 알리시아의 하얀 목덜미에 집중했다. 우유랑 향수가 섞인 것 같은 향기. 아차, 번뇌에 질 수는 없지. 나는 두 사람과 반대 방향으로 몸을 뒤척였다.

"뿌후우!"

그대로 바닥에 추락했다. 쿠당 하고 커다란 소리가 났지만 아무도 안 일어난다. 슬퍼라. 하지만 괜히 달아오른 몸이 바닥에 닿아 식어서 기분 좋았다.

침대보다 오히려 바닥이 내 심정적으로는 자기 쉽겠다고 생각하고 있는데, 정말로 잠기운이 찾아왔다. 티나를 위해서도, 대단히 자기 편한 바닥이었다고 말해 둬야지.

●

기품은 만점이지만, 네글리제 안에 숨겨진 살집은 다소 빈약한 소녀가 침대에서 바닥으로 떨어진 소년을 살폈다.

아까는 묘한 신음 소리를 낸다 싶더라니 갑자기 침대에서 떨어지고, 그대로 잠들어 버린 소년. 지금은 마치 오크처럼 "꾸울꾸울…… 꾸히익…… 샤알롯…… 그런 건, 못 먹어…….'' 라면서 잠들어 있었다. 다소 살이 빠졌지만, 이 한심한 모습을 보고 그 대귀족 가문의 일원이라 추측할 수 있는 자는 아마 이 세상에 한 명도 없으리라.

"하아."

알리시아는 질려서, 소년의 모습에 벌써 몇백 번째인지 모를 한숨을 쉬었다.

이대로 감기에 걸려도 곤란하니까, 소년의 몸 위에 시트를 툭 떨어뜨렸다. 그러자 딱 좋게 소년의 몸을 덮었다. "꾸히이히우……."라는 소리는 고맙다고 하는 걸까? 적어도 알리시아는 해독이 불가능했다.

눈을 감으면, 머나먼 과거의 기억이 선명하게 되살아난다.

대륙 남방에 존재하는 대국 중 하나. 때로는 수룡국가라고 불리는 조국 서키스타와, 기사국가에서도 가장 강대한 대귀족 사이에 맺어진 정략 결혼.

데닝 공작 가문에 태어난 바람의 신동에게 셀 수 없는 혼약 신청이 쏟아졌다고 들었다. 소국의 유서 깊은 왕녀부터 영웅의 딸, 마도대국 미네르바의 재원(才媛)이나 종국에는 사람이 아닌 자들의 혼담도 있었다고 한다.

이유는 모르겠지만, 그중에서 어째선가 그녀가 이 녀석의 약혼자로 선택됐다.

"……꾸울. ……꾸힉……. 샤알롯……. 벌레는…… 안 된다니까……."

대국의 제2왕녀인 나에게 걸맞은 혼담이라고, 자랑스럽게 생각했다. 대륙 전역에 이름을 떨치는 그 고명한 데닝 공작 가문

의 신동이다. 조국에서 여러모로 얽매여 있던 그녀를 해방해
주는 왕자님 같다고 망상한 적도 있었다. ……사실은 매일 그
랬다.

 그렇지만, 영광의 나날은 맥없이 끝을 맞이했다.

 바람의 신동은 마음이 망가졌다. 성격이 이상해진 뒤로 공작
령에 놀러 갈 기회도 확 줄었다. 그녀가 모르는 곳에서 시작된
약혼 관계는 시작과 마찬가지로 그녀가 모르는 곳에서 끝나 버
렸다.

 그건 너무 제멋대로가 아닌가요?

 그래서, 굉장히 새삼스럽지만 확인하기 위해서 이 나라를 찾
아왔다. 그런데 결과는 격침. 마법학원에 있는 것은 문제행동
만 일으키는 오크의 신종. ……이었을 텐데.

 "……꾸힛. ……꾸울. ……샤알롯……. 지팡이…… 나한
테…… 겨누지 마……."

 요즘 이 녀석은── 다르다.

 용병에게서 구해준 그 순간, 짧은 대화 속에 담은 심정.

 말하지 않아도 통하는 기분이 들어서, 옛날 저 녀석이 돌아온
것 같아서, 기뻤다.

 "……샤알롯……. ……약은…… 됐어……. 꾸힉……."

 과거의 기억이 되살아났다. 아무도 모르는 마음속이기에, 추
억의 여행은 멈추지 않았다. 그렇게 요렘에 찾아온 세 소년소
녀는 깊은 잠에 빠졌다.

평소보다 깊은 잠에 빠진 이유가, 분명히 머나먼 추억 속에서 웃고 있던 그가 가까이 있기 때문이리란 것은 그녀만의 비밀이었다.

●

"스로우 님, 스로우 님."

흔들흔들. 누군가 내 몸을 흔들었다.

에잇, 누구야. 아직 이른 아침이잖아. 오늘은 푹 잘 예정이라고.

"우웅?"

"일어나세요. 이미 아침이 지났어요! 그리고 어째서 바닥에 떨어져 있는 건가요!"

"어라? 샬롯이 있네."

그리고 샬롯 건너편에는 낯선 천장.

……여기, 어디지? 내 방은 아니고, 학원이 아닌가? 어? 어째서? 어째서 모르는 방에 있는 거지 꾸울? 그리고 나는 샬롯이 말한 것처럼 왜 바닥에서 자고 있지? ……몸 위에 시트가 덮여 있네.

"아……. 그렇지. 나 요렘에 왔었지."

"그래요. 자, 이거요."

나는 샬롯이 건넨 젖은 천으로 얼굴을 쓱쓱 닦았다. 아직 각성

상태에는 멀었지만, 조금 의식이 또렷해졌다.

"스로우 님. 허브티 드시겠어요? 맛있어요."

"마실래꿀."

아무 생각 없이, 그녀가 내민 새하얀 컵을 받았다. 한 모금 마시자, 몸속에서 따끈함이 진하게 퍼졌다. 산뜻한 맛, 이건 봄에 딴 잎인가……? 상당히 부드러운 맛이다.

"후우……. 근데 어라? 그러고 보니 그 녀석은?"

침대 위에는 흐트러진 시트. 그것만 보고서도 어제의 기억이 되살아났다.

어제 그렇게나 소란스럽던 그 녀석이 없는 걸 이제야 깨달았다.

"아까 방으로 돌아가셨어요. 저희는 예정 시간보다 늦잠을 자 버렸나 봐요. 분명히 이 침대가 푹신푹신한 탓이겠죠."

"정말 푹신푹신했어."

"무슨 말씀이세요? 스로우 님은 바닥에서 주무셨잖아요."

"그랬었지……. 그보다 샬롯. 로열 나이트가 알리시아한테 인사하러 온댔는데."

"그러니까, 아마…… 방금 복도에서 발소리가 들렸어요. 마침 지금 와 있는 것 같아요. 그래서 서둘러서 스로우 님을 깨운 건데요."

"어, 벌써 왔구나!"

나는 황급히 몸단장을 했다. 약간의 구경꾼 기분, 애니메이션에 나온 로열 나이트를 이 눈으로 볼 수 있다는 생각과 함께 복도로 나섰다.

옆 방의 문이 살짝 열려 있었다.

실내를 들여다보니, 장식이 없는 옷을 입은 두 남자가 융단 위에 무릎을 짚고서 알리시아를 향해 고개를 숙이고 있었다. 그리고 동시에 대화 소리가 들렸다.

격식 있는 로열 나이트라고 생각하기 어려운 차림이지만, 두르고 있는 공기의 질이 평민하고는 압도적으로 달랐다. 그것은 아마도 실력자의 증거. 그 순백의 망토를 입지 않은 이유는 정체를 숨기기 위해서겠지만, 무예에 소양이 있는 자가 보면 보통 사람이 아닌 걸 한눈에 알 수 있었다.

"처음 뵙겠습니다, 알리시아 전하. 저는 백작 가문 출신이며 ──."

방 안에서 로열 나이트의 자기소개가 이어지고 있었다.

저들이 이 도시에서 가디언 시련을 받는 기사구나. 로열 나이츠에서 고르고 고른 정예겠지. 나는 몰래 문 밖에서 관찰하기로 했다.

등 뒤에 있는 샬롯은 어째선가 뻣뻣한 상태였다……. 왜 네가 긴장하는데. ……그건 그렇고 뜻밖에 숫자가 적은걸.

로열 나이트는 둘.

그리고 그중 한 명은 나도 아는 사람이었다.

크루슈 마법학원에 숨어든 첩자, 노페이스를 붙잡기 위해 모로조프 학원장님이 왕실에 요청한 로열 나이트들을 이끌고 있던 유명인.

"알고 있답니다, 올리버 경. 소문이 자자한 고명한 꽃의 기사. 여왕 폐하의 원정지에서 타국의 왕족에게 구혼을 받은 매혹의 기사. 로열 나이츠에서도 한층 유명하시니까요."

"모두 지난 과거의 일…… 부끄러울 따름입니다."

"하지만, 그 결혼 이야기를 거절하셨죠. 기껏 왕족이 될 수 있는 기회였는데."

"왕실에 영원한 충성을 맹세한 몸이기에."

"……당신은 사랑보다도 충의를 택한 거군요. 과연 기사의 나라, 누군가하고는 굉장히 달라요."

"……스로우 님, 스로우 님. 저분들이 하얀 망토님들이군요."

샬롯은 로열 나이트를 보고 흥분한 모양이지만, 내 눈은 다른 남자를 포착했다. 올리버 옆에 무릎을 짚은 남자가 문제였다.

"수룡의 나라에서 찾아오신 아리따운 공주여, 내 이름은 세피스 펜드래건."

이거 참으로 꿀 같은 목소리. 옅은 물빛 머리칼을 가진 초훈남 로열 나이트.

아까부터 궁금했는데…… 저 녀석, 어디선가 본 적이 있는 것 같단 말이지. 저 정도 훈남이라면 한 번 보고 잊을 리가 없는데.

"이렇게 아리따운 공주님이 크루슈의 학사에서 배우고 있다니. 지금 학생들이 부럽군요."

그 로열 나이트는 연극 같은 움직임으로 알리시아를 바라보고 있었다.

얼굴과 이름으로 떠올리지 못했지만, 그 느끼한 말투를 듣고서 녀석의 정체가 납득이 갔다.

저 녀석, 어디서 본 정도가 아니었다. 오히려 잘 알고 있었다.

그야 그렇지. 아는 정도가 아니다.

왜냐면 저 녀석은 배신의 가디언, 세피스.

『슈야 마리오넷』에서 다리스의 차기 여왕인 카리나 전하를, 가디언의 지위를 이용해서 유괴하여 북쪽으로 데려가려 한 최악의 남자잖아! 애니메이션에서도 한층 눈에 띄는 적 캐릭터가 왜 이런 곳에 있는 거냐!

"스로우 님, 스로우 님. 저 로열 나이트님. 굉장히 멋있어요."

콧대가 시원스레 뻗었고 입술도 절묘한 배치. 매처럼 날카로운 눈으로 바라보면 몸이 떨릴 정도로 박력을 가진 장신과 늘씬한 몸매의 미장부.

거리를 걸으면 수많은 여성이 쳐다보고 교성을 지를 것을 상상하기 어렵지 않았다. 그래서 샬롯이 눈길을 빼앗길 정도로 말도 안 되는 훈남이긴 한데……. 나는 고민하지 않을 수 없었다.

저 녀석은 이 나라 다리스를 배신하고, 도스톨 제국에 가담할 운명을 가진 사내.

다시 말해서 배신자였다.

"알리시아 전하. 오늘 알현은 제가 신청했습니다."

"당신이? 그러니까……."

"세피스라고 불러 주시길, 전하. 저는 아직 로열 나이트로서 미숙한 몸입니다. 이렇게 타국의 왕족분과 만날 기회도 적었죠. 그러나 가디언이 되는 것은 저 말고 없으리라 자부하고 있습니다."

그렇게 말하더니, 세피스는 한쪽 무릎을 짚은 채 알리시아의 손을 잡아 손등에 키스를 했다. 실로 자연스러운 동작이라 알리시아가 거부할 틈도 없었다.

"설마, 이렇게 어여쁘신 분이 계실 줄은 꿈에도 생각 못했습니다만."

……아, 알리시아가 새빨개졌다.

"……와아아, 알리시아 님이 저렇게 당황하는 모습 저는 처음 본 것 같아요. 역시 같은 귀족이라도 학원 학생들하고는 다르네요."

"로열 나이트는 다른 나라의 요인과 만날 기회도 많은 나라의 얼굴이야. 태도도 어지간한 귀족보다 훨씬 세련됐지."

"……점점 더 멋있어 보여요."

"응~. ……어쩌려나."

로열 나이트를 가까운 곳에서 봤기 때문인지, 샬롯은 신이 나서 내 어깨를 강하게 흔들었다. 나는 흔들흔들 몸을 흔들면서 세피스를 노려보았다.

세피스는 지금 카리나 공주 전속 가디언이 아니라, 로열 나이트다.

저 녀석은 적일까? 이미 제국에 돌아설 맘을 품었나? 저 녀석이 다리스를 배신할 마음인지 어떤지 지금의 나는 판단할 수 없었다.

"그래서, 그 녀석은 발견됐나요?"

오만해 보이는 표정과 어조.

과연 알리시아. 벌써 제정신을 차렸다. 로열 나이트 앞에서도 평소와 같은 태도를 무너뜨리지 않는다. 그리고 그 녀석이라는 말에, 로열 나이트 두 사람이 두르는 공기가 미약하게 굳어졌다. 내 어깨를 흔드는 샬롯의 힘이 강해진 것이 무엇보다도 확실한 증거였다.

"세피스, 여기서부터는 내가 말하지."

올리버가 먼저 입을 열었다. 성실한 성격의 인상이다. 로코모코 선생님이 거북하다고 하는 것도 이해가 될 것 같군.

"전하. 이 도시에 있는 도적단은 어둠 속에 잘 숨어 있는 모양입니다. 서키스타의 추적이 어지간히도 격렬했던 거겠죠."

"그야 그렇답니다. 우리 군은 강력하며 치열해요. 용케 도망쳤다고 찬사를 보내고 싶을 정도예요. 하지만 운이 없었네요. 도망친 곳에 로열 나이트가 두 명이나 찾아오다니."

알리시아는 자신만만했다.

"저희는 한 사람 한 사람이 군에 필적한다는 로열 나이트. 도적단 따위 상대가 안 됩니다. 남방 4대 동맹의 깃발 아래, 서키스타의 좋은 벗으로서 반드시 전하의 적을 벌하겠습니다."

두 사람은 자신이 넘치는 태도를 무너뜨리지 않는다. 자신들의 힘이 있다면 간단히 발견할 수 있다고 생각하는 거겠지.

그러나, 나는 의문이었다.

철벽의 수호가 전문인 로열 나이트가 도적단처럼 뒷세계의 주민을 찾아내는 게 가능할까? 표면의 기사와 이면의 도적, 살아가는 세상이 너무 다르다.

"도적단의 수령, 보르기이에게 마무리를 짓는 건 제가 할 수 있을까요? 그것이 제가 이 도시에 온 이유니까요."

"네, 알리시아 전하의 마음이 풀리도록."

공기가 가벼워졌다.

지금까지 알리시아만 보고 있던 로열 나이트 중 한 사람, 세피스 펜드래건이 갑자기 일어서서 돌아보았다.

문 밖에서 알현을 몰래 엿보던 나와 시선이 딱 마주쳤다.

"──그리고 그쪽에 있는 당신이 스로우 데닝. 단장님의 추천으로 가디언 세리온에서 중간에 끼어든 학생이라고 보면 될까요?"

"세피스. 저자가 그 용병을 포박한 데닝 공작 가문의 무사다."

가늠하는 시선.

나는 방으로 들어가서, 일어선 두 로열 나이트와 마주 보았다. 명백하게 방의 분위기가 바뀌었다. 특히 세피스는 나에 대한 적개심을 감추지도 않았다.

"올리버 경, 어째서 당신은 그렇게 편한 표정을 지을 수 있습니까? 저자가 이 단계에서 가디언 세리온에 참가하다니. 우리가 얼마나 고생하여 이 자리에 이르렀다고 생각하십니까?"

"그러나 단장님의 정식 지시다. 우리가 뭐라고 할 수 있는 문제가 아니야. 한 가지 알 수 있는 사항은, 용병 포박이 단장님에게 그 정도로 의미가 있었다는 것이겠지. 실제로 학원에서 로코모코에게 이야기를 들었다. 저자의 힘은 로열 나이트와 비교해도 손색없다, 고 말이다."

"로코모코 하이란드는 스스로 로열 나이트의 직위를 떠난 부끄럼 모르는 작자. 녀석의 말에 얼마나 가치가 있는지 저는 상당히 의문입니다."

"그만둬라, 세피스. 그 녀석은 지금 전하의 선생님이기도 하다."

"……신경 쓰지 않아요. 그 사람은 뭐……."

그러더니, 알리시아가 두 사람 등 뒤에서 지긋지긋하단 표정을 지었다.

지금 마법학을 담당하고 있는 로코모코 선생님보다 노페이스쪽 수업이 나았다고 처음 말했던 사람은 바로 그 노페이스에게 붙잡혀 호된 꼴을 당했던 저 녀석이었다.

"그 데닝 공작 가문, 게다가 직계의 인간이 가디언 세리온을 받는 것은 전대미문. 그리고 젊은 학생, 자네도 자네야. 대체 뭣 때문에 이야기를 수락했지? 자네는 설마 로열 나이츠와 데닝 공작 가문의 관계. 상호불간섭의 밀약을 모르는 건가?"

아니 근데 너 말야. 잘난 태도로 말하고 있지만 본심은 어떻게 생각하는데? 이미 다리스를 배신하기로 한 거냐? 응? 나는 네 미래를 알고 있거든?

"일단, 처음으로 말해두지만 난 로열 나이트가 될 생각은 없어요. 추기경의 요청은 다리스 왕실의 뜻과 마찬가지. 끝내 거절하지 못한 것뿐이죠. 불만이 있다면 내가 아니라 추기경, 두 사람이 소속된 로열 나이츠의 단장님한테 직접 말하세요."

나는 그제야 입을 열 수 있었다.

세피스의 미래를 알고 있는 만큼, 어쩐지 험악한 태도를 취하게 된다. 이거 진작에 눈 밖에 난 만큼 인상도 건방진 꼬맹이로 느껴지겠네.

뭐 괜찮아. 딱히 사이좋게 지내고 싶은 것도 아니니까.

그리고 솔직히 말해서, 이 로열 나이트 두 사람은 내 상급자가 아니라 대등한 관계다.

다리스의 귀족사회에서 우리 집은 정점에 군림하는 귀족 가계. 데닝 공작 가문의 직계는 15세를 넘으면 한 사람 몫을 하는 걸로 취급된다. 리얼 오크로 유명했던 나도 일단은 그렇지.

"더욱이 나는 추락한 바람. 현역 로열 나이트가 참가하는 가디언 세리온에 나 같은 학생이 참가해도 승산은 없어요. 그보다도 세피스 펜드래건이라고 했던가? 설마 당신, 나한테 지기라도 할 것 같나?"

"건방지군……."

"세피스. 단장님은 아마도, 용병을 어엿하게 처리한 학생을 참가시켜서 우리가 분발하도록 부추기려는 심산이실 거다. 그 용병보다는 도적단이 훨씬 편해 보이지만, 우리는 놈들을 발견하는 실마리도 잡지 못한 상태니까……. 던전에 들어갈 최종 후보가 한 명 정해졌다고는 하지만, 조바심을 그에게 쏟는 것은 그만둬라."

그 말에 세피스가 뭐라 말하고자 했지만, 올리버가 손으로 막았다.

"올리버 경, 그 이야기는──."

"상관없겠지. 귀가 밝은 평민들조차 아는 이야기다."

올리버가 쓴웃음을 지었다.

"던전에 들어간다는 건 대체 무슨 말인가요?"

"허어, 자네는 모르는 건가? 최종 후보 한 사람에 대해서는 거리에서도 소문이 돌고 있는 모양이던데, 전하는 어떠신지?"

올리버가 묻자 알리시아는 고개를 저었다.

그렇지만, 가디언이 되기 위한 시련 내용이나 누가 승리할 것인가를 생각해도 의미가 없는 일이다.

나는 미래를 알고 있다. 눈앞에 있는 세피스 펜드래건이 가디언 세리온을 돌파한다.

"그렇군. 마법학원에는 정보가 이르지 못했다는 말이군. 공주님 눈에 든 자는 로열 나이트도 아닌 일반 시민, 순수한······ 평민이야. 그 남자가 현재 필두 후보로 불리고 있지."

······누구지?

평민이 가디언의 필두 후보라니 믿기 어렵지만, 시험에 참가한 올리버가 스스로 말하고 있으니까.

하지만 애니메이션에서는 세피스 펜드래건이 가디언이 됐다.

대체 가디언 세리온에서 무슨 일이 있었는지는 나도 알 수 없었다.

이렇게 생각하자 애니메이션 지식을 가진 나라도 좀처럼 모르는 일들이 많다. 재미있는데.

"그러면 전하. 인사도 마쳤으니 저는 이만 실례하겠습니다. 다음에 만날 때는 도적단의 우두머리, 보르기이를 당신 앞으로 끌고 나올 때가 되겠군요."

"올리버 씨? 무슨 뜻이죠?"

"전하도 아시다시피, 저는 꽃의 기사로서 민중에게 널리 얼굴이 알려졌습니다. 그런 자가 전하 곁에 있으면 전하께서 누구인지 캐내는 자가 나올 겁니다. 만에 하나, 도적단에게 당신이 서키스타 왕실의 일원이라는 사실이 알려질지도 모르지요.

세피스, 너는 아직 로열 나이트가 된 지 오래되지 않았고 사람들에게도 얼굴이 알려지지 않았다. 전하, 걱정하지 마십시오. 세피스의 힘은 제가 보증하겠습니다. 그리고 데닝의 소년. 용병을 붙잡은 그 통찰력으로 우리를 도와줬으면 좋겠군."

"알겠습니다, 올리버 경. ⋯⋯젊은 학생. 우리를 방해하지 말도록."

두 로열 나이트는 각자 전혀 다른 견해로 나를 환영해 주었다.

"스로우 님이 늑장을 부려서 알리시아 님이 화났어요!"

돌아갈 때, 나와 세피스 사이에 흐르는 범상치 않은 기척을 짐작한 올리버가 친목을 다지기 위해 식사라도 하면 어떠냐고 제안했다. 세피스는 마지못해 고개를 끄덕였다.

저 녀석의 미래를 아는 내 입장에서 사이좋게 지내는 건 도저히 불가능.

그렇지만 앞으로의 일을 생각하면 최소한의 관계는 유지할 필요가 있다.

"스로우 님!"

"⋯⋯꾸울."

샬롯의 재촉을 받아서, 나는 마지못해 의자에서 일어섰다.

"이런 귀여운 아이들 상대라면 좀 더 좋은 가게에 데리고 가야죠, 세피스 오빠. 우리 같은 크무르 은화 1닢으로 배 부르는 가게보다, 훨씬 화려한 장소에 가야죠. 도시의 여자 정도가 가는 가게의 격으로 남성의…… 어머나. 하지만 그쪽 아가씨들은 아무래도 도시에 있을 법한 느낌의 애들이 아니네."

그 녀석은 주택이 이어지는 길에 자리한 식당으로 우리를 데려왔다. 낡은 목조 건물의 좁은 가게 안에는 우리와 가게 관계자 말고는 아무도 없었다. 저녁 식사를 하기에는 다소 이른 시간대. 아무래도 미리 우리가 온다고 말해 둔 모양이다.

세피스는 카운터에서 여주인과 친근하게 대화를 나누고 있었다. 아무래도 하루이틀 관계는 아닌 모양이군.

"아까 들었는데요. 세피스 씨는 이 도시에 온 뒤로 언제나 여기서 식사를 하신다고 해요."

"흐~응. 저 녀석, 로열 나이트 주제에 뜻밖에 서민적이군."

하지만, 그래서구나. 저 녀석의 표정이 어느 정도 온화하게 느껴진다. 그 빈틈없는 세피스가 이 가게에 들어온 순간에, 슬쩍 긴장을 풀었다.

솔직히 뜻밖이었다.

애니메이션에서 배신의 가디언은 언제나 긴장된 표정을 짓고 있었으니까.

"죄송해요. 조금 이야기에 빠져서. 지금 요리 준비를 하고 있으니까 조금만 기다려 주세요."

"상관없답니다. 그보다도 세피스 씨, 정말로 이 가게에 자주

오는 건가요?"

"네. 이 도시에 머무르게 된 뒤로 매일 오고 있습니다. 저는 알리시아 님이 묵으시는 골도니는 지나치게 호화로워서 좀 거북하군요."

"어머나! 그 골도니에 묵는다니! 대단한 미인들이라고 생각했는데, 역시나 귀족님이셨구나. 거기 있는 통통한 도련님도 곱게 자란 것 같고……. 이런 가게라서 미안해요."

"아뇨. 상관없어요. 분명히 저는 이런 가게에 별로 온 적이 없지만, 차분하니까요."

알리시아의 말에 카운터 안쪽 누나뿐 아니라 세피스도 안도한 표정을 지었다. 그러나 내심으로는 뭘 생각하고 있을지. 귀족 사회에서도 힘을 가진 후작 가문 출신으로 로열 나이트가 된, 엘리트 가도를 폭주하고 있는 저 녀석이 나라를 버린 이유를 나는 알고 있었다.

세피스가 품은 커다란 어둠과, 저 녀석의 슬픈 미래.

저 녀석이 내심으로 이 나라, 다리스를 진심으로 증오한다는 걸 나는 잘 알고 있었다.

"늦어서 죄송해요. 자, 드세요. 조금이라도 귀족님들 입에 맞으면 좋겠는데……."

돌 식기에 간단한 요리가 담겨서 왔다.

메인은 닭고기 훈제구이에 야채 수프에 보리밥. 알리시아는 눈이 동그래져서 그걸 보고 있었다. 서민의 맛. 정성스레 만들어진 그것은 크루슈 마법학원의 식사하고도 달랐다. 나는 어쩐지 그리운 기분이 들었고, 샬롯은 한 그릇 더 달라고 하고 있었다.

"저 사람, 단골의 정체가 로열 나이트라고 알면 놀라겠죠."

"……전하. 여기는 이 도시에서 유일하게 마음이 편안한 장소입니다. 농담이 짓궂으시군요."

"후후, 그러면 관두겠어요."

식사를 하면서도 세피스의 자세는 빈틈이 없었다. 역시 나는 로열 나이트 같은 방식으로 살아갈 수 없다니까. 지칠 것 같아.

"그보다도 전하. 한 가지 부탁이 있습니다만 괜찮을까요?"

"뭔가요?"

"혼자서 외출은 되도록 삼가 주세요. 쇼핑은 골도니 사람들에게 말해 주시면 문제 없습니다."

"……저에게 그냥 숙소에서 기다리라고 하는 건가요? 세피스 씨, 제가 당신의 알현을 받아들인 목적은——."

"마음은 이해합니다. 그렇지만 도적단은 우리들에게 일임해 주십시오. 전하를 위험에 빠뜨리는 건 되도록 피하고 싶습니다. 후작 가문의 명예를 걸고, 보르기이를 전하 앞으로 끌고 오겠다고 맹세하겠습니다."

"……그렇게까지 말한다면, 알겠어요."

대화를 하면서, 세피스의 눈동자에 한순간 어둠이 드리운 것을 나는 놓치지 않았다.

역시 포인트는 후작 가문이군.

세피스가 나라를 증오하게 된 근본은, 그를 평민의 피가 섞인 사생아로 이 세상에 태어나게 한 펜드래건 후작에 대한 원한……이었지.

아마도 나하고는 다른 이유로, 알리시아도 세피스를 보고 있었다. 로열 나이트이면서도 어쩐지 위태로운 매력을 가진 남자. 애니메이션에서 본 세피스는 이미 다리스를 배신한 다음이었기에, 이렇게 로열 나이트인 이 녀석을 보는 건 신기한 기분이었다.

"그래서, 젊은 학생. 단장님이 기대하는 자네는 이 도시에서 어떻게 놈들을 찾아낼 셈이지?"

"찾아내? 나는 아무것도 할 생각 없다고 아침에 말했잖아."

"여기서 공적을 세우면 왕녀 전속이 되는 가디언의 길이 열린다. 로열 나이츠에서도 오로지 한 명의 왕녀 전속. 이 나라의 귀족에게 이보다 더한 명예는 없지."

"정당한 자격자인 당신들 로열 나이트의 직무에 끼어들 생각은 없어. 나는 그저 왕실 분들과 추기경에게 나쁜 인상을 안 주려고 이야기를 수락한 것뿐이야."

그러나 세피스는 나를 의심스럽게 보고 있었다. 이 녀석 아마도 내 말을 안 믿는 거 같군.

"세피스 씨, 이 녀석은 거짓말을 하는 게 아니에요. 이 녀석은 정말로 그냥 흥미 삼아서, 그냥 여관에서 놀고먹기 위해 온 거라고 생각한답니다."

"놀고먹는다니 너 말이다……. 그렇게 말할 필요는 없잖아?"

"그러면 틀렸나요?"

하아. 이 녀석은 아무것도 모른다니까. 너무 은혜를 억지로 베푸는 것도 그렇지만, 일단 나는 너를 위해서 요렘에 왔단 말이다. ……정확히는 슈야를 대신해 온 거지만.

그리고 세피스 같은 이레귤러가 갑자기 나타났으니, 이 녀석과 알리시아가 가까워지지 않도록 앞으로 조금 주의를 기울일까 생각 중이다.

"네 말이 맞기는 한데……. 말을 좀 다르게 하면 좋잖아……."

세피스는 귀족과 평민의 경계가 없는 세상을 만들기 위해 제국으로 돌아서는데, 솔직히 나는 그것 자체가 나쁘다고 생각하진 않는다. 사생아인 세피스에게 명확한 신분의 차이가 존재하는 다리스는 살아가기 힘든 장소겠지. 그리고 순수한 귀족인 내가 세피스의 배신을 막을 권리도 없다.

내가 이 녀석을 싫어하는 건 목적을 달성하기 위한 방식이 비열하기 때문이다. 다리스를 배신할 때, 이 녀석은 왕녀를 유괴해서 제국에 팔려고 했다. 최악의 남자다.

……그래서 알리시아를 가까이 두기 싫은데.

우응. 그렇게 생각하면 세피스를 지금 어찌 못하는 게 좀 성가

시군.

"그의 말은, 종자인 자네가 보기에도 거짓이 없니? 샬롯이라고 했었지."

"앗, 저 말인가요? ……저기, 네. 스로우 님은 진심으로 가디언이 되려는 생각은 없는 것 같아요……."

우물우물 야채를 행복한 기색으로 먹고 있던 샬롯을 창가에서 들어온 빛이 비추었다. 알리시아, 샬롯 그리고 밉살맞긴 하지만 세피스. 미소녀에 훈남이 모여 있다. 마치 왕가의 만찬회에 초대된 기분이었다.

그러나 세피스는 샬롯을 보고, 식사하던 손길을 멈추었다.

"……한 가지, 물어봐도 될까?"

"저기…… 저한테요?"

"이렇게 말하기는 좀 그렇지만…… 자네는, 정말로 데닝 공작 가문의 종자인가?"

"아……."

그 말에 샬롯이 굳어 버렸다.

"내가 아는 데닝 공작 가문의 종자와 자네가 너무나 달라서 말이야. 아니, 기분이 상했다면 미안하군. 그러나, 그 데닝 공작 가문의 종자가 그렇게…… 야채를 우물우물거리면서 행복한 모습을 보이는 것이 참 신기해서 말이지."

"세피스 씨, 샬롯 씨는 돼지 스로우의 정식 전속이랍니다."

"……데닝 공작 가문 직계의 전속 종자는 데닝 공작이 직접 선정한다고 들었습니다만."

"샬롯 씨는 특별해요. 공작님이 아니라 이 녀석의 독단이죠."

세피스의 흥미가 샬롯을 향했다. 칫, 괜한 걸 깨닫는 놈이군.

"젊은 학생. 자네는 어째서 이 아이를 전속으로 삼았지?"

"그러고 보니 저도 궁금하답니다. 옛날에 물어봤을 때는 자기 편한 대로 둘러댔던 것 같아요."

"하으으으으……."

갑자기 화제의 중심이 된 샬롯은 눈썹을 축 늘어뜨리며 움츠러들었다.

데닝 공작 가문의 사람들은 내 결단을 어린 탓에 생긴 변덕이라고 생각했고, 샬롯에게도 그렇게 설명했다. 일부 신뢰할 수 있는 자들에게는 꿈에서 본 그 녀석처럼 샬롯이 특별한 존재라고 말한 적이 있지만……. 그럼 어쩐다.

"아뇨, 알리시아 전하. 이 이야기는 여기서 끝내죠. 그녀에게 괜한 신경을 쓰게 만든 모양입니다."

"네? 세피스 씨는 궁금하지 않나요?"

"……사정이 있는 것 같군요. 저희가 모르는 이유가 있어요. 그거면 되지 않을까요?"

내가 무슨 말을 하기 전에 세피스가 스스로 물러섰다.

일단 나는 이 자리의 분위기를 바꾸려고 세피스에게 말했다.

"근데, 여기 대금은 누가 내지? 말해 두지만 나는 돈 없다?"

●

스로우 데닝과 알리시아 브라 디아 서키스타.

약혼 관계였던 두 사람은 진작 옛날에 파국을 맞은 사이였다.

"돼지 스로우. 먼저 확실하게 말해 두겠지만, 제가 용병 사건으로 당신을 용서했다고 생각하지 말아요. 지금도 저는, 당신을 엄청 싫어하니까요!"

"……그 말, 이 도시에 와서 벌써 열 번은 들었어."

몇 번을 반복했는지 알 수 없는 대화지만, 알리시아에게는 중요한 일이다.

그래서 못을 박아둔다. 옛 약혼자이면서, 지금은 같은 마법학원에 다니는 동급생. 서로 고귀한 집안 출신이며, 특히 알리시아는 이 세상에 손꼽힐 정도밖에 없는 유서 깊은 왕족의 신분. 다시 말해서 핏줄이 다르다.

한 지붕 아래서 생활하고 있다지만 격의 차이란 것이 있으니, 알리시아가 소년에게 말을 거는 경우는 거의 없었다──.

"스로우 님, 마법 연습을 할 때는 저도 불러 주세요! 꼭이요!"

"알았어, 샬롯. 하지만 여기까지 와서 도울 필요는 없는데……. 앗, 가버렸다. 샬롯은 성질이 급해."

──그런데도, 알리시아의 의식은 소년의 행동과 말에 띠리링 반응하고 있었다.

지금 뭘 먹었다거나, 종자 소녀와 무슨 이야기를 하는지 등에 일일이 반응한다. 그래서일까? 방의 분위기는 뭐라 말하기 힘들게 어색했다.

소년의 전속 종자인 그녀도 뭐라 말하기 어려운 분위기를 감지하고서 여관 사람에게 뭔가 도울 수 있는 거 없는지 물어봤다. 여성 지배인도 이렇게 귀여운 애라면 대환영이라며 금세 양해해 줬다. 지금은 접수처에서 미소를 뿌리고 있었다.

그렇지만, 이걸로 드디어 둘이 남았다.

이제야 지금까지 쌓인 이야기를 할 수 있을 줄 알았는데…….

"점토를 사용한 미니 골렘 숙제라아."

"선생님이 빨리 배운다고 칭찬해 주셨는데요……. 어떤 건가요? 선배."

"마법에 눈을 뜬 지 몇 주일밖에 안 된 것치고는 대단히 우수해. 골렘처럼 형태가 있는 걸 만드는 것뿐 아니라, 움직이게 된 것도 굉장해."

바닥에서 작은 흙인형 2개가 융단 위를 영차영차 행진한다. 주먹 크기인데, 둘 중 하나는 체조를 하는 것처럼 우아한 움직임을 보이고 있었다.

"우와아, 선배의 미니 골렘은 우로 돌아도 할 수 있네요!"

"180도 회전도 할 수 있어! 거기다 섬세한 체술도!"

마법을 써서 골렘을 조작하고 있는 사람은 돼지 스로우와 이 여관의 외동딸이라는 평민 여자애. 평민이 마법을 쓸 수 있다는 것에도 놀랐지만, 그녀는 놀랍게도 마법학원의 학생이며 1학년이었다. 게다가 일행이 묵고 있는 골도니를 경영하는 자들의 외동딸.

지금은 주말 연휴를 이용해서 귀성을 겸해 돌아왔다고 한다.

"그러고 보니 교과서에 골렘의 소재를 보기만 해도 만든 사람의 역량을 알 수 있다고 써 있었는데요. 소재에 따라서 그렇게 난이도가 다른가요?"

"전혀 다르지. 일반적으로 흙 마법사는 얼마나 단단한 소재를 다룰 수 있는가로 능력을 알 수 있다고 해. 그러니까 티나도 수업에서는 우선 부드러운 것부터 도전하고 있을 테지만, 흙 마법사로서 제 몫을 할 수 있는 건 청동으로 골렘을 만들 수 있게 된 다음부터지."

"청동인가요오……. 하지만 일단 연습을 위해서도 재료를 많이 준비해야 되죠……. 저 지금은 점토로 연습하고 있는데요……."

"흙 마법사는 의외로 돈이 드니까 돈이 부족한 사람이 많다고들 하지."

"참고로 선배는 어느 정도 광물을……."

"나? 나는 말이지, 어렸을 때——."

음료수를 올려놓은 테이블 너머에서, 마법 연습에 몰두하는 두 사람이 펼쳐놓은 교과서를 들여다보면서 한창 마법 강의를 하고 있었다. 이제 어깨랑 어깨가 맞닿을 정도 거리다. 헤실헤실 웃는 저 녀석의 한심스러운 모습이 알리시아의 짜증을 가속 시켰다.

──그리고, 왜 평민이 저 녀석을 따르는 거죠……. 아야.

미니 골렘이 소파에 앉아 있는 알리시아의 발에 부딪혀서 풀 썩 넘어졌다. 그리고 손발만 허우적거리며 움직였다.

"아, 죄, 죄송합니다! 미스 서키스타 님! 제 미니 골렘이 독서 를 방해해 버렸어요!"

두 사람이 연습하고 있던 마법은 6대 마법학 〈흙〉의 강좌다.

점토로 팔다리가 달린 미니 골렘을 만들어서 걷게 만든다. 단 순하면서도 섬세한 컨트롤이 요구되기 때문에 흙 마법사가 부 딪히는 첫 번째 벽이라고 하는 것을 알리시아도 알고 있었다.

"……뭐, 열심히 하세요."

긴 머리칼을 쓸어 올리며, 흥미 없는 기색으로 그렇게 말하더 니, 알리시아는 손에 든 책에 또 다시 시선을 돌렸다.

"와, 과연 샬롯 씨! 샬롯 씨 말대로 했더니 점프가 됐어요! 마법 에 능숙하다는 건 전에 들었지만 가르치는 것도 잘하시네요!"

뽕뽕 뛰는 미니 골렘을 바라보며 티나가 기뻐하고 있었다.

또 한 가지, 골렘 움직이는 법을 습득했다. 하는 법을 지도해 준 샬롯은 자신만만했지만, 스로우는 뭐라 말하기 어려운 의심 스러운 표정으로 종자인 그녀를 바라보고 있었다.

"티나, 저는 이래 봬도 10년 넘게 마법사예요. 데닝 공작 가문

에서 잔뜩 공부했으니까 지식만 따지면 마법학원의 학생한테
도 안 져요! 메이드 비슷한 일만 하는 게 아니에요."

"샬롯 씨, 멋져!"

"에헤헤⋯⋯."

샬롯이 미니 골렘 연습을 보고 싶어한 것을 떠올린 스로우가
샬롯을 불러왔다.

"티나는 소질도 있으니까 더 높이 뛰는 것도 가능할 거예요!
더 높이, 한계까지 도전해 봐요! 마법이란 건 일단 자신의 한계
를 아는 게 중요해요!"

"우으응. 샬롯치고는 드물게 멀쩡한 말을 하네⋯⋯."

"스로우 님, 너무해요! 드물지 않아요. 저, 평소와 똑같잖아
요!"

"아니 그치만⋯⋯. 마법이 얽히면 어디서 들었는지는 몰라도
터무니없는 지식을 선보이잖아, 샬롯은."

알리시아는 독서에 몰두하는 척하면서 그들의 이야기를 몰래
엿듣고 있었다. 그녀는 물과 흙의 더블 마스터라서 흥미가 없
을 리가 없다. 굳이 따지자면 물의 마법에 중점을 두고 있지만,
흙의 마법도 연습해야 한다.

그렇지만, 신경 쓰이는 것이 하나.

"그러면 샬롯 씨, 해볼게요! 저도 한계에 도전해 볼게요!"

"힘내요, 티나! 제가 지켜볼게요!"

저 평민 소녀가 저 녀석에게 보이는 태도.

샬롯이 오기 전에는 저 녀석 곁에 딱 붙어서, 상당히 호의를 품은 상대가 아니면 못하는 보디 터치의 연속이었다.

학원의 문제아인 저 녀석이, 이성과 저 정도로 가까운 이유를 알 수 없었다.

······팔자도 좋아. 평민 소녀가 띄워주니까 신이 나서는.

······열 받아.

"에에잇! 대 점프! 미니 골렘, 날아라!"

알리시아가 짜증을 내며 생각에 잠긴 사이에 미니 골렘이 융단 위에서 크게 점프. 그렇지만 너무 높이 뛰어서 테이블을 넘어 그 앞으로 날아갔다.

그리고 방 구석에 놓인 소파에 앉아 있는 알리시아의 얼굴에 기세 좋게 격돌했다.

"아얏······! 이번엔 뭐죠······."

컨트롤을 잃은 미니 골렘이 그대로 알리시아의 무릎 위에 떨어져서 움직을 멈췄다. 알리시아는 자신의 무릎에 올라간 작은 흙 인형을 보고 무슨 일이 일어났는지를 이해했다.

······저 평민 여자, 또 이런 짓을.

빙점 아래까지 싸늘해지는 공기. 왕족인 알리시아에 대한 폭거. 굳어 버린 티나 대신 스로우가 황급히 입을 열었다.

"아, 알리시아······. 화내지 마······. 지, 지금 그건 티나한테 나쁜 생각이 있었던 게 아니야······. 불운한 사고라고."

"······그, 그래요, 알고 있답니다. 다, 다음부터, 주의해 주면 돼요."

두 번 있는 일은 세 번 일어난다.

사건은 스로우가 화장실에 가려고 방을 나선 사이에 일어났다.

"미, 미니 골렘을 폭발!? 샬롯 씨, 그거 정말인가요!? 데닝 공작 가문 분들은 미니 골렘까지 무기로 쓰는 건가요!?"

"그래요, 티나. 아무한테도 말하면 안돼요."

알리시아는 뚱한 표정으로 소파에 앉아서, 어느샌가 다리를 꼬고 독서에 한창이었다. 어쩐지 짜증이 나서, 흙의 마법에 몰두하고 있는 두 사람을 철저하게 무시하기로 한 것이다.

"샬롯 씨, 데닝 공작 가문에서 공부했던 종자라서 박식하네요오. 굉장해요. 여러 가지를 알고 있어요."

"후후후, 이래 봬도 저는 데닝 공작 가문의 직계인 스로우 님의 종자니까요."

"우와아. 샬롯 씨가 눈부셔요! 하지만 과연 데닝 공작 가문, 마법에 대한 착안점이 저하고는 전혀 달라요오. ……이렇게 귀여운 미니 골렘을 전투에 쓸 수 있다니 생각도 못했어요."

발단은 샬롯의 말이었다.

그녀가 데닝 공작 가문에서는 미니 골렘을 전투의 도구로 사용할 때가 있다고 으스대는 듯한 표정으로 티나에게 말한 것이다. 마법학원의 생활을 통해서, 샬롯은 티나와 조금씩이지만 사이가 좋아진 것이다.

데닝 공작 가문에서는 마법사 실격의 낙인이 찍힌 샬롯이지만, 일단은 마법사 경력 10년을 넘어서는 데닝 공작 가문의 종자였다. 마법 초보자인 티나에게 이것저것 가르쳐주는 것이 너무 즐거워서, 그만 입이 가벼워진 것이다.

"티나. 마법사는 자신의 한계를 아는 게 중요하지만, 새로운 것에 도전하는 것도 중요하답니다?"

"샬롯 씨 말은 가슴에 스며드네요오⋯⋯. 그럼, 해 볼게요!"

언젠가 마법사로서 몬스터와 싸우는 일이 있을지도 모른다. 이 말에 티나가 납득하여, 미니 골렘을 폭발시켜 보기로 한 것이다.

호기심 왕성한 티나도 샬롯의 말에 따라 새로운 미니 골렘을 만들었다. 이번에는 마른 흙이 아니라 물을 더해서 진흙 같은 흙으로 만들어낸 미니 골렘. 방이 더러워진다는 생각은 못하고 있었다. 두 사람은 미니 골렘을 테이블 위에 두고서, 침실로 이동. 거기서 고개만 내밀고 폭발하는 모습을 지켜보기로 했다.

"어흠. 미니 골렘── 폭발해라아아아아아아아아!"

티나의 영창으로, 테이블 위에서 미니 골렘이 비산했다.

미니 골렘이 점토를 날려버리면서 파열한 것이다. 그 모습을 티나와 샬롯 두 사람은 두근거리는 표정으로 지켜보았다.

"해냈다! 성공했어요! 어때요, 샬롯 씨! 제대로 됐어요!"

"티나, 굉장해요! 정말로 됐어요!"

결과는 대성공.

　분명히, 저렇게 귀여운 미니 골렘이 폭발하면 몬스터도 놀랄 것이다.

　그렇지만, 그녀들은 깨닫지 못했다. 옆 방에서 고개만 내민 채 미니 골렘의 폭발만 뚫어져라 바라보고 있던 샬롯과 티나는 실내에 또 한 사람 있는 걸 완전히 잊고 있었다.

　"다──당신드을! 잠깐 나와 보세요!"

　흩어진 진흙을 듬뿍 온몸에 뒤집어쓴 소녀의 모습을 보고, 두 사람이 굳어졌다.

　마법에 열중한 탓에 독서를 하고 있던 알리시아의 존재를 머릿속에서 깨끗하게 잊고 있었다는 것을 이제야 깨달은 것이다. 알리시아는 아무래도 분노 탓에 부들부들 떨고 있는 모양이다. 그 예쁜 얼굴뿐 아니라, 옷에도 듬뿍 진흙이 부착되어 있었다.

　"저…… 저기…… 미스 서키스타 님……. 이, 고의가 아니라."

　"거기 평민, 당신 아까부터 골렘을 발에 부딪히거나, 얼굴에 부딪히거나, 그리고 이번에는 이 진흙까지! 혹시 저를 놀리는 건가요!?"

　"히이, 죄송합니다. 그, 그럴 생각은 없었어요오!"

　티나는 고개를 꾸벅꾸벅 숙였다. 알리시아를 향해서 고개를 숙이는 모습은 그야말로 커다란 뱀 앞의 개구리 같았다.

　"그리고 샬롯 씨! 당신도 그래요."

　아직 침실에 숨어 있던 샬롯에게 분노의 칼날이 돌아갔다.

"에에!? 저도 말인가요?"

"저도 말인가요, 가 아니에요. 주로 당신이죠! 골렘을 폭발시키는 위험한 마법을 왜 평민에게 가르치는 건가요! 거기서 배운 건 외부에 퍼뜨리면 안 된다고 데닝 공작 가문에서 배웠을 텐데요!"

알리시아의 말에 샬롯도 굳어 버렸다. 그러고 보니 그런 말을 들었다. 데닝 공작 가문의 방식은 문외불출, 완전히 잊고 있었다.

"하으으, 죄, 죄송합니다!"

"그리고 뭔가요? 듣고 있자니 마법이 능숙하다거나 박식하다니. 샬롯 씨 당신, 마법 쓰는 거 서투르잖아요! 옛날에 저랑 그 녀석의 시간을 가로채서, 그토록 그 녀석한테 마법을 배웠는데 요만큼도 능숙해지질 않아서…… 기겁할 정도로 서툴렀잖아요!"

"그…… 그렇게까지 말하지 않아도……."

"뭔가요? 아니란 건가요!"

"아, 아니진 않지만요……. 저기, 알리시아 님, 어, 얼굴 닦으시겠어요?"

알리시아는 진흙투성이였다. 왕녀님으로서 있을 수 없는 모습이었다.

"됐어요, 저는 당신들과 달리 물의 마법사. 이 정도 지저분한 것은 마법을 쓰면 간단히 닦을 수 있어요!"

알리시아가 지팡이를 휘두르자 공중에 주먹 크기의 투명하고 동그란 물 덩어리가 출현. 하늘에 떠도는 물 덩어리는 반짝반짝 표면을 빛내면서, 체적이 조금씩 커다래졌다.

"와아아! 그건 아쿠아 볼이죠? 미스 서키스타 님!"

"평민, 잠깐만요. 저는 지금 집중하고 있으니 조용히 해 주겠어요? 마법은 폭발을 시키기 위한 것이 아니란 걸 지금부터 가르쳐 주겠어요."

흙 마법으로는 결코 흉내 낼 수 없는 기적의 발현에 티나가 눈빛을 반짝거렸다. 물의 마법은 6대 마법 중에서도 가장 화려하며, 여자애가 동경하는 마법 속성으로서 대단히 인기가 높았다. 티나는 물 덩어리를 콕콕 찌르면서 굉장하다고 알리시아에게 찬사를 보냈다. 평민의 알기 쉬운 반응에 왕녀님도 내심 대단히 만족했다.

"하지만, 조금 너무 커진 거 아닌가요?"

"당신의 미니 골렘 탓에 흙 투성이가 됐으니까 이 정도 커다란 아쿠아 볼이 필요하답니다. 그것보다도 지금부터 아쿠아 핸드를 꺼낼 테니까 잘 보세요. 물 마법이 속성 마법 중에서도 가장 편리하다고 하는 이유를 가르쳐 주겠어요."

알리시아의 말처럼 물 덩어리에서 사람의 팔을 모방한 물의 팔이 쑤우욱 뻗더니, 진흙이 묻은 알리시아의 볼을 부드럽게 쓰다듬기 시작──하는 일은 끝까지 없었다. 물의 팔이 알리시아의 컨트롤을 무시하고 꿈틀꿈틀 촉수처럼 자유롭게 움직이기 시작했기 때문이다. 알리시아는 표정을 찌푸리면서 지팡이를 붕붕 휘둘렀다. 한 번, 두 번, 세 번, 거듭할 때마다 얼굴이 파래졌다.

"어머나? 잠깐! 으으, 아…… 안돼요! 평민, 거기서 비키세요!"

"네? 어째서인가요? 이렇게 예쁜데——엑."

갑자기 물 덩어리가 펑 소리를 내면서 터져버렸다.

아까 티나가 미니 골렘으로 진흙을 폭산시켰다면, 이번에는 알리시아가 물을 분사했다. 갑작스러운 파열에 망연자실해진 세 소녀. 특히 아주 가까이서 물의 직격을 뒤집어쓴 티나는 비참할 따름이었다. 폭발의 주모자인 알리시아도 진흙과 물로 지저분해졌고, 머리카락에서 뚝뚝 물을 흘리고 있었다. 원인은 빤했다. 저 평민에게 멋진 모습을 보여주려고 물 덩어리를 자기가 제어할 수 있는 한계를 넘은 크기로 만들었기 때문이다.

"다녀왔어 꿀……우, 우와! 왜 다들 그렇게 물에 젖어서——그보다도, 무슨 일이 있으면 방 전체가 이렇게 물난리가 나는 거야! ……알았다. 알리시아, 네가 한 짓이지!?"

스로우의 말처럼 방 안은 흠뻑 젖었고, 세 소녀는 폭포수라도 맞은 것 같은 모습이라 봐줄 수가 없었다.

"아…… 선배. 어서 오세요……. 에취."

"무슨 일이 있었는지는 안 물을 테니까 일단 모두 옷 벗고 목욕이라도 다녀와. 뭐랄까 그게……. 눈에 안 좋아, 특히 티나!

네가 제일 위험해!"

"어, 저 말인가요? 선배…… 히익!"

티나뿐 아니라, 세 소녀는 자신의 모습을 살피고 새빨개졌다.

소녀들은 속옷이 다 비쳐 보일 정도로 젖어 있었다. 방금 마법은 아무리 알리시아라도 실수라고 인정하지 않을 수 없는 대참사였다.

뭉게뭉게 김이 피어 오르는 뜨끈한 욕탕 안.

"미, 미스 서키스타 님……. 마, 마법은 실패하면서 성장한다고 하니까요……. 저도, 그게…… 처음에는 잔뜩 실패했어요……."

"그, 그래요. 저는 애당초 마법이 발현되지 않을 때도 많고, 그렇게 생각하면 알리시아 님은 굉장해요! 물의 폭발, 멋있었어요. 그거라면 몬스터도 놀라서 도망칠 거예요!"

그렇게나 큰소리를 쳤는데 물의 마법은 대실패.

그렇지만 두 사람은 화내지도 않고, 말을 고르면서 위로해 주었다. 왕족의 프라이드가 와르르 무너지고 한심함을 느끼면서, 알리시아는 어깨까지 온수에 몸을 담그고 눈을 감았다.

"그리고 티나 미안해요. 가만 생각해 보면 알리시아 님 말이 맞아요. 폭발 마법은 일반적이지 않으니까 쓰지 않는 편이 좋다고 생각해요……. 저, 마법 이야기만 나오면 이상해진다고 스로우 님도 자주 말하니까요…….”

“그, 그렇네요……. 학원에서는 안 쓰도록 할게요…….”

“응…… 저기, 제가 골렘을 폭발시키라고 말한 것도 스로우 님한테 말하지 말아 주셨으면 좋겠어요……. 마법 관련이 되면 스로우 님이 굉장히 엄격해서요…….”

그렇게 말하더니, 샬롯은 힘 없이 웃었다.

“좋아요……. 그보다도 저기, 미스 서키스타 님과 샬롯 씨는 옛날부터 아는 사이셨나요?”

“네? 저희 말인가요? 네. 알리시아 님은 스로우 님의 약혼자니까…….”

“잠깐 기다려요──. 예전이에요, 예전!! 중요한 거니까 틀리지 말아 주시겠어요, 샬롯 씨!”

나랑 그 녀석이 약혼자? 너무나도 불길한 말이 들리자, 알리시아는 무심코 소리쳤다.

그러자 흠칫, 샬롯의 몸이 굳어졌다.

“죄, 죄송합니다……. 그랬어요, 예전이었어요.”

“아, 그렇구나아. 선배의 종자랑 선배의 옛 약혼자님……. 그래서 두 사람은 그렇게 서로 의식하고 있는 거군요.”

““네?””

의도하지 않고, 목소리가 겹쳤다.

“아까 샬롯 씨가 방에 왔을 때부터 미스 서키스타 님이 읽고 계시던 책, 한 페이지도 진행이 안 됐던 것 같아서요.”

"그랬었나요? 알리시아 님."

"……."

빨개진 볼을 얼버무리려는 것처럼, 알리시아는 볼까지 온수에 가라앉혔다.

날카롭다……. 사소한 변화를 잘도 깨닫는 평민.

그리고 미니 골렘을 움직이고 있을 때 그 녀석과 대화하는 걸 보면서 생각했는데, 상당히 쑥쑥 밀어붙이는 아이기도 했다. 대귀족인 그 녀석을 상대하는 것도 그렇지만, 왕족인 자신에게 이 정도로 밀어붙이는 애는 마법학원에도 거의 없었다. 슈야랑 비슷할 정도로 무신경한 것일지도 모른다.

그리고…… 그녀와 샬롯 사이에 있는 미묘한 분위기를 굳이 입 밖에 내다니……. 그런 미묘한 부분은 보통 사양해서 입밖으로 안 내는 거 아니야!?

이 평민은 어지간히도 둔한 걸까? 아니면 그 이상의 생각이 있는 걸까? 알리시아가 혼자 생각에 잠겨 있는데.

"그렇다면 저기……. 알리시아 님은 아직 스로우 님을 좋아한다는 건가요?"

"네에에엣? 있잖아요, 샬롯 씨! 어떡하면 그런 결론에 이르는 거죠!"

"어…… 아닌가요?"

"아니에요! 정답 따위 어디에도 없어요!"

아니구나아……. 중얼거리는 그녀의 표정에 다른 뜻은 없고,

당사자 대신에 티나가 흠칫하더니 온수 안에서 사사삭~ 알리시아와 거리를 벌렸다.

그 녀석의 전속 종자, 샬롯.

지금도 아직 갸웃거리는 표정을 보여주는 샬롯을 보고, 알리시아는 기시감을 느꼈다. 그렇지……. 그래서 그녀는, 이 아이가 옛날부터 엄청 싫었다.

한없이 순수하고, 나쁜 뜻이 없는 순둥이고, 어벙하고——.

"샬롯 씨. 이 참에 확실하게 말해 두겠어요. 당신은 옛날부터 그런 부분이 있었어요! 예를 들면——!"

알리시아는 계속해서 샬롯에게 불평을 했다.

옛날부터 그녀는 괜한 말이 많았다거나, 어째서 그렇게 어벙하느냐든가. 생각나는 대로 말하자 샬롯은 "그랬었군요!"라거나 "죄송합니다!"라고 송구한 기색이기만 하고, 전혀 기억이 안 나는 모양이다. 온수 속에 녹아드는 그 모습을 보고서, 알리시아는 어린 시절 일을 질질 끌고 있는 게 자신뿐이라는 걸 깨달았다. 이해하는 것과 동시에 무진~장 힘이 빠져버렸다. 어깨에 힘을 주고 있는 건 자기뿐이었다는 걸 깨달은 것이다.

갑자기 말수가 줄어든 알리시아에게, 샬롯은 신기한 기색으로 고개를 갸웃거렸다.

"저기, 알리시아 님?"

……그러고 보니 옛날에.

어렸을 무렵의 그녀는 그 녀석이 이상해진 원인을 샬롯이 알고 있지 않을까 생각하여 몇 번이고 추궁한 적이 있었다. 그러나 샬롯은 그 녀석이 표변한 이유를 모른다고 버티기만 했다. 전속 종자인 주제에 아무것도 모른다. 내가 저 애랑 같은 입장이었다면, 그 녀석과 언제나 함께 있을 수 있는 입장이라면, 그 녀석이 이상해진 원인 따위 순식간에 알아내 줄 거라고 계속 생각했다.

쓸모 없는 전속 종자.

그래서는 그냥 메이드가 아니냐고 마음속 어디선가 샬롯을 깔보고 있었다.

"……그러니까, 저는 이제 그 녀석한테 아무 생각도 없어요. 중요한 일이니까 절대로 착각하지 마세요. 샬롯 씨."

"그, 그렇네요……. 죄송합니다, 알리시아 님. 스로우 님이 폐를 끼쳤어요……."

——결국, 그 녀석이 추락한 바람의 신동이 되어 버린 이유는 아무도 몰랐다.

데닝 공작 가문과 서키스타 왕실 사이에 맺어진 약혼 관계는 진작에 해소됐다. 모두 이미 끝나 버린 일인데, 대체 나는 언제까지 과거의 환영에 끌려 다니고 있는 건지. 조금 자기혐오에 시달렸다.

저는 과거에 얽매여 있기만 하네요. 그렇게 생각하자 샬롯에 대한 분노가 급속하게 식어 버렸다.

"하아, 이제 됐어요……. 샬롯 씨. 당신에게는 다음에, 제가 학원에서 느긋하게 마법을 가르쳐 주겠어요……. 마법이 계속 서툴러서야 데닝 공작 가문의 종자로서 당신도 입지가 좁을 테니까요."

"어, 정말인가요? 그러면 부탁하고 싶어요……. 사실은 굉장히 입지가 좁아서……."

"샬롯 씨, 좋겠다아……."

"평민. 당신도 함께 들어도 좋아요. 평소의 저라면 아까 같은 실패 따위 거의 안 하니까요. 학원에서 듬뿍 가르쳐 주겠어요.

그러자 곧장 기뻐하는 두 사람을 보고, 마음속 깊은 곳이 살며시 따끔해지는 것이 신기했다.

"새근, 새근."

밤도 깊어지고, 잠이 든 실버 헤어의 여자애.

미소녀는 자는 표정도 귀엽구나. 알리시아는 재확인했다. 살며시 다가가 가까이서 보니 이 애는 역시 터무니없이 귀여워서 한숨이 나올 것 같았다. 얼굴의 부품 하나하나가 자그마하고 정성스레 만들어진 빼어난 인재다.

분명히 샬롯은 평민 출신일 텐데. 그럼에도 이 정도 미소녀다. 무투파인 데닝 공작 가문이 아니라 더 격식이 있는 장소에서 태어나 자랐다면 온 나라에 소문이 자자했으리라.

"꾸울…… 꾸울…… 그만둬…… 대정려…… 내가……."

그리고, 옆에 딸린 거실에 놓인 소파에서 자고 있는 돼지. 어쩐지 가위에 눌린 모양인데, 저 녀석은 잠꼬대까지 꿀꿀거리는구나. 알리시아는 새로운 발견을 했다.

"하아……."

그래서, 알리시아가 잠들지 못하는 이유가 있었다.

욕탕에서 샬롯이 한 말이 머리에서 떠나질 않았다.

아직, 저 녀석을 좋아한다고?

주인과 마찬가지로 섬세함이 없는 종자다.

하지만…… 그렇지 않은걸. 그럴 리가, 없는걸. 생각에 잠기고 말았다.

"꾸울…… 꾸울…… 그래………… 약속…… 할게……."

"하아……. 나는 이렇게 고민하고 있는데, 저 녀석은 태평한 표정으로 자고 있네요……."

공작 가문과 다른 나라의 왕족.

두 사람은 지위가 높은 귀족이 모이는 마법학원에서도 특별한 존재이며, 무슨 일이 있으면 소문이 도는 유명인이다. 그래서 주위의 시선이 신경 쓰여 단둘이 이야기할 수 있는 기회가 한 번도 없었다.

그렇지만── 주머니 속에 손을 넣을 때마다.

약혼의 증거인 반지의 차가운 감촉을 확인할 때마다, 저 녀석에게 말을 걸려고 노력해 봤지만…… 그런 용기는 결국, 아무 데서도 솟아나지 않았다.

시선이 마주쳐도, 언제나 저 녀석은.

저 녀석은 자신이 아니라, 어딘가 먼 곳을 보고 있었으니까.

하지만, 그렇기에 찬스라고 생각했다.

요렘에서 저 녀석과 단 둘이 될 기회가 생기면, 쌓인 이야기를 하려고 생각했다. 얘기하고 싶은 게 잔뜩 있었다. 비유가 아니라, 정말로 산더미 같았다.

"……내가………… 계속 곁에…… 꾸울…………."

"나는 각오를 단단히 하고 왔는데…… 그 미니 골렘녀가…… 하아."

그런데 기껏 생긴 기회를 그 평민 소녀가 방해해 버렸다. 게다가 상당히 적극적이라, 이쪽에 과시하는 게 틀림없단 생각이 들 정도의 태도로 도발까지 한다.

옛날에는 전속 종자인 울보 샬롯, 그리고 이번에는 마법에 눈을 뜬 평민 하급생.

왜 이렇게 평민들만 튀어나오는 거야~. 나는 왕족인데~ 귀족도 아니고, 귀한 핏줄. 우는 아이도 울음을 그치는 천하의 왕족이란 말야~.

그러자 평민 따위 상대도 안 된다는 수수께끼의 파워가 솟았다. 그러는 동안 꾸벅꾸벅 자연스럽게 잠이 몰려왔다.

역시 평소보다 깊게 잠든 것 같아서 신기했다.

●

　일찍 일어나면 아주 약간 이득을 본 기분이 든다.

　사람들이 적은 아침의 거리. 흘러가는 풍경을 바라보면서 나는 달린다.

　"꾸히이익…… 꾸히이익…… 꾸히이익…………."

　규칙적인 호흡과 흐트러지지 않는 숨결. 마법학원에서도 매일 하고 있는 아침 일과. 아침 해를 받으면서 평화로운 거리 풍경을 탐닉한다. 정적 속에 들리는 것은 내 발소리뿐. 메인 스트리트도 인기척이 적어서 내 전용 코스 같았다.

　돌바닥인 언덕길을 단숨에 달려 오르면서 확실하게 체력이 붙은 것을 확인했다. 뒷골목으로 들어가자 평소처럼 부지에 들어가는 문 앞에 선 커다란 남자의 모습이 보였다. 그렇지만 오늘은 문지기 옆에 안 어울리는 가련한 소녀가 서 있었다.

　"다녀왔어, 샬롯."

　"오늘이야말로 스로우 님보다 일찍 일어나서 깨워드리려고 했는데요, 오늘도 무리였어요. 스로우 님, 대체 언제 일어나시는 건가요?"

　"비밀이야꿀."

　"……비밀로 하지 않아도 되잖아요꿀."

　그렇게 말하며 수줍은 기색으로 웃는 모습은 솔직히 말해 지나치게 귀엽다.

"그러고 보니 오늘 아침에 알리시아 님이 스로우 님을 칭찬했어요. 스로우 님이 매일 아침 일찍 일어나는 걸 눈치 못 채셨는지, 놀랐다고 하셨어요."

"그 녀석은 아침에 약하니까. 언제나 내가 런닝을 마치고 돌아와도 아직 자고 있잖아."

문에서 여관으로 이어지는 길을 가는 도중에 손질이 잘 된 화단이 펼쳐져 있었다. 흐드러진 꽃 아래에서는 검은 고양이로 의태한 바람의 대정령 씨가 햇살을 즐기는 데 전념하고 있었다. 우리의 시선을 깨달은 그 녀석은 한쪽 눈만 뜨고서 꼬리를 흔들흔들. 그리고 다시 눈을 감았다.

"저 요괴…… 아니, 샬롯의 고양이. 요즘 안 보인다 싶더라니 저런 데 있었네."

"저 있죠? 전에 스로우 님이 저 애를 요괴 고양이라고 하는 걸 봤어요. 괴롭히면 불쌍하잖아요."

"……꾸울."

반대야, 반대. 저 녀석의 정체는 괴물 수준이 아니라 바람의 대정령, 사람들 눈에 안 보이는 정령의 두목이란 말이다. 저 녀석은 그런 태고의 옛적부터 살아온 괴물 고양이고, 내가 괴롭힘을 당하는 쪽이라니까. 하지만 샬롯은 아무리 시간이 지나도 사랑스러운 애완동물의 정체를 눈치챌 낌새가 없었다.

"그래서, 어째서 저와 세피스 씨의 조사에 당신까지 따라오는 건가요?"

화장대 앞에 놓인 의자에 앉아서 화장에 전념하고 있던 알리시아가 퉁명스러운 태도로 나에게 말했다. 열린 창문 밖에서 들리는 기세 좋은 목소리에 지지 않을 정도의 목소리였다.

그건 그렇고 조사를 한단 말이지?

알리시아를 데리고 다니면서 도시에 숨어 있는 도적단이 서키스타 왕실의 존재를 눈치챘는지 살핀다고 했다. 하지만 그건 이미 알리시아의 도움이 필요한 단계, 로열 나이트 님의 힘으로는 도적단을 발견하지 못했다고 하는 거나 마찬가지잖아.

이건 승리가 확실한 이벤트인데, 세피스는 대체 어떻게 도적단을 발견한 거지? 전개가 좀 수상쩍어지는데.

"세피스가 상관없다고 하니까 됐잖아. 로열 나이트가 정보를 얼마나 가지고 있는지 알고 싶거든. 일단은 라이벌이니까."

"뭐가 라이벌이죠? 사실은 가디언 같은 건 요만큼도 흥미가 없는 주제에."

"네가 그렇게 말하면 안 되지. 왜 그냥 거리를 걷는데 화장 같은 걸 하는 거냐?"

어느 액세서리를 달까 고민하는 알리시아. 훈남 로열 나이트와 갑작스럽게 외출하게 되어 들뜬 것을 한눈에 알 수 있었다.

"몸치장에 신경을 써야죠. 돼지 스로우하고는 상대가 다르니까요."

"바보처럼 돼지, 돼지라고 하는데. 나도 상당히 살 빠지지 않았냐? 다이어트도 재개했고, 샬롯의 살 빼는 약도 매일 마신단 말이다."

"……당신 용케 그걸 마실 수 있네요. 살 빼는 약이라는 거 결국은 몬스터의 체액이잖아요?"

"익숙해지면 어떻게든 되는 법이야. 그리고 샬롯이 비싼 돈을 내고서 만들어 준 약이거든. 그건 그렇고 나 꽤 살 빠지지 않았냐? 목 주변 좀 봐라. 그렇게 뒤룩뒤룩했는데 이렇게 슬림해졌잖아."

커다란 거울 앞에 서자, 돼지에서 뚱보로 다이어트에 성공한 내 모습이 보였다. 리얼 오크에서 좋은 집 뚱보 도련님으로 화려하게 변화했단 말이지. 이대로 가면 또 한 단계 교복 사이즈가 작아질 날도 머지않았어.

"그리고, 아직이야? 얼른 좀 해라아……. 아야. 너 말야아. 왜 그렇게 금방 물건을 던지는데? 서키스타에서 물건을 소중히 다루라고 안 가르쳐 주냐?"

"눈치가 없어서 그래요!"

"눈치?"

"……지금부터 옷 갈아입을 거예요! 나가요!"

구름 한 점 없는 맑고 파란 하늘.

눈부신 태양이 요렘의 거리에 빛과 그림자의 선명한 대비를 만들고 있었다.

조사 명목으로 도시 구경. 한가하다면 티나도 불렀겠지만 일을 돕는다고 해서 단념했다. 그리고 어째선가 나한테 너무 붙어 있으면 어떤 사람한테 미안하다고 했던가?

오늘 저녁. 아마 우리가 여관에 돌아올 무렵이면 티나는 마법학원으로 가는 마지막 마차를 타고 학원에 돌아간다. 그녀는 내일부터 다시 마법학원에서 평소와 같은 생활을 시작하는 것이다.

"전하는 가족을 아끼시는군요."

"……그렇지 않아요. 살해당한 친족은 사실 한 번도 만난 적이 없어요. 제가 이 도시에 있는 이유는 왕족의 사명, 그것뿐이랍니다."

"솔직하시군요. 그리고 용감하십니다."

"그런가요?"

"알현이 끝났으니, 언제 마법학원으로 돌아가도 상관없는 상황입니다. 그래도 전하는 놈들이 숨어 있는 요렘에 남아 있죠. 이것을 용감하다 하지 않으면 뭐라 하겠습니까?"

"……그 말을 들으니, 조금 무섭다는 느낌이 든답니다."

알리시아와 친근하게 대화를 나누는 남자를 보고서, 그 누구도 그가 다리스에 반역할 마음을 품었다고 생각지 못하리라.

그렇지만 나는 알고 있다. 화려한 로열 나이트이면서도 세피스가 품고 있는 어둠을 나는 모두 알고 있다. 저 녀석은 펜드래건 후작과 평민 여자 사이에서 태어난 사생아이며, 평민의 피가 섞인 저 녀석은 순혈을 선호하는 귀족사회에 설 자리를 느끼지 못했다. 그래서 도스톨 제국으로 넘어갈 운명을 가진 남자였다.

"전하는 저의 버릇 없는 알현 신청을 흔쾌히 받아 주셨습니다. 저는 마음을 영원히 다리스 왕실에 바친 몸이지만, 지금은 전하의 로열 나이트로서 무슨 일이 있어도 당신을 지키겠습니다."

"……의지하고 있답니다."

그런 위험한 녀석인데, 어쩐지 좋은 분위기로 몰래 데이트를 만끽하고 있는 알리시아. 알리시아가 들뜬 모습을 보면 어디를 어떻게 봐도 조사가 아니라 데이트다. 얼른 이 도시 어딘가에 숨어 있는 또 한 사람의 로열 나이트 올리버가 도적단을 섬멸해 주지 않으려나? 가능하면 알리시아의 눈길이 안 닿는 곳에서.

왜냐면 애니메이션 속에서는 입으로는 투덜거리면서도, 보르기이 일파를 보더니 자기 몸을 희생해서라도 놈들을 처단하겠다고 나서는 가족을 아끼는 여자애다. 우리가 모르는 곳에서 사건이 해결되고, 조용히 끝나 준다면 그것이 제일이었다.

"스로우 님."

"앗."

"어느 틈에 아까 그 매대에서 두 번째를 사신 거죠? 하나밖에 안 된다고 제가 말했죠."

"그럴 수가아……."

숨겨서 들고 있던 두 번째 꼬치 고기를 옆에서 걷던 샬롯에게 압수당했다. 세피스와 알리시아는 즐겁게 대화를 나누고 있지만, 이쪽은 이쪽대로 나의 천사 샬롯과 둘이서 시간을 보내고 있었다.

그렇게 생각하면, 세피스에게는 일단 감사해야지. 저 녀석이 알리시아를 상대해 주는 덕분에 나는 샬롯이랑 느긋하게 파란 하늘 아래서 데이트를 할 수 있으니까.

"……응?"

돌아본 알리시아와 눈길이 마주쳤다.

우리가 뒤에서 제대로 따라오고 있는지 확인하는 건가?

"스로우 님. 잊으셨을지도 모르지만 공작님이 이제 곧 크루슈 마법학원을 내방하실 거예요. 그때 멋진 모습을 보여드려야죠."

그러고 보니 그랬었지.

요전에 받은 편지에 아버지가 최전선에서 학원으로 오고 있다는 내용이 적혀 있었다. 대귀족 데닝을 대표하는 내 아버지는 다리스 제일의 강경파로 불리기에, 두려워하는 자도 많다. 그 사람에게 되도록 좋은 인상을 주지 않으면 내 쾌적한 크루슈 마법학원 생활이 파탄 날지도 모른단 말이지.

"그러니까…… 그 손에 들고 있는 세 번째도 몰수합니다! 다 알고 있었어요! ……우물우물."

반대쪽 손에 숨기고 있던 마지막 하나도 홀쩍 빼앗더니, 샬롯의 입에 쏙 들어갔다.

그야말로 지고한 행복, 꿈같은 시간이다. 평생 이대로 있고 싶어. 이건, 손을 잡아도 되지 않을까? 안 되나? 아무리 샬롯이라도 싫어할까? 이런 생각을 하고는 있어도 애당초 그럴 용기부터 전혀 없지만 말야.

망상에 망상을 거듭하느라 실행할 수가 없다.

역시 나는 어디까지고 겁 많은 아기돼지였다.

"샬롯."

"왜 그러세요?"

고개를 갸우뚱 기울이는 나의 종자.

그녀의 정체는 망국의 공주님 샬롯 릴리 휴잭.

이 넓은 세상에서, 나만이 네 진실을 알고 있다. 그 비밀을, 언젠가 나는 너무나 좋아하는 너에게 전할 수 있을까? 칠흑 돼지 공작이 영원히 감추었던 진실을 전하면, 나는 너와 진정한 의미로 서로 이해할 수 있을 것 같아.

"······샬롯 말야. 뭔가 나한테 비밀로 하고 있는 거 있어?"

"갑자기 무슨 소리세요? 딱히 스로우 님한테 비밀로 하고 있는 건······. ──어, 어어, 없어요! 그런 거는 전혀! 전혀 없어요!"

으으음, 수상한 반응. 그냥 다 알겠군.

그렇지만 이런 반응을 보고 샬롯이 그 망국의 공주님이라고 생각하는 녀석은 없을 거야. 그건 그렇고 샬롯은 뭐 숨기는 거

잘 못하네.

"그럼 반대로. 스로우 님은 저한테 비밀로 하고 있는 게 있나요?"

"‥‥‥‥‥‥꾸히."

너무 많다. 우리의 만남이라거나, 내 힘이라거나, 수많은 것들을 나는 비밀로 하고 있었다.

샬롯과 나의 만남도 그렇다. 샬롯은 우연이라고 생각하지만, 그건 큰 착각이다. 공작 영지에 펼쳐진 숲에 교묘하게 숨겨져 있던 노예시장을 발견한 건 전혀 우연이 아니다.

나는 정령에게 불려갔다. 미쳐 날뛰는 대정령을 어떻게든 해 달라고 수많은 정령이 부탁했다. 나는 두 기사를 데리고 숲속에 전속력으로 달려갔다.

"알리시아랑 떨어지겠다. 샬롯, 어, 얼른 가자!"

그리고, 너를 발견했어.

나랑 비슷한 키의 여자애가 망국 휴젝의 왕녀란 사실을 알고 말았다.

"우와아‥‥‥. 어쩐지 스로우 님이 저한테 숨기고 있는 비밀이 잔뜩 있는 것 같아요."

맞아, 샬롯. 나는 네 정체를 알고 있어.

그렇지만 칠흑 돼지 공작에서 순백 돼지 공작이 된 지금.

이제 숨기는 건 그만두고, 내가 네 정체를 알고 있다고 얼른 말하고 싶어.

하지만, 조금만 더. 내 용기가 생길 때까지 기다려 줘.

"······그럼, 피차일반인 거죠!"

그리고 생긋 웃는 네가 너무나 귀여워서.

나는 세상을 향해서, 샬롯의 귀여움을 커다란 소리로 외치고 싶어졌다.

앞을 걷는 미소녀와 잘생긴 청년의 조합.

젊은 처녀들은 세피스가 지나갈 때마다 반드시 돌아보고, 그 녀석의 뒷모습을 보며 한숨을 흘렸다. 무시무시하게 잘생긴 외모가 여성들의 시선을 붙들고 놓아 주지 않는다. 세피스가 고귀한 태생임을 얼핏 눈치채고 있겠지. 분하지만 외견 승부로는 나에게 승산이 없어 보였다.

"알리시아 님이 즐거워 보여요."

"······그러게."

도시에서 귤을 사먹고 쇼핑이나 하는 것 같지만, 알리시아와 함께 걷는 세피스는 언제나 주위를 경계하며 신경을 쓰고 있었다. 언제든지 지팡이검을 뽑을 수 있도록 빈틈없이. 그런 부분은 과연 로열 나이트다. 왕실의 수호자라고 불릴 만하네.

그렇지만, 나도 지지 않는다.

힐끔거리는 시선을 가게 안으로 보내거나, 인파들 속에 수상한 녀석이 없는지 확인하고 있었다. 아, 샬롯의 보호자를 자처하는 바람의 대정령 씨가 가게 지붕 위를 성큼성큼 걸으며, 하품을 하면서 이쪽을 보고 있었다.

"……응?"

등 뒤를 갑자기 돌아본 알리시아와 눈이 마주쳤다.

저 녀석은 노골적으로 싫은 표정을 짓더니, 또 세피스와 대화를 시작했다. 이 거리 산책을 하면서, 저 녀석은 때때로 이쪽을 살피고 있었다. 대체 무슨 생각을 하는 건지.

"알리시아 님은 스로우 님을 참 좋아하세요."

"어? 저 녀석이 날? 어딜 봐서?"

"그러니까아. 제 생각인데요, 웃지 말고 들어 주실래요?"

"응, 안 웃어. 그래서, 무슨 뜻인데?"

"알리시아 님은 아마 스로우 님이랑 거리가 갑자기 가까워져서 당황하신 거예요."

"당황해? 저 녀석이 왜?"

"그거야 지금까지는 대화도 제대로 안 했는데, 요전 사건도 있고, 요전에는 같은 침대에서 잤잖아요? 벌써, 거리가 확~ 가까워졌잖아요!"

"으음, 뭐 그건 그렇네. 하지만 좋아하지는 않을걸. 저 녀석은 내 얼굴을 볼 때마다 한숨만 쉬잖아."

애니메이션 안에서 저 녀석은 슈야와 맺어진단 말이다. 지금도 세피스랑 대화에 열중하고 있었다. 원망을 받으면 받았지, 저 녀석이 날 좋게 보는 건 있을 수 없는 이야기다. 애니메이션에서는 내가 알리시아에게 얼마나 미움을 받았었는지 모른다.

"하지만 샬롯이 그렇게 말한다면 그런 걸로 해 둘게."

"아, 그것도 그래요. 스로우 님은 알리시아 님이 하는 말은 부정하면서 제가 하는 말은 순순히 들으니까 알리시아 님이 삐치는 거예요."

그거야 당연하지.

나에게는 샬롯, 오로지 너만이 다른 누구와도 다르니까. 그리고 나는 역시 네가 특별하다고 다시 인식했을 때였다.

"붜부오오오오오! 부부오오오오오오!"

소란스럽게 무언가가 우는 소리.

멀리서 들리는 수많은 비명과 이쪽을 향해서 다가오는 몇 개의 발소리.

"전하, 물러나세요."

세피스의 목소리.

나도 반사적으로 샬롯보다 한 걸음 앞으로 나섰다. 이 발소리는, 틀림없다.

"샬롯, 내 뒤에 있어. 몬스터가 온다."

"몬스터!? 이런 도시 한가운데에서 말이에요!? 여긴 던전이 아닌데요!"

"요새는 마차 끄는 용도 등으로 얌전한 대형 몬스터를 가축으로 길들이곤 해. 소나 말보다 훨씬 힘이 세고 도움이 된다던데⋯⋯. 봐, 빙고다."

저쪽에서 달려오는 그림자가 작은 눈동자에 비쳤다.

소를 곱절로 키워놓은 모양을 한 거대 몬스터가 차츰 드러났다. 네발짐승, 머리에는 뿔이 났고, 노호 같은 기세로 이쪽에 다가온다. 등 뒤에서 병사들이 몰아가기 때문일까? 흥분해서 숨을 헐떡이며 달려오고 있었다.

"그러면, 여기서 멈춰야겠다."

"스, 스로우 님! 힘내세요!"

그렇지만, 그런 내 결심을 막는 자가 있었다.

"젊은 학생, 저건 내가 대처해야겠어."

"……이유는?"

"몬스터 등에 매달린 병사 한 사람. 떨어질 때 잘못하면 목숨이 위태로울 가능성이 있다."

헤에. 세피스도 눈치챘구나.

몬스터는 상당한 속도로 이쪽을 향해 달려온다. 눈에 힘을 주면 병사가 몬스터의 머리에 돋은 우람한 뿔에 필사적으로 매달려 있는 걸 알 수 있었다. 그렇지만 당장에라도 떨어질 것 같다. 거꾸로 떨어지면 크게 다칠지도 모른다.

"젊은 학생. 자네는 물의 마법사이기도 하지? 유감이지만 나는 물 마법에 적성이 모자라 치유의 힘은 쓸 수가 없어. 그러니 자네한테 저 병사를 맡기지."

"……알았다."

"세피스 씨. 저 몬스터는 상당히 커다란데 괜찮은 건가요?"

"저는 로열 나이트이지만 몬스터에 대처하는 방법도 배웠습니다. 그리고…… 모교의 후배들에게 조금 멋진 모습을 보여주고 싶은 마음도 있군요."

알리시아의 걱정에 세피스가 열 받을 정도로 상쾌한 미소를 지으며 대답했다.

세피스는 허리에 찬 지팡이검을 손으로 뽑아서 경쾌하게 겨누었다.

"비켜라아아아아아아아!"

등에 매달린 병사가 뭔가 외치고 있지만, 세피스 펜드래건은 비킬 뜻이 전혀 없었다.

"──얼음 절벽."
_{아이스 엣지}

가느다란 세피스의 영창은 참극을 예감하고 있던 관중의 비명에 뒤덮였다.

몬스터의 접근.

도망치려고 들지 않는 세피스를 완전히 시야에 넣고, 돌진해서 하늘로 날려버리고자 머리를 내린 커다란 몬스터가 세피스를 치고 지나가려는 참에 지팡이검의 칼집에서 빛이 넘치더니──.

"빛의 발도."
_{쉐이크 가운}

순식간에 하얗게 물드는 세상. 그러나 허를 찔린 것은 한순간.

세상은 금방 본래대로 돌아왔다. 눈을 떠 보니 몬스터의 커다란 몸이 쿠웅 소리를 내면서 쓰러졌다. 흐릿한 물빛 머리칼을 요만큼도 흔들지 않고, 세피스는 지팡이검을 칼집에 넣었다.

무슨 일이 일어났는지 모르는 알리시아와 샬롯이 멍하니 보고 있는 게 어쩐지 우스웠다.

"어이, 괜찮아?"

"등이⋯⋯."

나는 샬롯에게 방금 무슨 일이 있었는지 설명하고 싶은 충동을 느꼈지만, 지금은 이쪽이 먼저다.

곧장 몸을 숙여 병사의 상태를 확인했다.

등에서 떨어질 때 바람의 마법으로 충격을 거의 죽이는 것에 성공했다. 응, 가벼운 타박상이군. 금방 회복하겠지. 그렇지만 일단 치유의 마법을 걸어 두자.

그렇지만 참, 몬스터의 등에 올라타 진정시키려고 하다니 용케 그런 무모한 짓을 했네. 그런 무모한 짓을 할 정도라 연령도 상당히 젊지 않을까 했는데, 얼굴에 커다란 흉터가 있는 장년 남자라 예상 밖이었다. 마법을 걸자, 패기가 넘친다고 해도 과언이 아닌 아저씨의 표정도 부드러워졌다.

"오오, 마법사다!"

"저 남자, 대체 뭘 했지!"

인파 너머에서 다들 입을 모아 세피스를 칭송했다. 병사 아저씨가 회복되자, 나는 그 녀석 곁으로 다가갔다.

세피스 펜드래건의 마법 기술. 물의 마법으로 땅을 얼려 몬스터의 밸런스를 무너뜨리고, 빛의 마법으로 강화시킨 완력과 검으로 몬스터의 정수리에 일격.

모든 것이 터무니 없이 짧은 시간에 행한 한순간의 일이다.

눈부신 빛에 눈길을 빼앗긴 자들은 무슨 일이 일어났는지 전혀 몰랐으리라.

과연 로열 나이트. 마법학원의 학생하고는 천지 차이의 실력이다. 로열 나이트를 동경하는 가난뱅이 도련님이 저 영역에 도달하려면 앞으로 몇십 년 걸릴까?

"젊은 학생, 자네는 정말로 물의 마법까지 쓸 수 있군."

세피스가 내 물의 마법으로 회복한 아저씨를 멀찍이 바라보며 감탄하여 말했다. 아저씨는 꽤 높은 병사였는지, 지금은 정신을 잃은 몬스터에 민중이 다가가지 못하도록 젊은 병사들에게 지시를 내리고 있었다.

"세피스. 왜 저 몬스터를 살려뒀지?"

흥분해서 위험한 몬스터를 일부러 살려두는 이유를 나는 알 수 없었지만, 인파 속에서 반쯤 울상 지은 소년이 병사의 포위를 넘어 기절한 몬스터에 매달리는 걸 보고 이해했다.

"사, 살아 있어! 우리 켈베로~! 고고고고맙습니다아!"

"……로열 나이트가 평민을 배려하다니 뜻밖인데. 하지만 지금 그걸로 네 정체를 깨달은 녀석이 나올지도 모른다. 그러면 도적단은 더 밖으로 안 나와. 네 가디언의 길은 여기서 끝이다."

"그래, 젊은 학생. 자네 말이 맞아…… 나답지 않게 굴었군."

그렇게 말하며 덧없이 웃는 세피스를 보고, 인파 속에 뒤섞여 있던 알리시아가 조금 얼굴을 붉혔다. 세피스의 상냥함을 엿보고서, 더욱이 도시의 병사들에게 경례를 받는 저 녀석을 보며, 나는 그저 그 자리에 서 있었다.

뜻밖이었다.

그 모습은 내 머리에 남아 있는 배신의 가디언이란 이미지하고 동떨어져 있었으니까.

야, 세피스.

너는 이 나라를 배신하는 최악의 남자 아니야?

●

"그러면 선배, 저는 한발 먼저 학원에 돌아갈게요!"

언제나 활기찬 검은 머리 소녀가 가방을 에잇 하며 고쳐 멨다.

주말의 귀중한 휴일 태반을 여관 일 돕는 데 쓴 것 같은데, 티나는 그것이 좋은 기분전환이 된 모양이다.

"선배나 미스 서키스타 님의 과외학습이 뭔지는 모르겠지만, 힘내세요! 그리고 어제는 죄송했습니다!"

"딱히 그 정도는…… 크게 신경 쓰지 않아요."

"그, 그러면 친구! 미스 서키스타 님도 선배처럼 제 친구라고 제 마음대로 생각해도 되나요?"

"잠깐, 가까워요! 당신은 어째서 언제나 그렇게 쭉쭉 다가오는 건가요!"

알리시아는 알리시아대로 생각하는 바가 있는지, 일부러 문까지 티나를 배웅하러 와 있었다.

뭐, 한가하단 이유가 제일 크겠지만.

그러나, 거리감을 가리지 않고 알리시아 곁으로 다가서는 티나. 그 기세에 알리시아도 조금 질색하는 기색이다. 그리고 마침내 작게 고개를 끄덕이는 변덕쟁이 왕녀님.

"해냈다아! 그러면, 저기, 아…… 알리시아 님! 기념으로 이거, 받아 주세요! 오늘, 선배들이랑 나가 있는 사이에, 지금 알리시아 님한테 필요한 것이 없는지 찾아봤어요!"

티나는 꼬리가 있으면 붕붕 흔들 것처럼 기뻐하는 모습으로 알리시아에게 뭔가를 건넸다. 저런 걸 바로 타고난 친화성이라고 하는 걸까? 아니면 여관 일을 도우면서 배양된 인심 장악술? 알리시아도 티나의 해맑음에 독기가 빠진 기색이었다.

"아, 맞다. 그리고 샬롯 씨한테는 너무 무리하지 말라고 전해 주세요. 급료는 좋을지도 모르지만, 그만큼 혹사당하니까요."

샬롯은 여관으로 돌아오더니 금세 일을 도우러 가서 바쁘다. 듣자니 급여를 상당히 후하게 줘서 의욕이 생긴다고 했다. 그살 빼는 약 때문에 용돈…… 어이쿠, 이렇게 말하면 샬롯에게 혼나겠군. 급료의 태반을 써버려서 그걸 보충한다고 했다.

"그러면 선배, 학원에서 또 봐요! 그리고, 이거…… ."

알리시아와 샬롯의 관계는 그때, 함께 목욕을 한 다음부터 어쩐지 서먹했던 것이 약간 완화된 것 같았다. 좋은 경향이다.

"선배에 대한 감사의 마음이에요."

""아, 아가씨, 무슨!?""

표정은 변하지 않았지만 어쩐지 흐뭇하게 티나를 보고 있던 두 사람의 경비원이 목소리를 모아 놀랐다. 그러나 그것은 나도 마찬가지. 볼에 닿는 부드러운 감촉의 의미를 이해했을 때, 불이 날 것처럼 얼굴이 뜨거워지고 말이 안 되는 이상한 목소리가 나왔다.

"앗, 티나! 꾸히이!"

"어제 깨달았는데요. 저는 스스로 생각했던 것보다 선배한테 빠졌나 봐요."

그렇게 말하더니, 티나는 장난기를 가득 담아서 웃었다. 마치 꾸미고 있던 장난을 어엿하게 성공시킨 것처럼 요염한 웃음.

"그러면, 얼른 돌아오세요! 선배들만 과외학습으로 빈둥거리고 있으면 치사하잖아요! 학원에서 기다릴 거예요! ……와아, 벌써 시간이 이렇게 됐네. 서둘러야지!"

여전히 활기차게, 티나는 내 마음에 상큼한 인상을 남기고 달려갔다.

나는 볼에 손을 대고서, 꾸울~ 하며 우두커니 서서는 멍하니 그녀의 뒷모습을 바라보는 수밖에 없었다.

"……저 평민, 제법이네요."

뒤에서 목소리만으로 사람을 저주해 죽일 법한 주문이 들린 것 같지만, 기분 탓이겠지.

●

　티나는 학원으로 돌아가고, 샬롯은 밤이 됐지만 아직 접수처 일을 돕고 있었다.

　그리고 나랑 알리시아는 방에 있었다. 의자와 소파, 서로의 정위치에 진을 치고서, 대화도 없이, 무미건조하고 지루한 시간을 보내며……. 아니, 정정.

　"꾸울. 꾸울."

　볼에 손을 대어 보면, 아직 아까 그 감촉이 남아 있었다. 평소 크루슈 마법학원에서 마법 연습을 봐주는 것에 대한 감사의 마음이라고 하는데, 볼이 계속 씰룩거린다.

　불결한 오크에게 키스를 하는 여자애가 이 세상에 있을까? 아니, 없다. 다시 말해서, 나는 오크가 아니라 인간 취급을 받은 것이다! 그 키스는 그야말로 내 다이어트의 성과를 증명하는 행위인 것이다!

　"꾸히히히히."

　"……길거리를 싱글거리며 걷는다 싶더라니, 이번에는 그 평민한테 키, 키, 키키키키스 받은 정도로 싱글싱글싱글싱글! 언제까지 징그럽게 그러고 있을 건가요!"

　이 녀석 평소보다 더 기분이 틀어졌네.

　괜히 말다툼이 벌어지면 귀찮으니까 적당히 흘려 넘기자. 요렘에 온지 며칠, 나는 알리시아를 상대하는 법을 습득하고 있었다.

"미안꿀."

"하아……. 그런 돼지 스로우에 비하면 그분은 대조적이네
요. 주변을 살피는 여유도 있고, 어른 남성이란 느낌이 들고,
가끔 보여주는 그늘진 표정도 언제나 꿀꿀거리는 당신하고는
딴판이에요."

"울적함 말이지. 꾸힛."

"봐요, 그 기분 나쁜 웃음 좀 그만둬요."

"……."

그건 그렇고, 이젠 아예 그분이 되셨나. 누구인지는 안 물어
봐도 안다. 세피스겠지. 나는 그 녀석의 그늘진 표정이 다크 사
이드의 발현으로만 보이는데.

알리시아는 평민을 배려하는 세피스의 행위에 감명을 받은
모양인데……. 뭐 이해가 안 가는 건 아니다. 분명히 나도 오늘
그 녀석을 다시 봤으니까.

솔직히, 애니메이션에서 본 배신의 가디언과 지금의 그 녀석
이 동일인물 같지가 않았다. 그렇긴 한데, 그 녀석은 장래 배신
하는 게 확정된 인간이란 말이지이…….

"알리시아."

"뭔가요?"

"그 녀석을 너무 신용하지 마."

"그분은 로열 나이트이고, 저를 지켜 준다고 했어요. 저에게

는 이 도시에 있는 누구보다도 신용할 수 있는 분이랍니다. 당연히, 당신의 백 배 정도는."

"하아……. 잘 들어, 알리시아. 로열 나이트가 된 지 몇 년밖에 안 된 남자가 가디언 세리온을 받는 거잖아? 다시 말해서 그 녀석은 그 어수선한 소문이 끊이지 않는 추기경이 밀어주고 있다는 거지. 속에서 무슨 생각을 하고 있는지 알 수가 없어."

수많은 귀족이 낯빛을 살피며, 현 다리스 여왕 폐하에게도 전폭적인 신뢰를 받고 있는 추기경.

카리나 공주의 교육 담당이기도 하며, 가디언 세리온에 도전하는 로열 나이트 선정에도 강력한 영향력을 주는 인물에겐 언제나 어수선한 소문이 따라붙는다. 아직 로열 나이트가 되고 얼마 안 된 세피스를 밀어주는 건 틀림없이 추기경이겠지.

"세피스 씨를 괜히 엄격하게 보는군요. 어째서죠?"

"……우리 집은 후작 가문이랑 관계가 깊거든. 그 녀석에 대해 이것저것 알고 있어."

도저히 말할 수는 없지만.

그 녀석이 장래 다리스 왕실을 배신하는 녀석이라니.

알리시아는 세피스에게 좋은 감정을 가졌다. 외면만 보면 로열 나이트의 귀감. 그리고 애니메이션에서도 인기가 있었다. 이상을 추구하며, 약자에게 상냥한 남자. 적이지만 이상을 위해서라고는 해도 나라를 배신한 사실에 후회를 품고, 죽어갈 때는 자신을 로열 나이트로 추천해준 학원장에게 사죄하는 가여운 훈남.

"알았어요. 당신, 그분을 질투하는 거군요."

"뭐? 내가 어째서 세피스를 질투해야 하는데?"

"그치만 완전히 딴판이잖아요. 그분은 로열 나이트이고 당신은 추락한 바람. 거리를 걸으면 환성을 듣지만, 당신은 그 평민이 고작이죠. 흥, 용병을 붙잡아서 조금 오냐오냐 소리를 듣는 것 같던데, 너무 신바람을 내는 건 관두는 게 좋아요."

"……로열 나이트라고 해도, 그 녀석은 비뚤어진 사생아잖아."

의도치 않게 나온 말에 공기가 소리를 내며 굳었다.

그 녀석의 미래, 행동을 알기 때문에 그만 말하고 말았다.

"질렸어요……. 하필이면 그 사람을 사생아라고 하다니."

"앗, 아니 지금 그건."

사람들마다 밟아선 안 되는 지뢰가 있다.

특히 사생아라는 말, 본성이 올곧고 비뚤어진 것을 싫어하는 메인 히로인 님에게 들려주기엔 명백하게 NG 워드.

사생아. 그것은 귀족이 정실이 아니라 평민 사이에서 낳은 부정한 아이였다.

다리스 같은 오랜 전통이 이어지는 나라는 귀족의 힘이 강하며, 명확한 계급이 있다. 서키스타도 왕족, 귀족이 있는 다리스와 비슷한 구조이지만 다리스만큼 강렬하지는 않다. 그쪽 나라에서는 적어도 사생아라는 모멸적인 호칭은 안 쓴다.

"……너 혹시, 알고 있었냐?"

"오늘 들었답니다. 아무리 그래도…….”

"아아, 아니. 알리시아. 사생아라는 건 말실수고, 내가 말하고 싶은 건 너무 신뢰하지 말라는──.”

"──사생아면서도 가디언 세리온을 받다니, 그만큼 어엿하다는 거잖아요!"

뭐, 결국 이렇게 되는 건가아.

세피스는 장래 이 나라를 배신한다는 선입견에 사로잡혀서, 그만 사생아라는 모멸적인 표현을 써버린 내 잘못이다.

어찌할 도리가 없는, 완전한 내 실수다.

이건 뭐라고 말해도 소용 없겠어. 그렇게 판단한 나는 싸늘한 복도로 나왔다.

어둠 속을 홀로 걷는다.

"그 녀석은 세피스에게 상당히 동조하고 있네. 하아, 귀찮은 메인 히로인 님이야."

결국 밤이 되어도 알리시아의 화는 가시지 않았다.

방에서 쫓겨났다고 해도 그 녀석 방에서 하룻밤 보내면 되니 딱히 상관없기는 했지만.

……다만, 조금 차가운 밤바람을 쐬고 싶을 뿐이었다. 기껏 혼자서 밖에 나왔으니까 도적단의 정보라도 조금 모아서 가자

는 변덕이 생겼다.

머릿속에 있는 애니메이션 지식을 의지해 하염없이 걸었다. 번잡한 거리를 벗어나, 낡은 주택가의 한구석을 빠져나가자 묘지가 나왔다. 어느샌가 나는 쓸쓸한 거대 묘지 구역으로 들어와 있었다. 얼굴이 드러나지 않도록 후드를 깊숙하게 쓰고 있었으니, 지금 나는 병사가 보면 검문을 할 만큼 수상한 녀석이었다.

"……찾았다."

묘지가 내다 보이는 작은 언덕 위에 영업 중인 낡은 주점이 있었다.

끼이. 정면 현관 문을 열고 안으로 들어갔다.

어슴푸레한 조명과 꾀죄죄한 냄새. 가게 안에 있던 취객들의 시선이 일제히 모여들었다. 여기는 이름도 없는 주점이며, 그쪽 업계 사람들이 모여서 정보교환에 힘쓰는 자리. 나는 카운터에 있는 딱딱한 의자에 앉으면서 후드를 벗고, 주머니에서 크무르 은화를 꺼냈다.

"아가. 여기는 너 같은 꼬마가 오는 장소가 아냐. 나이 먹고 다시 와라."

"배신자에게, 피의 제재를."

마스터는 눈썹을 움찔 움직이더니, 나를 응시했다. 주점은 또다시 꾀죄죄한 냄새와 소란으로 돌아갔다.

어디, 암호는 애니메이션이랑 똑같을까?

"……너, 그 나이에 사연이 있나? 마실 건?"

"가벼운 게 좋아."

그러자 그림자에 녹아 드는 것처럼 분위기가 희박한 검은 옷을 입은 사람이 나타나서, 눈앞에 맛 없어 보이는 술이 든 잔을 놓았다.

"너, 귀족이지? 귀족 아가가 뒷세계를 알다니……. 슬픈 시대가 돼버렸군."

"냅두세요."

어디, 뒷세계 사교장^{블랙로비}에서 정보 수집은 등가교환이 원칙. 기본적으로 정보는 교환되는 것이며, 필요한 정보와 같은 가치가 있는 것을 상대에게 내놓을 필요가 있다.

그러나…… 좋아. 지금 이 가게에 마법사는 없다. 솜씨 좋은 마법사가 있다면 상대가 눈치챌 우려가 있지만…… 마법을 써서 작게 속닥이는 대화 소리를 포착했다.

"그 검은 틀림없이……."

"두 명째…… 로열 나이트라. 그러나…… 어째서지? ……이 도시에………… 어째서……."

분명히 세피스 이야기겠지.

그 녀석, 꽤 눈에 띄었으니까. 그런 지팡이검을 대대적으로 선보이다니, 안목이 있는 사람은 다들 눈치를 챘다는 말이군.

"요즘………… 이상한 녀석들이 도시에 왔어. 그건…… 이 나라의…………."

"……병사도 눈치 못 챌 정도로………… 숨었지만…… 눈은 속일 수 없어. 그건 아마…… 서키스타 녀석들이다……."

이건 도적단이군. 역시 이 도시에 있는 모양인데.

그리고 세피스의 존재가, 더욱이 보르기이 일파를 경계하도록 만든 것도 사실인 모양이다. 칫. 이래서는 놈들이 더 깊은 어둠으로 숨어들지도 모른다.

수상하게 생각하지 않도록 술을 홀짝거리면서도, 어둠 속을 살피듯 가게 안의 광경에 시선을 주었다. 그러나 결정적인 정보가 나오지 않았다. 놈들이 어디 있는지.

"그보다도 너희…… 차기 여왕의 가디언 세리온이 착실하게 진행되고 있다던데. 이미 최종 후보가 한 명 정해졌다더군."

"…………들어본 적이…… 그 평민 검사 이야기를……."

"모험가가………… 을 구했다는 이야기냐? 그 연극으로도 만들어진 검사…… 왕녀님이 대단히 아낀다는………… 가디언 필두 후보, 이름은 분명히——."

평민 검사가 왕족을 구했다고? 조금 흥미가 생기는 이야기가 들렸다.

자랑은 아니지만 나는 지난 1년, 계속 학원에 틀어박혀 있어서 세간의 소문에 엄청 어둡다. 그렇지만 나는 도적단 이야기를 캐러 왔단 말이지.

놈들이 이 도시에 있는 건 아무래도 확실한 모양이다. 그렇다면 역시 나는 알리시아 곁에 있어야겠다~하고 생각을 고쳤다. 아무리 바람의 대정령 씨가 여관 입구에서 냐아냐아 자고 있다고는 해도, 예측 못한 사태에 대응할 수 있는 건 나뿐이었다.

그리고 며칠.

나는 크루슈 마법학원에 있을 무렵의 규칙적이었던 것과는 인연 없는 생활을 보내고 있었다.

"——스로우 님, 아침이에요!"

"……구울."

이 도시에 숨어 있는 도적단은 세피스 일행이 필사적으로 찾고 있었다.

세피스는 아마도 이번 사건에서 가디언을 향해 크게 전진해서, 애니메이션처럼 가디언이 되겠지. 그렇다면, 이건 승리가 확실한 이벤트였다. 세피스를 가디언으로 만들어도 되느냐가 문제지만, 나는 세피스가 국가를 배신하는 이유를 알고 있다. 그건 바꿔 말하면 세피스의 배신을 방지할 가능성이 있다는 것이다.

조금 귀찮지만, 제대로 된 루트를 써서 펜드래건 후작 가문이나 로열 나이츠와 연계하면, 그 녀석이 이 나라의 왕녀에게 손대는 걸 막을 수 있으리라. 배신할 거라면 멋대로 하라고 생각하지만, 이 나라의 왕녀에게 손대지는 못한다.

　지금 해야 할 일은 알리시아가 납득하고 마법학원으로 돌아갈 때까지, 슈야를 대신하는 것. 세피스 관련으로 참견하는 건 다른 때에 하면 되지.

　"——알리시아 님. 세피스 님이 이제 곧 보고하러 오실 시간이에요. 그렇게 늘어진 모습을 보였다간 환멸하실 거예요!"

　"……쿠울."

　그래서, 지금 내 생활은 느긋하다. 아침의 런닝을 재개하거나, 샬롯의 신형 살 빼는 약과 함께 마시기 좋은 음료수가 없을지 찾아보거나.

　"아아앗, 스로우 님! 살 빼는 약이 전혀 안 줄어들었잖아요. 약속한 분량은 꼭 드셔야죠!"

　"싫어어어어어어! 끈적끈적 지렁이가 나를 봤어어어어어!!"

　"제가 매달 받는 급료 절반이나 내서 샀어요! 이거 만드는 거 굉장히 힘들었단 말이에요. 자, 얼른 드세요! 자아!"

　"힘들었다니, 탄산 들어간 액체에 지렁이 집어넣은 것뿐이잖아, 샬롯! 싫어어어어어어어어어!"

　사태가 크게 움직인 것은, 내가 요렘에 온지 일주일 가까이 지났을 무렵이었다.

3장 반편이의 작은 결심

「공작부인은 솔직해질 수 없다」.

그 평민 소녀에게 받은 책의 제목이었다.

은근슬쩍 제목에서 악의가 느껴지지만, 읽어 보니 상당히 재미있었다. 열중하면서 읽어 나가고, 지금은 두 번째 다시 읽는 도중인데 마침 종반에 들어선 참이었다.

"꾸힛후우…… 꾸힛후우……."

알리시아의 생활은 기본적으로 여관 안에서 완결되고 있었다. 세피스는 그녀에게 되도록 외출하지 말아 달라고 했다. 보르기이를 끌어내는 건 로열 나이트의 역할이며, 그녀는 그저 때를 기다려 달라며. 그래서 이렇게 그 평민에게 받은 책을 읽으며 시간을 때우는 중인데…… 정말 이러면 되는 걸까?

그녀는 왕족 살해자가 이끄는 도적단을 처단하기 위해 이 도시에 왔다. 그런 자신의 마음을 학원장이 과외학습이란 형태로 인정해 주었다.

……그런데, 이런 식으로 책이나 읽으며 끝나는 하루를 보내도 괜찮은 걸까?

본심을 말하자면 지금 당장 여관을 뛰쳐나가서 찾으러 다니고 싶었다. 그렇지만 가디언이 되기 위한 세피스 일행의 일을 그녀가 방해하면 미안하단 생각이 들었다.

두 번째…… 완독. 솔직해지지 못하는 주인공에게 짜증이 났지만, 최종적으로 해피 엔드. 분명히 그 애가 말한 것처럼 명작이다. 후련한 독후감에 휩싸여 있는데――.

"꾸힛꾸울…… 꾸힛꾸울……."

고개를 들자, 작은 나무 받침에 올라갔다 내려갔다를 반복하는 풍보의 모습. 결국 평민 소녀가 없어지고서 며칠, 제대로 된 대화를 못 했다. 저 녀석이 다가올 기척도 없고, 이래서는 같은 방에 있는 의미도 전혀 없었다.

가까이 있는데 아무것도 못한다……. 그저 답답한 나날이 지나갈 뿐이다.

"꾸힛꾸우…… 꾸힛꾸우……."

"있지. 그 기분 나쁜 움직임, 뭐야?"

그건 그렇고, 매일 변하는 수수께끼의 움직임.

무시하려고 생각했지만, 이제 한계였다.

●

요렘에 머무르면서, 나는 알리시아를 지켜보기만 하는 데 시간을 낭비할 생각은 전혀 없었다.

도시에 머무를 때는 수업을 받지 않으니까, 하루 종일 다이어트를 할 수 있는 보너스 스테이지. 다시 말해서, 지금은 번데기에서 나비로 우화하기 위한 최고의 시기였다.

"꾸힛꾸우…… 꾸힛꾸우……."

그렇다.

나는 요렘에 머무르는 동안 화려하게 대변신하여 마법학원으로 개선할 생각이었다!

그러려면 도시에 머무르는 동안 되도록 지방을 근육으로 바꿀 필요가 있다! 그래서 요렘에 온 뒤부터 일과인 조깅에 근육 운동 코스를 더하고, 더욱이 몸을 괴롭히기 위해 특별 다이어트 방법을 도입하기로 했다.

받침대를 이용해서 하염없이 올라갔다 내려갔다를 반복한다. 아무리 그래도 여관 계단을 영치기영차할 수는 없으니까 받침대로 대용했다. 수수하게 보이지만, 얕보지 말라.

이것은 내 현대 지식을 한껏 살린 다이어트 방법이었다.

"저기……. 그 기분 나쁜 움직임…… 뭔가요?"

"꾸힛후우…… 어어어!? 뭐라고?"

저 녀석이 말을 걸었네? 희한하네. 같은 방에서 생활을 함께하고 있다지만, 말을 걸었다 하면 다퉜었기에 되도록 자극하지 않도록 마음을 먹고 있었는데…….

"그 기분 나쁜 움직임 뭐냐고 묻고 있잖아요!"

"꾸힛꾸우……! 계단 다이어트 대신, 이렇게 운동하는 거야!"

알리시아는 독서에 몰두하고 있었지만, 벌써 다 읽어버린 모양인지 달리 할 일이 없는 기색이다. 저 녀석의 기겁하는 시선을 무시하고, 나는 더욱 감량을 목표로 다음 다이어트를 계속했다.

"받침대 다이어트 다음은 이거다!"

바닥에 놓아둔 신축성 있는 고무 튜브. 양끝을 양손으로 잡고, 늘렸다 줄이기를 반복했다.

팔이 수축된다! 괴로워! 하지만 이것뿐이 아니야! 나는 그대로 그 장소에서 고무를 들고 스쿼트를 시작했다. 이것이 고무 스쿼트 다이어트다!

"우우! 우우우우!!"

너무 괴롭다. 이건 무릎을 한 번 굽히기만 해도 마음이 꺾일 것 같아.

나는 무심코, 테이블 위에 놓인 향기로운 과자로 손을 뻗다가…… 멈췄다.

'스로우 님! 전혀 안 드셨으니까 과자를 먹으면 살 빼는 약 한 잔이에요! 약속이에요.' 라고 샬롯과 약속한 것을 떠올렸기 때문이다. 그 무시무시한 맛의 약을 마실 바에야 과자를 참는다!

냉정하게 생각해 보면 그런 기분 나쁜 몬스터가 안에서 꿈틀거리는 살 빼는 약을 하루에 한 번 이상 마실 수 있을 리 없잖아. 정도껏 해!

"꾸힛, 꾸히이이이! 우우! 우우우아아아!"

"이 참에 물어보겠는데요……. 그건 대체 무슨 효과가 있는 거죠?"

"이건! 몸의 중심이 똑바로 펴지고, 자세가 좋아지는 거야! ……그런데 알리시아. 너한테 하고 싶은 말이 있었어. 훗, 훗."

"……뭔가요?"

"아까 옆 방에 갔더니, 훗. 또 짐이 늘어났더라. 훗, 너. 또 여관 사람한테 부탁해서 뭔가 사왔나 본데, 훗. 하지만, 너 어째서 그렇게 돈이 많은데? 너 혹시 학원에서 자기 신분을 내세워 돈을 갈취한다거나──."

"가, 갈취라뇨! 당신이랑 똑같이 보지 마세요! 이건 그거예요! 도시에 도착했을 때 학원에서 받은 선물을 전당포에…… 아."

말을 잃었다. 이 녀석은 자기한테 온 선물을 환금한 모양이다. 너무나도 남의 마음을 가지고 노는 행위라서 굳어져 있는데, 이 녀석은 둘 장소가 없다거나 센스가 나쁘다거나 영문 모를 말을 하기 시작했다.

아니아니, 그게 뭔 말이야. 네 방 무진장 넓잖아. 여자 기숙사 최상층인 5층에 살고 있으니까.

"다른 사람에게 말하면 용서 안 해요!"

나처럼 같은 학년에서 함께 수업을 받는 일이 많은 녀석은 알리시아의 본성을 알고 있다. 그러나 그다지 연관성이 없는 학생이 보기에 알리시아는 동경의 존재로 보인다고 한다.

"어쩔 수 없잖아요. 세피스 씨는 나한테 그다지 외출하지 말라고 하고, 할 일이 없는걸요. 스트레스 받아요."

분명히 세피스는 알리시아에게 되도록 여관에 틀어박혀 있으라고 부탁을 했다. 알리시아 같은 초보자가 휘저으며 다녀봤자 얻을 수 있는 건 아무것도 없을 테니까. 그건 현명한 판단이라고 할 수 있었다.

"뭐, 나는 그 녀석들이 도적단을 발견할 수 있을지 어떨지 수상하다고 생각하지만 말야."

"어째서죠?"

"로열 나이트는 호위가 전문이지, 탐정 흉내는 그 녀석들 특기 분야가 아니야. 실제로 지난 일주일 가까이 아무 진전이 없었잖아?

왜 말디니 추기경이 이 땅에 그 둘을 보냈는지 의문이었다. 부적절한 인선이야. 데닝 공작 가문의 사람이 그나마 훨씬 더 잘 할걸.

"불만이 있다면 혼자 돌아가면 된답니다. 의욕 따위 없잖아요?"

"……말해 두지만, 샬롯은 내 종자야. 내가 가 버리면 샬롯도 함께 돌아간다는 말이다."

움찔 굳어지는 알리시아. 이 녀석은 샬롯을 자기 편하게 부리는 경향이 있거든. 알리시아는 왕족이지만, 크루슈 마법학원에 유학하면서 신변을 보살펴 주는 종자를 데리고 오질 않았으니까.

"그리고 너. 사실은 스트레스라고 하면서 현실도피를 하는 것뿐이잖아."

"흘려 들을 수 없네요. 제가 현실도피라고요?"

"다음 주, 로코모코 선생님이 하는 마법연습학의 시험이 있지. 네가 제일 못하는 수업이야. 너, 그 시험 치기 싫어서 어떻게든 체류 기간을 늘리려 하고 있잖아."

"으, 그걸 어째서…… 하지만 그거라면 당신도——."

"저기, 스로우 님, 알리시아 님. 이야기 도중에 죄송한데요."

샬롯의 목소리. 돌아보았다.

"응? 왜 그래? 샬롯."

"손님이에요. 세피스 씨가 긴히 할 이야기가 있다고 오셨어요."

빈틈 없는 태도와 조각상처럼 흐트러짐 없는 생김새.

잔잔한 수면 같은 마음을 가진 것처럼 보이지만, 나는 세피스가 쓰고 있는 가면 아래에 숨겨진 격정을 알고 있었다.

"기각한다. 알리시아, 이 녀석 말을 들을 필요 없어."

본래 나는 회의적이었다.

지금까지 햇살이 닿는 장소에서 살아온 로열 나이트들이 뒷세계에 사는 자들의 정보를 어떻게 손에 넣는다는 것일까? 블랙 로비의 모습을 떠올려보면 알 수 있는데, 놈들은 동료와 그 밖의 사람들을 구분하는 독특한 후각을 가졌다. 설령 마음에 안 드는 외부인의 정보라도, 척 보기에 귀족인 남자들에게 정보를 줄 리가 없었다.

그러나, 지금. 이미 그런 건 아무래도 좋았다.

내가 잘못 들은 게 아니라면, 지금 이 녀석이 뭐라고 했지?

"입 다물어요. 그래서 세피스 씨, 다시 설명을 부탁해도 괜찮을까요?"

"야, 알리시아! 너 장난치냐!"

"입 다무세요."

싸늘한 한마디에 의식이 얼어붙었다. 이렇게 되면 나에게 알리시아를 막을 방도가 없었다.

한번 정하면 흔들리지 않는 완고함. 마치 수직으로 뻣뻣하게 선 대쪽 같은 성격. 그렇기에 애니메이션에서 슈야도 알리시아를 다루는 데 고생했다.

"도적단이 다른 도시로 이동할 준비를 하고 있다는 소문이 있습니다."

"어째서죠?"

"지난번 몬스터 소동으로 제 정체를 깨달은 자가 있는 모양입니다."

"그건, 세피스 씨의 책임이 아니랍니다."

이미 로열 나이트가 도시에 있다는 사실은 귀가 밝은 자들에게는 다 알려졌다. 도적단 입장에서는 언제 딱 마주칠지 알 수 없는 정의의 기사와 같은 도시에 있는 건 피하고 싶으리라.

"아뇨, 제 책임입니다. 좀 더 다른 방도가 있었어요. 그러나, 놈들을 이 도시에서 놓치게 된다면 이 나라 어디선가 악행을 저지를 것이 틀림없습니다. 반드시 이 도시에서 괴멸시키고 싶습니다만, 우리 힘으로는 도무지 놈들을 발견할 수가 없었습니다. 그래서 올리버 경과 이야기를 나눈 결과, 한 가지 방안이 떠올랐습니다."

세피스가 이야기하는 작전은 알리시아의 마음에 부채질을 하는 악마 같은 말이었다.

"지금, 평민들 사이에서 화제인 연극이 상연되고 있습니다. 그곳에 당신이 가게 되면, 뒷세계에 숨어 있는 올리버 경이 소문을 흘려 놈들을 끌어낸다. 다시 말해서, 알리시아 전하. 당신이 놈들을 끌어내는 미끼가 되어 주셨으면 합니다."

세피스의 생각은 실로 합리적이고 정곡을 찌르고 있으며, 알리시아의 바람하고도 일치했다.

그렇지만, 그건 로열 나이트가 제안하기에는 너무나도 바보 같은 것이었다.

전에 세피스는 이 도시에 있는 한 알리시아를 지켜내겠다고 말했다. 그런데 이제 와서 미끼로 쓰시겠다? 대체 무슨 심경의 변화인 거냐?

"세피스 씨. 정말로 그러면 놈들이 나설까요? 계속 지하에 숨어 있었는데요?"

"도적단의 중심 인물. 왕족 살해자 보르기이는 심복인 부하들이 서키스타의 군대에 살해당했으며, 군에 지시를 내린 서키스타 왕실에 깊은 원한을 가졌습니다. 따라서 당신을 붙잡기 위해서 반드시 나설 겁니다."

담담하게 설명을 듣고, 알리시아는 작게 고개를 끄덕였다.

이 흐름은 안 좋다. 알리시아는 이미 세피스를 신뢰하고 있으니까.

"어이. 로열 나이트가 다른 나라 왕족을 미끼로 쓰는 거냐?"

"현지에서 나와 올리버 경이 전하의 호위로 붙는다. 도적단 따위는 적이 못 된다."

"로열 나이트 두 명이 제 호위를? 그것은 참으로 영광이랍니다."

관자놀이가 지끈거린다. 알리시아는 긍정적이다. 오히려 왜 지금까지 그런 좋은 생각을 깨닫지 못했을까 싶은 기색이었다.

그렇지만 이 녀석이 전쟁 와중에 제국 측에 붙은 보르기이를 우연히 봤을 때, 애니메이션에서는 무슨 짓을 했지? 슈야와 떨어지게 되는 것도 두려워 않고, 일시적이라지만 포로가 됐었잖아.

"로열 나이트가 다른 나라의 왕족을 미끼로 목적을 이룬다? 그런 짓이 용납되는 거냐?"

"젊은 학생. 자네는 이 도시에서 도적단 궤멸을 위해 뭘 했지? 자네를 추천한 단장도 한탄하고 있을 거야."

"……그건."

"나는 확고한 각오로 이 도시에 왔다. 놀이 삼아 온 자네에게 참견을 받을 이유는 없어."

그 눈동자는 내가 아는 애니메이션 속 세피스의 눈동자와 똑같아서, 야심이 활활 타오르고 있었다.

"너 말야! 그 녀석의 제안에 전면협력을 한다는 건 대체 무슨 생각이야!"

세피스가 물러간 다음, 나는 곧장 알리시아를 향해서 외쳤다.

만나고서 아직 얼마 지나지도 않은 남자를, 그저 로열 나이트란 이유만으로 신용하다니 말도 안 된다.

"무슨 일인가요? 스로우 님!"

그러나 마침 샬롯이 찾아왔다.

사정을 간단히 설명하자 낯빛이 싹 바뀌었다. 샬롯에게는 어수선한 이야기를 알리고 싶지 않았지만, 그녀가 알리시아에게 그만 두라고 설득을 해 주면 고맙다.

"잘 들어, 알리시아. 그 녀석들은 시간을 들이고도 도적단을 발견하지 못하니까 조바심을 내고 있는 거야."

"맞아요, 알리시아 님. 위험해요! 상대는 위험한 사람들이잖아요!"

"걱정해 주는 건 기쁘지만, 로열 나이트가 두 명이나 호위를 해 줘요. 이보다 안전할 수 있을까요? 이름 높은 로열 나이트가 도적단 따위에게 뒤처질 것 같지는 않아요."

"그야 녀석들은 강해, 강하지만……."

신뢰할 수 있는가 하면 얘기가 달라진다.

이 도시에 찾아온 두 명의 기사. 왕실의 수호자라는 로열 나이트 중 한 명이 장래에 이 나라를 배신한다는 것을 나는 알고 있었다.

세피스가 배신을 실행하는 시기는 가디언으로서 영예를 손에 넣은 다음.

시기적으로 지금은 아니지만, 그래도 그 녀석이 신용할 수 있는 놈인가 하면 의문이 남는다. 적어도 알리시아의 호위로서는 불합격.

어차피 이건 성공으로 끝나는 이벤트. 세피스는 도적단을 괴멸시킨다. 그것이 정해진 줄거리다.

굳이 세피스의 이야기에 알리시아가 위험을 감수하면서 개입할 필요는 없었다.

……아니, 기다려. 설마 이건 애니메이션으로 방송되지 않은 스토리인가? 알리시아를 미끼 삼아서, 세피스가 도적단을 괴멸시키고 그 녀석이 가디언의 길을 독주한다.

"알리시아, 너는 그 녀석들에게 이용당할 뿐이야. 너는 만에 하나를 위한 보험이었겠지."

만약, 이것이 올바른 운명이라고 해도.

그래도 나는 알리시아가 자신을 미끼로 삼는 생각에 찬동한 것을 믿을 수 없었다. 애니메이션하고 똑같다. 이 녀석은——자기 자신을 전혀 소중하게 생각지 않는다.

"……무슨 뜻이죠?"

애당초 말이다.

굳이 알리시아에게 알현을 요청하는 것이 이상했다.

그 알현의 목적이 만에 하나 도적단이 발견되지 않을 경우에 대비해서, 놈들을 끌어내기 위해 알리시아를 이 도시에 불러내기 위한 구실이었음이 틀림없다.

"그 녀석들은 최악의 사태를 상정하고 있었어. 도적단이 발견되지 않을 경우는, 너를 미끼로 삼는다. 그걸 위해서 로열 나이트가 너에게 인사하고 싶다는 말을 꺼낸 거지."

"……그런 건 추측에 지나지 않아요."

"그래. 내 추측이야. 하지만 너도 이상해. 자신이 미끼가 된다니! 나는 너를 생각해서 하는 말이야!"

도적단, 특히 두목인 보르기이는 위험한 남자이며 알리시아가 맞설 수 있는 상대가 아니다.

분명히 호위는 두 명의 로열 나이트. 알리시아가 안전하다는 것도 이해는 할 수 있다. 누가 뭐래도 기사국가의 정예다. 하지만 한 사람은 배신의 가디언. 지금은 아직 안전하다 해도, 미래에서는 배신하는 게 확정된 남자.

이럴 때, 슈야가 있다면 좋았을 텐데…….

슈야와 세피스는 실력 차이가 너무나 크지만, 알리시아를 지키는 것에 관해서는 더할 나위 없이 적임자였다. 누가 뭐래도 메인 히로인의 파트너인 주인공. 실적은 보증수표다.

"……당신, 지금, 나를 생각해서라고 했나요?"

"그래. 했어."

내 말이 마음에 안 들었는지, 눈앞에서 알리시아가 타오르는 눈동자로 나를 노려보았다.

그 기세에, 무심코 당혹했다.

"제가 어떻게 되든…… 돼지 스로우, 당신하고는 전혀 상관없잖아요!"

"상관없다고? 왜 그런 말을 하는 건데. 잘 들어. 나는 말이다……."

──슈야 대신에, 너를 지키러 왔다고.

역시 그렇게는 말하지 못했다.

"……작작 하세요! 저를 버린 당신이 어떻게 그런 말을 하는 건가요! 학원에서도 계속 나를 무시한 주제에!"

"──어?"

분노에 목소리와 몸을 떨면서, 이 녀석의 눈동자에서 물방울이 한 방울. 거기서 후두둑 떨어진 그것이 무엇인지, 나는 한순간 이해하지 못했다.

"여기 와서도 계속 무시한 주제에! 이제 와서 대체 뭔가요!!"

낯익은 목소리── 어째선가 지난번 꿈속에서 화를 내던 그

뒷모습이 떠올랐다.

누구에게도 진실을 밝히지 않고, 모든 것을 뒤덮어 숨긴 칠흑 돼지 공작.

바람의 대정령과 약속한 것을 지키기 위해 필요하다고 생각해서, 나는 몸에 들러붙은 무게추를 버렸다. 데닝 공작이 되는 길, 기사들과의 인연, 영민들의 신뢰, 그리고 동맹국 왕녀와 약혼 관계마저, 나는 주저 없이 버렸다.

그래서 알리시아가 크루슈 마법학원에 입학한다고 들었을 때는 놀라고, 동시에 켕기는 느낌도 받았다.

"망할 돼지 주제에, 대체 무슨 생각으로 제가 걱정된다고 하는 거죠? 내 모든 걸 빼앗은 당신에게 그런 말 듣고 싶지 않아요!"

알리시아를 제멋대로 버린 나는, 대답할 말이 떠오르지 않았다.

꿰뚫는 것처럼 날카로운 시선으로 노려보자, 그 자리에서 한 발짝도 움직일 수 없었다.

그리고 잠시 그 녀석은 나를 계속 매도하더니, 마지막에는 거친 호흡으로 "뚱보뚱보뚱보! 이 망할 돼지!"라고 내뱉더니 문이 부서져라 열고는 복도로 나가 버렸다.

약혼에 대해서는, 전면적으로 내 잘못했다.

왜냐면 나는 알리시아가 아니라 샬롯을 택했으니까.

모두 내가 뿌린 씨앗이고, 나는 그 녀석의 분노를 받아낼 책임이 있다. 새삼 그 녀석과 나 사이에 벌어진 거리를 이해했다.

"……스로우 님, 저는 알리시아 님을 쫓아갈게요."

"부탁해, 샬롯. 그 녀석 곁에 있어 줘라."

그렇지만 샬롯도 뭔가 나에게 할 말이 있는 모양인지, 그 자리에서 움직이지 않았다.

"그리고 저는, 그게. 만약 세피스 씨의 작전이 결행될 경우에 어떡할까요?"

"극장은 틀림없이 전장이 될 거야. 보낼 수 없어."

"네?"

"도적단은 권력자의 목숨을 빼앗는 것도 개의치 않는 어엿한 무장 세력이야. 학원에 숨어든 용병보다 훨씬 질이 나빠. 그러니까 샬롯은 얌전히 여기 있어."

당연한 이야기다.

설령 극장에 모인 도적단 상대로 세피스가 무쌍을 벌인다고 해도.

나에게는 샬롯의 안전이 가장 중요하다. 보낼 수 있을 리 없다. 그렇지만 그녀는 힘을 주어 내 눈을 바라보았다. 불길한 예감이 들었다.

"그럴 수 없어요."

너무나 예상을 벗어난 말에, 나는 눈이 휘둥그레져서 샬롯을 마주 보았다.

"스로우 님의 전속 종자인 제가, 혼자서 여관에 숨어 있는 건 절대로 싫어요. 스로우 님이 간다면 저도 함께 가겠어요!"

"어……."

망연해진 나를 두고, 샬롯도 알리시아를 따라서 가 버렸다.

왜, 너까지?

나는 홀로 우두커니 서 있었다.

마법도 쓰지 못하는 샬롯이 극장에 온다고?

그건 과거의 겁쟁이였던 그녀를 생각하면 믿을 수 없는 모습이었다. 누군가와 싸우는 것을 거부한 샬롯에게 전장은 어울리지 않는다. 그래서 나는 칠흑 돼지 공작이 됐는데.

"어째서 이렇게 되는 거야……?"

"샬롯은 이럴 때 완고하다냥."

바람의 대정령.

신출귀몰한 샬롯의 보호자가 어느 틈엔가 내 발치에 있었다.

"바람의 대정령 씨는 두 사람 곁에 있어 줘."

"스로우, 너는 어떡할 거냥?"

나는…… 알리시아가 납득했다면 반대해도 소용없다. 이제 나는 메인 히로인의 움직임을 막을 수 없다.

"극장을 살펴보러 간다. 무슨 일이 일어나도 대응할 수 있도록 철저하게 할 생각이야. 돌아오는 게 늦어질지도 몰라. 부탁할게, 대정령님."

한 번은 여관을 나섰던 세피스였지만, 또 다시 골도니의 부지에 들어섰다.

　일부러 돌아온 이유는 알리시아에게 깜빡 전하지 못한 일이 있기 때문이었다.

　로열 나이츠가 며칠 뒤 이 도시에 도착한다. 로열 나이츠가 도착하면 도적단이 도시에서 자취를 감출 것이다. 그러니까 도착하기 전에 어떻게든 괴멸해야 한다. 문을 지나, 접수처 홀에서 여관의 지배인을 불렀다.

　알리시아 일행이 있는 방은 최상층, 매번 지배인에게 말을 하지 않으면 만나는 것조차 불가능하다.

　"알리시아 전하의 방에 가고 싶습니다만, 알리시아 님은 방에 계십니까?"

　"지금은 방에 안 계십니다."

　"방에 안 계시다? 섣불리 부지에서 외출하지 마시라고 당부를 드렸는데."

　"……그렇죠. 이쪽으로 오세요. 옆에 있는 별관으로 안내하겠습니다."

　"별관? 과연, 정말로 여관 밖으로 나가진 않으셨군."

　세피스는 여관의 여성 지배인에게 이끌려 옆에 서 있는 별관으로 안내받았다. 도시의 중심가 근처에서 이 정도 부지 면적을 자랑하는 여관이다. 대체 돈을 얼마나 썼는지 세피스는 짐작도 하기 어려웠다.

별관으로 들어가기 전에 휘감기는 시선을 느꼈다. 정원에 자리 잡은 검은 고양이가 이쪽을 가만히 보고 있었다. 또한 앞서 걷는 여관의 여성 지배인도 호기심 어린 시선을 흘끔흘끔. 틀림없이 그의 내력을 추측하는 것이리라.

역시, 이런 임무는 잘 안 맞는군. 세피스는 입술을 깨물었다.

"그렇게 제 내력이 신경 쓰이시나요? 아뇨, 부정하지 않아도 알겠습니다. 제 정체는, 당신이 상상한 그대로라고 생각해도 상관없어요."

어차피 며칠 뒤면 로열 나이츠가 나타난다. 이제 와서 숨겨봤자 소용 없었다.

"그 말씀은?"

"저는 로열 나이트입니다. 이유가 있어 서키스타 왕녀 전하를 지키는 입장입니다만."

"어머나아! 역시 진짜였군요!"

가디언에 이르기 위한 시련.

단장이 내린 시련을 아직 아무것도 달성하지 못했다.

로열 나이츠는 각지의 시험지를 돌면서 최종 시험에 도전하는 자를 선정하고 있었다. 요렘이 마지막 땅이다. 꽃의 기사 올리버가 자신을 가늠하기 위한 감독관의 역할을 맡은 것도 이미 깨닫고 있었다.

어떻게든, 로열 나이츠가 도착하기 전에 왕족인 그녀를 설득하여 보르기이 일파를 괴멸시킨다. 위험한 상황에 처하게 만드는 것이지만, 가디언이 되려면 수단을 가릴 수 없었다.

——그렇지만 정말 그거면 되는 걸까?

——내 꿈을 위해서, 상관없는 그녀를 위험에 빠트려도 되는 것일까?

"설마 현역 로열 나이트님과 이렇게 이야기를 할 수 있다니 꿈만 같아요. 딸이 크루슈 마법학원에 입학한 뒤로, 우리 가게에 오는 손님도 전보다 굉장한 분들이 됐네요. 서키스타의 왕녀님에 그 데닝 공작 가문의 작은 공자님! 더욱이 로열 나이트님까지!"

"……당신의 딸이 그 마법학원에 있는 건가요?"

"네. 어렸을 때부터 마법사가 되고 싶다는 게 입버릇이었던 애라서요. 하지만 집안 일을 매일 돕게 했는데도 설마 정말로 합격할 줄은 꿈에도 생각 못했답니다."

"그렇다면 상당히 노력한 거겠죠. 하지만 걱정이군요. 그 마법학원에서 평민이 쾌적한 생활을 보내기란 상당히 어렵습니다."

평민과 크루슈 마법학원이라는 말을 듣고서 세피스의 표정이 살짝 어두워졌다.

지금도 꿈에 나올 때마다 가위에 눌리는 그때 그날.

마법학원에서 보낸 겨울 밤. 그의 인생을 크게 바꾼 그날의 기억이 뇌리에 떠올랐기 때문이다.

"저도 불안했죠. 그럼요. 소문으로 자주 들으니까요. 평민 아이는 수업을 따라가는 게 힘들다고요. 하지만 그 애는 참 입학하고서 얼마 안 지나 흙의 마법에 눈을 떴답니다."

"그곳은 본래, 귀족이 사교를 배우기 위해 만들어진 마법학원. 따라서 평민한테까지 배려가 닿지 않는 것은 어쩔 수 없는 일이죠……. 그런데, 신입생이면서 마법에 눈을 떴다니? 심정이 짐작됩니다. 자녀분을 크게 걱정하고 계시겠군요."

마법에 눈을 뜬 우수한 평민이란 말을 듣고, 세피스의 발걸음이 무심코 멈춰 버렸다.

사생아인 자신 정도는 아니겠지만, 그 아이도 괴로운 생활을 보내고 있지 않을까 하는 생각이 들었기 때문이다. 마법은 귀족의 전유물이라며 협소한 생각에 지배당한 귀족 학생들에게 시기를 받을 가능성도 제거할 수가 없다.

"걱정하냐고요? 아뇨. 그럴 리가요. 매주 보내는 편지를 읽어보니, 딸은 마법학원의 생활을 참 즐기고 있는 것 같아요. 매일 신선해서 즐겁다고 적혀 있었답니다. 제 딸이지만 마음이 강하다고 할까요. 네."

"즐기고 있다? 실례됩니다만…… 그것은 어머니인 당신을 안심시키려는 방편이 아닌가요?"

"방편이요? 그건 뭐, 저도 처음에는 그렇게 생각하기도 했어요. 하지만 며칠 전에 딸이 휴일을 이용해서 돌아왔었답니다.

네. 이것저것 물어봤는데—— 어머나, 저런 곳에 고양이가. 저 애는 샬롯의 고양이로군요."

선도하는 그녀는 화단 가장자리에 앉아 있는 고양이를 상대하면서, 외동딸과 나눈 유쾌한 편지 내용을 이야기했다.

그러나, 세피스는 마음속의 어둠이 자극되는 그 말에 표정이 굳어졌다.

지금도 꿈에 나오는 그날. 그렇다. 그날도 편지가 오면서 시작됐었다.

차가운 눈이 내리던 그날 밤. 후작 가문에서 온 편지를 보고 그는 절망했다. 그가 귀족이 된 이유는 가장 사랑하는 어머니를 위해서였다. 설령 떨어지게 되어도 어머니가 고향에서 행복하다면 노력할 수 있다고 생각하며 귀족이 됐는데.

약속은 단 한 장의 편지로 갈기갈기 찢어졌다.

펜드래건 후작, 아버지와 한 약속은 배신당했다.

후작 가문에 대한 원한은 그대로 평민을 가볍게 보는 귀족들에 대한 증오로 변했고, 결국에는 나라의 존재방식에마저 의문을 가지게 됐다.

"어머나, 죄송합니다. 저도 참 고양이를 상대하고 있었네요. 이 고양이는 정말로 영리하답니다. 네. 자, 왕녀님께선 저쪽에 계세요."

그는 지금, 추악한 표정을 짓고 있으리라. 그녀가 이쪽을 보지 않아서 안도했다.

……자, 이 앞에 있는 알리시아 전하와 만나게 된다. 로열 나이트로서 체면을 차리자. 최악의 기억을 떠올렸을 때마저 평정을 유지할 수 있게 된 것은 그것이 이미 과거 일이라고 선을 그었기 때문일까?

아니, 다르다. 그가 이미 이 나라에 아무런 희망을 품지 않기 때문이었다.

장래 나이를 먹고 로열 나이트로서 살아온 나날을 떠올릴 때조차, 그 무렵은 좋았다고 생각하는 날은 올 것 같지 않았다. 긍지 높은 로열 나이트로서 지내고 있으면 이 나라를 사랑하는 날이 올지도 모른다고 꿈을 꾸기도 했지만.

——어머니, 학원장님.

——저는 로열 나이트가 되어도, 이 나라가 좋아지지 않는 모양입니다.

세피스가 안내받은 별관 2층은 저녁부터 주점으로 이용되는 개인실 중 하나였다. 이른바 상류 계급인 자들이 선호할 법한 방이었다. 그런 곳에 젊은 소녀 두 사람이 있는 광경을 보니 조금 웃음이 나올 것 같았다.

그러나 직후에, 세피스는 풍겨오는 술 냄새를 맡고 인상을 찡그렸다.

처음에는 한 잔만 마실 셈이었다.

"아, 알리시아 님. 그건 강한 술이에요!"

"조금만…… 조금만 마시는 건 상관없답니다."

홀짝. 알리시아의 핑크색 혀가 그릇에 따른 술의 표면을 핥았다.

그리고 무슨 생각인지 그녀는 붉은 와인 잔을 기울여서 벌컥벌컥 단숨에 들이켰다.

"어머나, 샬롯 씨. 이거 맛있어요!"

"네? 정말인가요……? 그러면, 저도 조금만 마실게요. 아, 분명히 마시기 쉬워요."

그것이 시작이며, 끝이기도 했다고 한다.

"그 망할 돼지~ 뭐가 내 걱정인가요. 여기 와서도 전혀 말도 안 걸었던 주제에! 망할 돼지~ 이제 와서 뭔가요! 농담하지 말란 말이야, 흥!"

늦은 오후부터 시작된 두 사람의 비밀 회의.

얼굴을 마주보고 와인 잔을 기울이며 대화에 몰두했다.

"샬롯 씨, 알아요? 그 녀석, 요전에. 그 평민이 마법학원에 돌아갈 때, 키키, 키, 키스를 받아서! 그 다음에도 완전히 싱글싱글벙글벙글 굉장했다니까요!"

"후엣! ……키, 키스라니 그게 뭔가요? 저 처음 들어요!!"

"어머나 샬롯 씨, 몰랐나요? 후으응, 그러면 가르쳐 주겠어요."

"되도록 자세하게 부탁 드려요."

둘이 얼굴을 마주 보면서 소곤소곤소곤소곤.

그리고 알리시아가 그에 대한 불평을 어느 정도 끝낸 다음, 이번에는 자신들을 둘러싼 환경으로 화제가 넘어갔다. 알리시아가 학원에서의 고민을 털어놓으면, 샬롯은 데닝 공작 가문에서 자기 취급이 안 좋은 것에 불평을 한다. 나는 왕족인데 어째서 친구가 적은 거냐고 알리시아가 물어보면, 알리시아 님은 너무 높은 벼랑 위의 꽃이라고 샬롯이 완벽하게 대답했다. 어째서 나는 전속 종자인데 스로우 님 형제자매들의 전속 종자들보다 급료가 압도적으로 적은 거냐고 샬롯이 불평을 하면, 그건 당신의 마법이 엉망이라서 아닌가요? 라고 알리시아가 찍 소리도 못하는 대답을 내놓는다. 샬롯은 눈물을 글썽거렸다.

"샬롯 씨하고는…… 앞으로 학원에서도 사이좋게 지내고 싶답니다. 딸꾹. 왜냐면 당신도 그 녀석의 피해자……. 있죠. 당신은 그런 녀석 곁에서 혹사당하는 거 싫지 않나요? 우우~ 딸꾹~ 왜냐면 하는 일은 메이드잖아요."

"그게, 그러니까 저는 메이드가 아니라 종자라니까요. 우우응, 하지만 저는 달리 갈 곳도 없으니까요……. 아, 딱히 지금 생활이 싫은 건 전혀 아니고요!"

때로는 웃고, 때로는 서로 위로하며.

긴 엇갈림의 공백을 메우는 것처럼 두 사람은 수다를 떠는 데 몰두했다. 테이블 위에 늘어나는 빈 병의 수가, 두 사람의 끝나지 않는 대화를 상징하는 것이었다. 그리고 시간이 흘러 어느

샌가 해도 저물고 있었다. 그 무렵에는 요렘에 왔던 초반의 어색함은 상당히 흐려져 있었다.

그의 전속 종자와 그의 옛 약혼자.

둘 다 마음속에서는, 서로 사이좋게 지내고 싶었기에 나온 결과이리라.

"갈 곳이 없어요? 그러면, 저한테 오면 된답니다! 우~ 그러면, 둘이서 즐겁게 그 녀석 험담이라도, 우~ 머리 아파."

홀짝홀짝 마셨는데도, 어느샌가 완전히 취해 버렸다.

홍조를 띤 볼이 주정뱅이의 증거다. 평소에는 그냥 즐기는 정도인데, 오늘은 싫은 일을 잊어버리고자 몇 잔이고 마셔 버려서 멈추지 못했다. 그런 공주님의 추태를, 청초하면서도 살짝 요염함을 풍기는 실버 헤어 소녀가 필사적으로 말리고 있었다.

세피스가 찾아왔을 때는 창 밖이 완전히 어두워져 있었다.

"……전하. 이런 장소에 계셨나요……. 그리고, 과음하셨습니다."

갑자기 찾아온 세피스가 말리는 것도 듣지 않고, 알리시아는 또 한 잔 목 안으로 쭈욱 와인을 들이켰다.

"흐트러지셨습니다. 대체 무슨 일이 있었나요?"

"그건 우우~ 그 녀석 탓이에요! 그렇죠, 샬롯 씨?"

그리고 상황을 설명하기 시작했다.

주위 손님들이 듣지 못하도록, 티나의 어머니가 개인실을 준비해준 것은 정답이었다고 샬롯은 생각했다.

알리시아가 흐트러진 원인을 이해한 세피스는.

"……제가 말하는 것도 그렇습니다만, 당신의 친구로서 그저 걱정이 되는 것뿐이겠죠. 혹시 모를 일도 있으니까요."

"저는 마법사랍니다! 그리고 어엿한 기사가 두 사람이나! 그 녀석의 백 배는 듬직하답니다! 그리고 친구라니, 그 녀석을 친구라고 생각한 적 따위 없답니다! 그렇죠~ 샬롯 씨."

그리고 또 한 잔. 거창하게 마신다.

또한, 샬롯 씨라는 한마디에 잔에 와인을 따르는 샬롯의 움직임도, 이 또한 참으로 익숙한 모습이었다.

알리시아는 무슨 말을 할 때마다 샬롯에게 동의를 구한다. 그 모습을 보고 세피스는 깨달았다.

"……자네는 전하와 친한 모양이군."

"샬롯 씨는 돼지한테는 아까울 정도로 된 사람이랍니다! …… 샬롯 씨, 한 잔 더!"

"네, 알리시아 님. ……저기, 세피스 님. 알리시아 님을 환멸하지 말아주세요."

"환며얼!? 어째서 제가 환멸을 받아야 하는 건가요! 샬롯 씨, 자 한잔 더! ……어머나. 역시 샬롯 씨는, 딸꾹, 그 녀석의 종자인데. 딸꾹, 주인하고 달리, 된 사람이랍니다. 어머나, 나비가 보여요. 저기, 샬롯 씨, 세피스 씨도, 보이죠?"

"네, 전하. 저에게도 귀여운 나비가 보입니다."

"샤, 샬롯 씨는?"

"보여요, 알리시아 님."

"……딸꾹, 그래요. 다행, 이랍니다아."

그렇게 말하더니, 알리시아는 책상에 엎드려서 쿨쿨 잠들어 버렸다. 참으로 다루기 쉬운 소녀였다. 샬롯은 요렘에 머무르기 시작하여 일주일 가까이 알리시아의 시중도 들었다. 익숙해질 법도 했다.

"전하는 자네에게 상당히 마음을 열고 있군. 소문으로는 까다로운 분이라고 들었는데. 그러나 이 모습을 보니 혹시 자네들은 본래 아는 사이였나?"

"그러니까, 사실―― 저희는."

그리고 샬롯은 간단하게 이야기를 시작했다.

알리시아와 만난 것은 지금보다 훨씬 어렸을 적이었다는 것. 그렇지만 주인인 스로우가 이상해졌을 무렵부터 이런저런 일이 있어 소원해졌다는 것. 하지만, 요즘 들어 다시 이야기를 하게 됐고, 샬롯도 옛날처럼 알리시아와 이야기를 하게 됐다는 것. 알리시아의 술자리에 어울려 준 탓인지 샬롯도 입이 잘 돌아갔다.

"놀랍군. 자네는 그렇게 어릴 적부터 그의 전속이었나?"

샬롯은 가만히 잔을 두었다. 남들이 놀라는 것에는 익숙해졌다. 그녀 스스로도 데닝 공작 가문의 종자로서 적절하다고 생각한 적이 한 번도 없었다.

그러나, 그 다음에 중얼거리듯 흘러 넘친 세피스의 말에 샬롯은 말을 잃었다.

"그러나 가장 놀란 것은, 자네는 나와 마찬가지로—— 평민이었군."

"어…… 하지만 세피스 님은 왕실기사. 저와 달리 귀족, 그것도 후작 가문 분이 아니신가요?"

"나는 마법의 재능이 발견되어 펜드래건 후작 가문에 거두어졌을 뿐이야. 나는 사생아, 평민의 피가 절반 흐르고 있지."

"……사생아라면 분명히."

"귀족과 평민의…… 본래는 귀족으로 인정받지 못하는 부정한 아이야."

소문으로 들은 사생아.

결코 겉으로 드러나지 않는 귀족의 치부. 샬롯은 놀랐지만, 세피스가 훨씬 크게 놀라고 있었다.

——그 데닝 공작 가문의 직계한테, 평민의 전속 종자가 붙어 있다고?

들어본 적이 없었다.

이 나라의 중진이자 역사가 깊은 가장 오랜 귀족. 데닝 공작 가문의 전속 종자를 대체 어떻게 평민이 하고 있는가? 그처럼 귀족의 피가 절반 섞인 거라면 모를까?

천장에 달린 램프의 불빛이 아지랑이처럼 하늘하늘 흔들렸다.

세피스의 흥미는 지금, 데닝의 종자를 향하고 있었다. 알고 싶다. 이 소녀에 대한 것을.

"자네는 그 데닝 공작 가문에 거두어졌고, 나는 후작 가문에 거두어졌지. 우리는 어딘가 닮은 부분이 있는 모양이야. 기묘한 인연을 축하하며, 샬롯 군. 내 이야기도 조금 해 주지. 전하가 눈을 뜨실 때까지, 조금만이야."

그리고 수려한 로열 나이트는 입을 열었다.

시작부터 현재에 이르기까지.

그 인생은 한마디로 치열했다. 마법의 재능을 듣고 찾아온 펜드래건 후작 가문에 거두어져서, 귀족이 되기 위한 교육을 받은 것. 하염없이 면학에 힘쓰고, 로열 나이트가 된 것.

이미 샬롯에게는 주점의 소란도 들리지 않았다.

"세피스 씨는 마법의 재능만 있는 게 아니라…… 분명 저는 상상도 못할 정도로 노력을 하신 거군요."

"나는 그저 운명에게 휘둘리기만 하는 자신을 참을 수 없었어. 그래서, 약한 자신을 바꾸고자 했지. 그렇기에 마법에 눈을 뜨고, 삼중 마법사로 정령에게 인정받았은 걸지도 모르지."

"트리플 마스터……. 세피스 님은 정말로 재능이 있었군요."

"샬롯, 자네는 대체 어느 정도의 마법사지? 모든 속성의 마법사, 엘레멘탈 마스터를 모시는 전속 종자니까, 참으로 대단하겠지. 자네와 같은 나이의 나로서는 맞서지도 못하지 않을까?"

그렇지만, 샬롯은 쓸쓸하게 고개를 흔들었다.

　그리고 말했다. 자신은 반편이인 빛의 싱글 마스터라는 것을.

　데닝 공작 가문에서 마법사 실격의 낙인을 받고, 지팡이의 소지도 인정받지 못하는 것을.

　"……놀랍군. 자네 같은 데닝 공작 가문의 종자가 있다니. 아니, 실례했군. 아무래도 데닝의 종자라고 하면 어수선한 녀석을 상상하게 되는군. 로열 나이츠와 데닝 공작 가문은 사이가 나빠. 그래서 나도 적인 그들을 잘 알고 있지. 우리의 적 중에 자네 같은 소녀가 있다는 생각은 못했군."

　"역시 그렇겠죠. 그래서 극장에도 오지 말고, 여관에서 기다려 달라고 스로우 님이 말했어요."

　그렇게 말하고, 샬롯은 역시 쓸쓸하게 웃었다.

　"저랑 스로우 님은 이상한 주종관계예요. 본래 데닝의 종자는 로열 나이트처럼 주인을 지키는 방패. 그렇지만 저랑 스로우 님은…… 반대 같아요. 저는 반편이니까요……."

　"자네의 고민을, 그는 알고 있나?"

　"……."

　"물어볼 것도 없었군. 그렇군. 그러나 말 못하겠지. 자신이 아무것도 아니라고 인정하는 것은 괴로운 법이야. 나도 과거에는 그랬지. 평민인 자신, 귀족인 자신. 어느 쪽이 되면 좋을지 알지 못했어."

　"저기…… 세피스 씨는 어째서 그렇게 열심히 할 수 있었나요?"

"나 말인가?"

어째서, 나는 그렇게 노력했을까?

지옥 같은 생활 속에서 귀족이 되고, 로열 나이트가 되고, 이제는 이 나라 최고의 기사인 가디언을 노리고 있다. 그런 자신의 원동력은 아마도――.

"나는―― 꿈이 있었어."

"꿈, 인가요?"

"마법학원에서 생활하는 자네는 혹시 알지도 모르지만, 평민과 귀족 학생 사이에는 눈에 보이지 않는 커다란 골이 존재하지. 그야말로 이 나라의 비틀림 그 자체야. 지금은 다소 느슨해진 모양이지만, 사생아가 그들 귀족들보다도 마법이 능숙하다는 상황은――. ……이건, 자네에게 들려줄 이야기가 아니군. 잊어 주게. 과음한 모양이야."

그렇게 말한 세피스는 문득, 말에 열의가 담긴 것을 느꼈다.

테이블 위에 놓인 와인 병은 어느 틈엔가 비어 있었다. 데닝 공작 가문의 평민 종자, 그만 흥미가 생겨 버렸다. 그리고 역시 여기는 최고급 와인을 갖추고 있는 모양이다.

"추락한 바람의 신동, 스로우 데닝. 그의 이름은 나도 잘 알고 있어. 가진 모든 것을 버리고, 한때는 마음이 망가졌다는 처참한 소문이 흘렀지. 바람의 신동과 그 옆에 대기하는 트윈 나이트. 데닝 공작 가문이 명실상부하게 이 나라를 지배할 거라고 했던 영광의 나날은 데닝 공작 가문 최대의 금기가 된 추락한 바람과 함께 붕괴했지."

세피스 펜드래건의 말이 샬롯의 가슴 속에 들어섰다.

그의 인생은 샬롯에게는 이상이었다.

평민에서 귀족으로. 그리고 로열 나이트가 됐고, 이 나라 최대의 영예인 가디언에 이르는 인생.

나도 빛의 마법사로서, 로열 나이트가 될 정도의 힘이 있다면 데닝 공작 가문의 종자로 합격이라고 할 수 있을까? 실제로 그녀는 마법도 잘 제어하지 반편이 취급의 열등생이다.

"샬롯. 자네는 어째서——."

"네? 앗, 뭔가요?"

아차. 생각에 잠긴 나머지 세피스의 말도 들리지 않을 정도로 멍하니 있었다.

"자네는 어째서, 극장에 가는 거지? 제안을 한 내가 말하는 것도 우스운 이야기지만, 극장은 전장이 될 거야. 알리시아 전하는 우리가 지키고, 더욱이 전하는 마법을 쓸 수 있지. 마법이란 힘이야. 나는 그가 말한 것처럼——."

"그래서는…… 안돼요. 저는 아직…… 아무 은혜도 갚지 못했으니까요."

샬롯이 고개를 들었다.

"은혜……?"

"요즘 스로우 님을 보면서, 저에게 가장 중요한 걸 떠올렸어요."

바람의 신동과 그 옆에 있는 트윈 나이트.

망국의 공주, 샬롯 릴리 휴잭은 그런 그들과 어렸을 적에 마치 가족처럼 계속 함께 생활했다.

"어렸을 때 저는 그 사람 곁에 있고 싶다고 줄곧 생각하고 있었어요. 그리고 함께 있는 게 당연하다고, 생각했어요."

그녀의 고향. 대륙 중앙부에 존재했던 대국 휴잭은 지도에서 사라졌다. 지금은 몬스터가 사는, 사람 아닌 것들의 영역으로 변해 버렸다.

그날 그 순간, 모든 것이 끝나 버렸을 텐데, 지금의 내가 있는 것은 어째서일까?

그녀는 지금, 그저 한 사람의 인간으로서 매일 사소한 행복을 곱씹고 있었다.

——나는 그 고통에서, 혼자서 일어섰을까?

"세피스 님, 사실 저는. 고아였어요."

아니다. 혼자 힘이 아니었다.

그녀는 약했다. 언제나 울었고, 모든 불행을 짊어졌다고 생각했다. 울고 울어서, 울보란 말을 듣던 그녀를 누군가가 계속 옆에서 지켜주었다.

"데닝 공작 가문 분들이 아닌 사람에게 말하는 건, 처음이지만요. 저는 천애고독한 몸이에요. 만약 제가 죽어도 진심으로 슬퍼해 주는 사람은, 굉장히 적을 거예요."

그렇지만, 지금의 그녀는 그 무렵의 약함을 극복했다.

그런 망국의 공주를 보고, 세피스 펜드래건은 굳어 버렸다. 지금 그 말은 그녀처럼 행복한 소녀의 입에서 나오기에는 너무나 어울리지 않는 말이었으니까.

"어째서, 그런 비밀을 나에게."

"……지금도 떠올리면 눈물이 나와요. 어째서 내가 그런 꼴을 당하게 된 걸까? 하지만 괴로움밖에 없었던 옛날을 떠올리면, 슬픔 옆에 남자애 한 명이 있었다는 걸 떠올리게 돼요."

세피스는 도저히 상상하기 어려웠다.

적어도 그는 혼자가 아니었다.

그의 옆에는 어머니가 있었다. 아낌없는 사랑을 쏟아주는 어머니가 있었다.

"세피스 님이 제가 데닝 공작 가문의 종자답지 않다고 생각한 건 당연해요. 하지만 제가 지금 이렇게 이 장소에서, 알리시아 님이나 굉장한 로열 나이트인 세피스 님 같은 분이랑 이야기할 수 있는 것도, 모두 그 사람 덕분이에요. 저는 혼자서 종자가 된 게 아니에요. 전부, 그 사람이 짐을 지어 준 덕분이죠. 오직 그 사람은, 언제나 저한테 상냥했어요."

눈동자에 눈물이 번진 것처럼 보이는 것은, 분명 세피스의 착각 따위가 아니었다.

그녀의 말은 거짓이 아니다. 세피스는 왕궁에서 거짓에 휩싸인 매일을 살아온 사람이다. 그 말이 진실이란 것을 잘 알고 있었다.

배신의 가디언은 가만히 그녀를 바라보았다. 마치 천상의 사람에게 눈길을 빼앗긴 것처럼. 이미 주점 손님들의 소란스러운 소리 따위 그의 귀에는 들리지 않았다.

"매일, 조금씩 스로우 님이 살을 빼고 있어요. 그렇게 변하다니 굉장하다고 생각해요. 그렇다면 저도 한 번 버린 꿈을 다시 노려 보고 싶었어요. 저도 변할 수 있을지도 모른다고 생각했어요. 정말로 오늘 세피스 님 이야기를 들어서 다행이에요. 제 길은 틀리지 않았다는 걸 알았어요. 저는 세피스 님처럼 마법의 재능은 없지만, 그래도 노력해 보려고 해요."

──어째서? 자네는 평민 아닌가? 고생했잖아? 지옥 같은 데닝의 종자 교육을 극복하고, 직계 남자의 전속 종자가 됐다.

그걸로 충분하다. 이제, 위험에 발을 들일 필요 따위 없다. 주인인 스로우 데닝조차 바라지 않으니까.

그러나, 말이 안 나온다. 그에게는⋯⋯ 자격이 없었다.

"그래서. 세피스 님의 꿈은 뭐였나요?"

"내 꿈은──."

후작 가문에 대한 복수가, 무엇보다도 머리에 떠올랐다.

가디언이 되어 후작 가문의 명성을 높인 다음, 제국으로 돌아서서 집안의 명예를 땅에 팽개친다.

약속을 지키지 않은 후작 가문에 걸맞은 말로다.

귀족이 되어 후작 가문의 명성을 높인다. 그것이 마법의 재능이 풍부한 그의 역할이었다. 난치병에 걸린 어머니를 구한다.

그것이 힘 있는 후작 가문의 역할이었다.

그러나 놈들은 약속을 어겼다. 그래서, 짓밟는다. 그것이 꿈이란 말에 나온 대답이었다.

그러나, 펜드래건에 복수하고자 가디언 자리를 노린다고 그녀에게 말할 수는 없었다.

말할 수 있을 리 없었다. 세피스의 꿈은 그녀의 꿈과 비교하기도 민망하다. 그 귀에 들려줄 수 없다.

커다란 고난을 넘어서, 그래도 이 소녀는 앞으로 나아가고자 한다.

——그녀가 나와 닮았다고? 말도 안 된다. 그녀는 고결하고 떳떳하게 앞으로 나아간다. 나는 아무리 나이를 먹어도 과거의 주박에서 벗어나지 못한다.

세피스는 소녀의 모습에 과거 자신의 모습을 겹쳐 보았다.

어머니가 살아 있다고 믿었던 과거의 그는, 그녀처럼 정말로 꿈을 좇고 있었으니까.

"세피스 님? ……저기, 어째서. 눈물을!"

"……눈물? 그렇군. 나는 눈물을 흘리고 있군."

"제가 이상한 이야기를 해 버렸어요. 세피스 님, 손수건! 이거, 드릴게요! 아끼는 거지만요!"

변하기를 바라는 그녀의 모습은, 세피스에게는 너무나도 눈부셨다.

고아가 된 자신의 인생을 저주하지도 않는다. 마법의 천재라는 스로우 데닝 곁에서도, 질투하지 않고 자신도 그 옆에 서고 싶다고 바라는 모습.

그것이 얼마나 어렵고 고귀한 일일까?

소녀의 결의는 세피스의 가슴을 강하게 때렸다.

술도 마셨다. 그 탓도 있을 것이다.

그렇지만, 지금. 심장이 강하게 맥동하는 이유를 알코올 탓으로 돌리기는 싫었다.

"……샬롯, 자네는 자신이 생각하는 것 이상으로 강해. 오히려 내가 얻는 것이 있었지. 그가 부럽군. 자네 같은 소녀의 사모를 받다니."

"따, 딱히! 저랑 스로우 님은 세피스 님이 생각하는 그런 건 아니에요!"

이 아이는 평민이라고 했는데 정말일까?

왕족에게도 뒤지지 않는 고귀함. 지금 취해서 잠든 알리시아보다도 훨씬 기품이 넘치고 있었다.

본래 마법의 재능이 없는 평민이면서도 데닝의 종자로서 살아온 길.

그것은 로열 나이트로서 살아가는 것보다 훨씬 가혹한 길이다.

"전에 자네를 데닝의 종자로서 이상하다고 했던 무례를 사과하지. 자네는 틀림없이 내가 지금까지 만난 데닝의 종자들과 마찬가지로, 고결해. 그리고 자네에게 감사하지. 나도 소중한 것을 떠올렸어. 작은 것에 정신이 팔려서 눈앞의 꿈을 놓칠뻔했군."

──어머니. 나에게도 그녀 같은 때가 있었다.

──무엇을 위해, 열심히 배웠는가를…… 떠올렸다.

나중에 배신의 로열 나이트라고 불리는 남자는 결단했다.

그렇기에, 그는 주머니에서 소중한 보물을 꺼냈다.

언제나 지니고 있는 펜드래건 후작 가문의 가보, 귀족으로서 살아가는 길을 택했을 때, 언제나 말수가 적었던 어머니가 건네준 결의의 증거.

"이것은 자네에 대한 감사의 표시야. 자네가 변하기를 바란다면, 반드시 자네의 힘이 될 거라고 약속하지."

그것은 작은 병이었다. 안에 파랗게 빛나는 반투명한 액체가 담겨 있었다.

"──하늘의 왕에게 각오를 전하는 후작 가문의 향수. 나와 어머니가 쓰던 거라 절반밖에 안 남았지만, 자네가 나처럼 변하기를 바란다면 향수를 하늘에 뿌리도록 해. 드래곤을 불러들인다고 하지만, 효과는 진작 옛날에 잃은 모양이야. 실제로 내가 했을 때는 아무 일도 일어나지 않았지."

"하늘의 왕……."

"드래곤이야. 모험가 길드에서도 재해종으로 지정된 몬스터이며, 이 세상에 태어난 순간부터 고고하게 존재하는 하늘의 제왕. 우리들 펜드래건 후작 가문에서는 이 향수를 하늘에 뿌리고, 대공을 지배하는 몬스터에게 소중한 마음을 고하는 거야. 상당히 우스운 이야기지? 나타나지도 않는 드래곤에게 마음을 전하다니. 나도 그렇게 생각했지만, 실제로 시험해 봤을 때 하늘에 드래곤이 있는 기분이 들었어. 전통은 무시할 수 없는 거라고 느꼈지."

"……이렇게 소중한 물건을 제가 받아도 되는 건가요?"

"자네보다 이걸 쓰기에 걸맞은 자는 없을 거야. 데닝의 종자여, 자네는 강한 의사를 가졌어. 그렇지만 아직 날갯짓하는 날개를 쓰는 법을 모르는 모양이야. 내 소중한 보물이 자네의 각오를 도울 수 있다면, 더한 행복은 없겠지."

가만히, 샬롯은 세피스에게 향수를 받았다.

가벼울 텐데, 묵직한 느낌. 마치 세피스 펜드래건의 인생이 담겨 있다는 생각마저 들었다. 분명히 그는 귀족이나 로열 나이트가 될 때 향수를 하늘에 뿌리고 드래곤 앞에서 흔들림 없이 각오를 맹세했을 것이다.

샬롯이 깊은 하늘색으로 빛나는 향수의 모습에 눈길을 빼앗기고 있는데.

"우우우, 머리가 아프답니다. 샬롯 씨, 물 줘요."

완전히 잠에 빠졌다고 생각한 공주님이 고개를 들고 신음했다. 상당히 숙취에 빠진 모양이다.

"우우……. 어머나. 샬롯 씨. 그 조그만 건 새로운 와인인가요?"

그리고 뭔지는 알 수 없지만, 어떤 대답을 얻은 표정의 세피스가 어쩐지 슬픈 표정을 짓고 있는 것이 샬롯은 참 신기했다.

●

　밤의 구름 사이에서 쏟아지는 달빛이 상냥하게 세상을 비추기 시작했다.
　"냥, 냥냥. 맛나, 맛나냥."
　"어머나. 지금 이 애 말하지 않았니?"
　"엄마. 고양이는 말 안해."
　"맛나냥."
　"……엄마."
　다른 손님에게 먹이를 받아 먹는 검은 고양이를 보면서, 세피스는 문을 통과해 경비원 모험가들의 시선을 받으며 요렘의 거리로 돌아갔다.
　달빛이 부드러운 빛을 비추는 밤거리는 상냥한 공기가 가득했다.
　"그러면, 그 젊은 학생은 어디에 간 걸까……?"
　언제나 지니고 있던 소중한 향수의 무게가 없다.
　그러나, 어쩐지 상냥한 기분에 휩싸였다.
　그건 그렇고 무구하게 잠든 표정을 그에게 드러낸 동맹국 서키스타의 공주님에는 놀랐다.

그토록 무방비한 모습을 드러내다니. 왕족으로서 자각이 없는 건지, 아니면 완전히 안심한 건지. 아마도 둘 다일 것이다.

이런 기회는 아마도 두 번 다시 없으리라. 그러니…….

"……어머니. 나, 정했어요."

세피스의 작은 목소리는, 상냥한 거리와 일체화되는 것처럼 공기에 녹아서 사라져 버렸다.

●

"단장님. 진심으로 녀석에게 최종시련을 받게 할 생각입니까?"

"불복하나?"

같은 하늘 아래. 달이 얇은 구름에 숨은 밤.

어두운 나무들이 흔들리는 숲에서 기사들이 흐트러짐 없는 대열을 짜고, 중앙의 마차를 지키면서 천천히 행진하고 있었다. 선두에는 추기경의 신분을 가졌으면서 현역 로열 버틀러를 겸임하는 기사국가의 그림자 속 지배자.

"사생아에게 백색 망토를 주는 것뿐 아니라, 가디언에 대한 도전권까지. 세피스를 단장님이 눈여겨보시는 건 알지만……
평민의 피가 섞였습니다. 사생아가 여왕 폐하가 될 전하의 가디언이라는 것은, 저희는 이해하기 어렵습니다."

"그러나, 놈의 실력은 훌륭하지."

바싹 깎은 머리에 희번득거리는 날카로운 눈동자를 가진 말디니는 나라의 장래를 좌우하는 가디언 세리온에 대해 생각했다. 현재 나라의 몇 군데에서 시행되는 그것에 대해 언제나 보고를 받고 있지만, 머릿속에서는 차기 가디언에 대해서 한 가지 해답을 얻어가고 있었다. 이미 맑고 올바른 기사의 시대는 끝을 고하고 있다. 젊은 영웅의 부재를 한탄해도 어쩔 수가 없다. 앞으로 기다리고 있는 난세를 헤쳐나가려면―― 후작 가문의 사생아로 확정인가?

"던전에 들어갔을 때 세피스가 있었다면 그 평민이 나설 차례는 없었겠지. 아닌가?"

"……우리는 로열 나이트, 모험가가 아닙니다. 던전의 구조와 지식에 대해서는――."

마법학원에서 왕녀를 불러내 도시에 체류시키고 있다. 만약 도적단을 끌어내기 위해서 다른 나라의 공주를 이용할 정도로 베짱이 있다면 나쁘지 않다. 세피스는 사생아지만 목적을 달성하기 위해 수단을 가리지 않는 비정함도 아울러 가졌다.

실력도 로열 나이츠 중에서 최상위. 사생아라는 내력 때문에 이래저래 말이 많지만, 펜드래건의 피라면 나쁘지 않다.

"그렇다면 단장님. 그 건은 어떻게 됩니까?"

"……그 건이라니?"

"바람의 신동 말입니다. 데닝 공작 가문의 사람들이 입 다물고 있지 않을 거라 생각합니다만."

"그건 공주 전하가 친히 요구하신 거다. 아무리 데닝 공작 가문이라도 진실을 알면 불평하지 못해. 그러나, 가디언 세리온에 그 추락한 바람을 참가시켜 달라니, 공주 전하의 변덕도 참 곤란하군."

그러나 스로우 데닝이라…….

말디니가 잊었을 리 없었다. 데닝 공작 가문에서 태어난 바람의 신동은 과거에 말디니조차도 꿈을 걸었으니까.

데닝 공작 가문이지만 나라를 맡길 수 있는 인재. 로열 나이츠와 데닝 공작 가문을 잇는 다리가 되어 주었을 소년.

그러나, 진짜 영웅이 되어 마땅한 소년은 이제 아무 데도 없다.

마법학원에서 일어난 용병 소동을, 말디니는 아직도 믿지 못하고 있었다.

"──시르바를, 여기로 부르세요."

두 필의 백마가 끄는 마차의 작은 창이 열리고, 거기서 매끄러운 황금의 머리칼과 투명한 순백의 피부를 가진 손이 뻗었다.

시선 끝에 공주가 탄 마차에 다가가는 남자의 모습이 보였다.

하얀 망토를 대충 둘렀다. 그러나 누구보다도 빛나는 검을 허리에 차고 있었다. 긴 흑발이 남자의 표정을 절반 정도 뒤덮어 감추고, 더욱이 밤의 어둠 속이라서 그런지 표정을 읽어내기 어려웠다.

"나한테 무슨 용건 있으세요?"

"왕도를 출발하기 전에, 말디니가 당신에게는 비밀로 하라고 말했어요. 그렇지만, 전해두죠. 그가 이쪽 요청을 수락하여, 지금 요렘에 있다고 해요."

가녀린 작은 소리에 남자는 한 박자 생각에 잠기더니, 무슨 결단을 한 것처럼 고개를 들었다.

"공주님── 감사합니다."

"아뇨, 됐어요. 하지만, 이걸로 그때 일은 아무에게도 말하지 말아요."

"네, 공주님이 몬스터 앞에서 두려운 나머지 굉장한 표정을 지은 건 아무한테도 말 안 할게요."

"……좋아요. 뒷일은 당신 마음대로 하세요."

그 말을 계기로, 청년이 밤색 말을 몰아 집단에서 홀로 빠져나갔다. 밤의 가도를 박차는 말 한 필. 기수인 청년은 자세를 낮추고 질주했다.

이 가도 앞에 있는 그 도시를 목표로.

"기다려라! 멋대로 행동하지 말라고 그렇게 말을 했는데 너는 못 알아듣는 거냐──!"

그러나 하얀 외투를 두른 자들이 아무리 외쳐도, 검은 머리 청년이 멈추는 일은 기어이 없었다.

"……몰랐어요. 오늘은 만월이었군요."

마차 안에 앉은 소녀가 열린 창 틈으로 하늘을 올려다보자, 하늘에 한 가득 별빛이 반짝이고 있었다.

4장 배신의 왕실기사(로열 나이트)

도시의 일등지에 만들어진 라 퀴빌리에 극장.

작전을 제시한 세피스에게 입장권을 받고서, 나와 샬롯은 바로 극장에 갔다. 수백 명의 수용 인원을 자랑하는 라 퀴빌리에 극장의 입구에는 한껏 꾸민 손님들이 속속 입장을 시작하고 있었다. 접수처를 지나서, 화사한 사교장(로비)에는 눈길도 안 주고 직진, 극장에 도착했다. 우리 자리는 완만한 경사면으로 배치된 객석 한가운데 부근이라고 들었다. 가장 싼 좌석이라도 은화 5닢은 필요하다고 했는데, 객석은 순식간에 채워졌다.

"앗, 우와와왓!"

자리에 가려고 계단을 내려가고 있는데, 높이 차이에 발을 헛디디고 비틀거린 샬롯의 팔을 직전에 붙잡았다. 수많은 여성객처럼 본격적인 드레스 차림은 아니었다. 그렇지만 내 전속 종자는 자리에 녹아 들기 위해서 가벼운 화장을 했다.

"……괜찮아?"

"고맙습니다……. 스로우 님. 저는 이런 옷을 별로 안 입어서."

"……잘 어울려."

내 본심에, 그녀는 살며시 볼을 붉혔다.

숨소리가 들릴 정도의 거리에서, 나는 용감한 그녀의 얼굴을 가만히 바라보았다. 언뜻 기품 있어 보이는 차림을 하고 있는 샬롯이지만, 옷 안에 나이프를 숨기고 있었다.

……그녀를 데리고 오길, 잘한 걸까?

설마 샬롯이 스스로 전장에 가고 싶다고 할 줄은 꿈에도 생각 못했다.

"어머나 당신, 무슨 말이야? 검의 난은 실화야. 검의 난은 왕실을 위기에서 구한 공으로 평민이면서 가디언 후보 필두까지 올라간 그분의 이야기라고!"

"스……스로우 님. 제 얼굴에 뭔가 묻었나요?"

"아, 아니. 그런 건 아닌데……. 가자, 이쪽이야."

그대로 샬롯의 손을 잡고 목적한 자리까지 걸어갔다.

알고는 있었지만, 샬롯은 필요 이상으로 뻣뻣하게 긴장을 하고 있었다.

……무리도 아니지.

이제부터 라 퀴빌리에 극장에서 일어날 사태.

언뜻 보면 구분이 안 되지만, 도적이 극장 안에 무수히 숨어 있는 것이다.

"스로우 님은 평소랑 같은 표정이네요."

"놈들이 눈치채면 안 된다고 생각해서. 그리고 일이 시작되기 전까지는 이 분위기를 즐기고 싶어. 내 용돈으로는 입장조차 못할 테니까. 자 샬롯. 그러니까 더 자연스럽게."

"아, 넷. 자연스럽게…… 자연스럽게."

극장의 빛나는 분위기.

마치 나까지 부자가 된 착각이 드는 마력이 가득했다.

그런 화려한 세계를 나는 그립다고 생각했다. 과거, 바람의 신동이라고 불리던 무렵의 나는 그야말로 매일 같이 이런 세상에 초대를 받았으니까.

"역시 스로우 님은 돌아오신 거군요. 지금 스로우 님을 이렇게 가까이서 볼 수 있는 저는 어쩌면 대단히 행복한 사람일지도 몰라요."

처음에는 당혹한 모양이지만, 대수롭지 않은 대화를 이어 나가자 샬롯의 긴장이 차츰 풀리는 것 같았다.

감개무량한 기색으로 중얼거리는 그녀를 보고, 나는 문득 의문을 품었다.

"샬롯은 전의 나랑 지금의 나. 어느 쪽이 좋아?"

"네? 예전이 좋다고 말하는 사람은 아마 한 명도 없을 거라고 생각해요……."

"우웅, 그렇게까지 심했나아? 반항기는 어느 가정이든 있는 거잖아?"

"스로우 님은 보통 스케일보다 한층 컸고, 상당히 긴 반항기였어요. 그래서 지금의 스로우 님을 보면, 공작님도 어머님도 어떻게 생각하실지, 요즘 자기 전에 자주 생각해요."

"……그러고 보니 아버지가 이쪽으로 오고 있었지. 전선을 내팽개치면서까지. 정말로 무슨 생각인지."

"그 정도로 스로우 님을 만나고 싶은 거예요."

"……그러고 보니까 말야. 알리시아는 어디 있지? 그 녀석들은 우리가 앉는 일반석이랑 다른 장소에 있잖아."

"그러니까아, ……분명히, 아, 스로우 님! 저기요! 알리시아 님이——."

"샬롯, 목소리. 목소리이."

"앗, 이럼 안되지……."

우리가 일부러 주목을 받을 필요는 없다. 샬롯은 황급히 입을 막았다.

"2층이군……. 뭐 그렇겠지. 일부러 사람이 잔뜩 있는 일반석에 저 녀석이 앉을 필요도 없지."

극장의 양쪽 벽을 파낸 것처럼 설치된 2층의 공간은 몇 명의 귀족이 동료들끼리 즐길 수 있도록 독립된 귀빈석이었다.

그리고, 지금.

커튼 안에서 나타난 그 녀석은, 개막 전의 라 퀴빌리에 극장에서도 한층 눈에 띄고 있었다. 붉은 드레스로 꾸미고 긴 머리칼은 뒤로 한데 묶어 올렸다. 익숙한 저 녀석의 모습하고는 전혀 다르다.

……과연 놈들이 미끼를 물까?

이것은 알리시아라는 미끼를 던지고, 도적단이 물기를 기다리는 사냥이었다.

"저도 돕기는 했는데요. 알리시아 님 참 예쁘세요."

"응……. 내 방에서 빈둥거리던 녀석과는 딴 사람이네."

한숨이 나올 정도의 미모를 갖추고, 그 녀석은 2층석에서 극장을 둘러보았다.

『슈야 마리오넷』의 메인 히로인.

다리스의 동맹국, 수룡국가 제2왕녀. 주요인물의 증거랄 수 있는 빛나는 아우라에, 누구나 2층석의 저 녀석에게 눈길을 빼앗기고 입을 모아 찬사의 말을 속삭였다.

"정말이지. 저 녀석만 좋은 자리에 앉다니."

"알리시아 님은 공주님이니까요."

너도 사실은, 이라고 생각하지만 그 이상은 관두었다.

샬롯은 평민. 진실은 언젠가 올 그날까지 영원히 비밀이니까.

"……그렇네. 저 녀석은 왕족이니까."

무표정하게 내려다보는 알리시아 옆에 하얀 망토를 두른 남자가 모습을 보였다.

로열 나이트의 등장에, 극장의 분위기가 일변했다.

"……봐요. 진짜 로열 나이트……."

"그러면, 옆에 있는 여자애가 소문에 들은 마법학원의 왕녀님……."

위풍당당한 모습. 어떤 일에도 동요하지 않는 역전의 기사가 연상되는 고결함.

빛의 다리스 왕실을 지키는 철벽의 기사.

하얀 망토를 두른 세피스가 풍기는 기품 있는 모습을 보고, 평민의 피가 절반 섞여 있다고 생각하는 자는 없을 것이다.

격의 차이, 타고난 고결함. 왕실을 지키는 고르고 고른 정예.

"봐……. 뒤에 있는 건 꽃의 기사, 올리버 경이야……."

"로열 나이트님이 두 명이나 따르다니……."

두 명의 로열 나이트가 등장하자, 극장이 고양감에 휩싸였다.

그건 그렇고 세피스는 그냥 무표정하게 극장을 내려다보는데, 그게 또 멋지단 말을 들으니까 훈남들은 참 좋겠다니까.

젠장앙. 두고보자. 나도 늘씬한 마초가 되면…….

"스로우 님. 역시 로열 나이트님은 굉장한 거네요."

"전장에서 빛나는 데닝 공작 가문과 궁정에서 빛나는 로열 나이트. 저 녀석들은 화사함이 있지."

1층을 둘러보는 꽃의 기사가 나를 보더니, 허리의 지팡이검에 손을 올리고 가볍게 고개를 끄덕였다.

알리시아의 호위는 맡기라는 건가?

"로열 나이트님이 두 명이나 지켜주다니. 알리시아 님은 굉장하네요."

"저 녀석들이 발안한 거니까 당연히 지켜 줘야지."

"하지만 저는 스로우 님이 알리시아 님 가까이 있으면서 지킬 거라고 생각했어요."

"저 녀석은 나 같은 것보다 세피스가 좋다고 할걸. 나 같은 것
보다 몇 배나 멋있으니까."

"……그렇지는 않을 거라고 생각하는데요. 앗, 스로우 님. 저
희 자리는 저기인가 봐요."

총총 달려간 샬롯의 뒤를 따라서, 벌써 자리에 앉은 사람들 앞
을 지나 목적한 장소에 다가갔다.

알리시아의 경비는 만전이다. 로열 나이트가 두 명이나 붙어
있으니까.

도적단 따위, 로열 나이트 두 명이 있으면 문제 없다.

"스로우 님은 역시…… 알리시아 님 곁에……."

샬롯이 어째선가 그 다음 말을, 말하기 어려운 기색으로 멈춰
버렸다.

"왜 그래?"

"아뇨……. 아무것도 아니에요."

자리는 벌써 상당히 채워져 있었다.

이제 곧 조명이 꺼지고, 무대의 막이 오를지도 모른다.

샬롯의 옆모습을 보았다. 조금 굳어진 것처럼 보이는 건 내 기
분 탓이 아니리라. 손을 꼭 쥐고서 약간 떨고 있는 것 같았다.

"샬롯, 잠깐 괜찮을까?"

"……네?"

"내가 틀린 걸지도 몰라. 너는 용감해. 내가 생각하는 것보다
훨씬 용감했어."

생각해 보면, 샬롯이 내 의견에 정면으로 반대한 것은 이게 처음일지도 모른다.

여관에서 기다릴 거라고 생각했는데, 예상이 뒤집혔다. 샬롯은 다툼이 거북할 텐데, 데닝의 종자로서 너무나 올바른 길을 스스로 선택했다.

우리는 둘 다 반편이.

어울린다고 하면 어울린다. 그렇지만 나는 리얼 오크가 아닌, 진짜 나로서 그녀와 함께 있고 싶었다. 그러려면 샬롯도 변해야 할지도 모른다. 마음속으로는 계속 생각했던 것이었다.

"……스로우 님은 위험한 사람이 학원에 숨어들었을 때 저 기억하시죠?"

"기억해. 너는 상당히 무서워했지."

"그다음에, 생각했어요. 스로우 님은 싸우고, 저는 무서워했어요. 하지만 그건 우스운 일이잖아요. 만약 제가 아닌 종자가 스로우 님의 전속이었다면, 혼자서 싸우게 할 리가 없어요……. 스로우 님이 변하시려고 하는데, 저도 스로우 님처럼 변해야 한다고 생각했어요. 하지만 스로우 님처럼 극적으로는 무리니까요…… 조금씩…… 앗."

"……어두워졌네. 이제 곧 시작이야."

이야기 소리가 그렇게 소란스러웠는데, 극장의 조명이 꺼지자 단숨에 조용해졌다.

좌석이나 사람들의 모습이 판별되지 않을 정도로 어둡다. 하지만 옆에 앉은 샬롯은 잘 알 수 있었다. 어둠 속. 긴 눈썹, 투명할 정도로 하얀 피부.

"샬롯, 나는 말이야——."

"비켜 주세요, 비켜 주세요. 안 늦었네. 거기 아저씨 내 자리에서 짐 좀 치워 줘."

울려 퍼지는 남자의 말.

밝고 사양 않는 목소리에 극장이 술렁거렸다.

"검의 난이라. 평민 검사가 주인공이라던데. 대체 어떤 이야기인지……."

모처럼 좋은 분위기를 망쳐 버리는 혼잣말.

예의를 모르는 젊은 남자가 개막 아슬아슬한 시간에 우리 뒷자리에 앉은 모양이다.

"……그런데 스로우 님. 저희는 연극을 즐겨도 되는 걸까요?"

"즐기는 게 딱 좋아. 그리고 샬롯은 이거, 보고 싶어했잖아?"

부끄러운 기색으로 고개를 끄덕이는 그녀의 모습을 보고, 내 마음도 충족됐다.

그렇게 걱정할 필요는 없겠지. 왜냐면 이건 알리시아를 미끼로 삼아서 도적단을 괴멸시키는 승리 확정 이벤트일 테니까…….

……그렇겠지만, 어쩐지 위화감. 뭔가 놓친 것 같은데…….

여기서 도적단이 괴멸하면…… 어라? 하지만 애니메이션에서는…… 알리시아랑 보르기이가……?

"응?"

그때 뒤에서 휘파람 소리가 들렸다. 그 음색이 마치 풋풋한 우리를 놀리는 기색의 선율이라, 거칠어지려던 내 마음을 조용하고 차분하게 만들었다.

……뭐 됐어. 적어도 지금은, 소중한 네가 옆에 앉아 있는 이 기적을 즐겨야지.

●

──샬롯 릴리 휴잭에게, 아까 그 접촉은 신기한 열을 품은 것이었다.

몸을 받쳐 주는, 그녀의 주인.

그렇지만 가까이서 본 그 모습은, 문득 다른 사람이 아닐까 생각했을 정도였다.

지금도 늠름한 옆모습을 살펴보면, 갑자기 듬직함이 생겼다.

지금까지의 그하고는 다르다.

당혹하여 말도 잘 안 나와서, 뭔가 우스운 반응을 해버린 것 같았다.

"전하! 몬스터는 실로 두렵습니다. 그러나 저는 당신이 용기를 가지고 바깥 세계를 봐 주셨으면 합니다! 자, 갑시다! 던전의 안쪽으로!"

그리고, 지금도 그랬다.

연극이 시작됐는데도. 그녀는 주인인 그의 옆모습을 바라보고 있었다.

●

『검의 난』은 지금 다리스에서 화제를 휩쓰는 연극이었다.

"들은 것과 다르다! 던전^{던전 마스터}의 주인은 그냥 듈라한이 아니었나!"

"모험가들이 도망쳤다! 누군가! 누군가 없느냐!"

던전에 이끌려간 공주님과 몇 명의 기사를 한 검사가 구하는 이야기.

검사는 평민 신분이면서도, 기사들도 어찌할 방도가 없었던 몬스터를 타도하는 영웅극.

숨쉴 틈 없는 스피디한 전개를 보이며 이야기는 절정부로 나아갔다.

검사와 왕국의 공주가, 드디어 만난다.

옆에 앉은 샬롯도 내용에 몰입하여 마른침을 삼키면서 보고 있었다.

"당신은 대체!"

"나는 평민이거든. 유감이지만 거창한 이름 같은 건 없어. 자, 기사님들은 물러나 주시고. 던전 마스터는 검사의 영락한 몰골. 그러니까 내 먹잇감이야."

손에 땀을 쥐는 박진감 넘치는 연기.

배우들을 고조시키는 악단의 연주가 어우러져서, 쭉쭉 끌려 들어가는 내용이었다.

화려한 무대 위에서 검을 든 검은 머리 검사가 전신 갑옷의 몬스터를 베었다. 옆에서는 주저 앉은 공주님 역할의 가련한 소녀가 황홀한 눈으로 검사를 보고 있었다.

"이봐이봐. 저 엉성한 자세는 대체 뭐야?"

……시끄러워.

기껏 좋은 장면인데, 뒤에 앉은 녀석이 중얼대면서 웃거나, 그런 말 안 했다는 둥 중얼거렸다. 분명히 아까 아슬아슬하게 들어온 녀석이야. 불길한 예감이 들었지. 연극에 몰입하는 샬롯은 눈치 못 챈 것 같지만, 나는 그 녀석의 목소리가 신경 쓰여서 어쩔 수가 없었다.

2층석으로 눈길을 돌리자, 알리시아와 세피스의 모습이 보였다.

목적인 도적단은 아직 행동을 개시할 기색이 없고, 극장에도 아직 이변은 안 일어났다. 단상에서는 검사 남자가 전신 갑옷의 몬스터를 향해서 대검을 치켜 들었다.

드디어 클라이맥스.

세피스, 도적단은 기어이 안 나타났다. 네 가디언의 길은 이걸로 끝──.

"고맙습니다, 여행자분. 이름을."

"내 이름은."

그때 극장에서 빛이 사라졌다.

너무나도 갑자기, 세상이 어둠에 휩싸였다. 한 순간 나조차 연출인가 의심했다.

그리고 갑자기, 무대를 비추는 조명이 일제히 점등.

"저건—— 뭐지?"

그러자 상황이 일변했다.

단상에는 쓰러진 검사의 모습, 옆에 선 전신 갑옷 몬스터, 경직된 공주님.

침묵에서 술렁거림으로.

몬스터는 머리를 감싼 투구를 벗고, 객석을 바라보았다.

회색 머리칼이 아무렇게나 뻗었고 지친 표정이다. 키는 꽤 크지만 음울한 분위기인 남자가 손을 들었다. 손에는 지팡이 한 자루를 들고 있었다.

명백한 위화감, 그렇지만 아무도 멈추지 못한다. 매료된 것처럼 나조차도 움직이지 못했다.

"그리하여 검사는 일어서지 못하고, 이걸로 프롤로그는 끝이다."

그 목소리는 당당하고, 진짜 무대 배우와 비교해도 손색이 없었다. 무대가 계속되는 건지 술렁거리는 관중, 관객들의 시선은 역시 단상에 못박혀 있었다.

그러나, 나는 저 하수인의 얼굴이 낯이 익었다.

"그러면 본편의 개막이다. 제목은 광란. 긴 잠복을 끝내기에 걸맞은 무대가 되겠지."

즉시 지팡이로 손을 뻗어서——.

"기사국가 다리스의 백성들이여. 내 마법이 당신들을 배우로 바꾸리라……. 물이여, 미쳐 날뛰어라.

남자의 영창으로 발생한 물줄기가 몇 줄기로 갈라져서 천장으로 올라갔다.

그리고 부서진 조명의 파편이 극장에 쏟아져 내렸다.

●

——그랬어야 했다.

불꽃에 휩싸인 물줄기가 반짝반짝 빛나는 물방울로 변했다.

참극을 불러와야 했을 기구의 파편은 관객의 머리 위에 나타난 불꽃의 여파로 분진이 되고, 갑자기 머리 위에 나타난 방대한 열에 관객석에서 비명이 올랐다.

광란의 첫 수는 가로막혔지만, 도적단을 거느리는 보르기이는 동요가 없었다.

"과연 소문대로다. 다리스의 로열 나이트여. 이토록 빨리 응전할 수 있다니 멋진 대응력이군."

긴 잠복의 끝.

서키스타군의 집요한 추적으로 수가 줄어든 도적단. 지하에서 조금씩 동료를 늘려 이제야 활동을 재개하는 데 걸맞은 1페이지를 만들어낼 준비가 갖추어졌다. 신입이나 암흑사회에 힘을 보여주기 위한 첫 일은 성대하게, 노리는 먹잇감은 거물일수록 좋다.

온몸을 뒤덮어 감추는 갑옷 무사 몬스터에서 인간으로 변모한 것은, 보르기이 입장에서는 그야말로 다시 태어나는 행위. 활동 거점을 서키스타에서 다리스로 옮긴 도적단의 부활에 이 정도로 걸맞은 무대는 없으리라 생각할 것이다.

"역시 이번 정보는 우리를 끌어내기 위한 함정이었나. 예측하지 않았다면 내 마법에 이렇게 빨리 대응할 수 없지."

보르기이는 천천히, 2층의 왕녀를 지키며 막아선 로열 나이트들에게 눈길을 주었다.

검에 손을 올리고 임전 태세를 갖춘 꽃의 기사. 그리고 왕녀 옆에 선 얼음처럼 차가운 이름 모를 로열 나이트가 한 명.

"하얀 망토가 두 명. 마주친 건 처음이지만 왕실의 수호자라고 불리는 그 힘. 어느 정도인지 보도록 하지──. 애들아, 시작해라."

"……헤에. 도련님, 잘 보고 있네요."

중얼거린 목소리는 누구의 귀에도 닿지 않았다. 그러나 무대는 보르기이가 바라는 광란으로 확실하게 이끌리고 있었다.

●

"아아아아아아아아아아아!"

아비규환의 극장.

일반객에 뒤섞여 있던 도적단이 행동하기 시작했다. 라 퀴빌리에 극장은 최악의 상황을 피한 대신 패닉에 빠졌다. 도망치는 군중, 분명히 아까 그 마법은 임팩트가 있었다. 로열 나이트 중에서 어느 한쪽이 마법으로 격퇴했지만, 평민인 그들은 보호를 받은 것조차 인식하지 못할 것이다. 그렇지만 이미 출구를 봉쇄하면서 막아서는 몇 명의 남자들이 보였다.

행동이 빠르다. 과연 이름 높은 서키스타의 군대에게서 도망친 도적단. 로열 나이트 두 명이 있어도 승기가 있다고 생각하며 표면으로 나선 왕족 살해자의 작은 군대.

"……"

샬롯은 아직 멍한 상태였다.

이해는 해도, 각오까지는 못 했었군.

그러나 마침 잘됐다. 내 곁에 있으면 적어도 샬롯은 무사히 이 전장을 헤쳐나갈 수 있다.

그보다도 로열 나이트 두 명!

이건 승리가 확정된 이벤트잖아. 뭘 뜸 들이고 있어!

"──어?"

2층의 귀빈석으로 눈길을 돌리자, 거기서 놀라운 광경이 펼

처지고 있었다.

●

 이름 높은 꽃의 기사는 후회하고 있었다.

 알리시아를 미끼로 도적단을 끌어낸다는 난폭한 방식. 로열
나이트로서 결코 칭찬받을 작전이 아닌 것 정도는 잘 알고 있었
다.

 그렇지만, 모두 자신의 무능함이 원인이었다.

 용병 호송을 부하들에게 맡기고 이 도시에 머물면서 아무런
성과도 올리지 못했다. 간신히 뒷세계 사교장을 알아냈지만,
무슨 암호가 있어야 하는지 아무런 정보도 얻지 못했다. 지난
며칠은 그저 자신의 미숙함이 부끄러울 따름이었다. 빛의 세계
에서 살아온 자신은 어둠의 세계에 파고들지 못했다.

 "드디어 나타났군. 그러나, 놈들은 우리들 로열 나이트를 지
나치게 얕보았다."

 한심한 상황에 한 줄기 광명.

 알리시아 전하가 스스로, 보르기이 포박을 위해 근사한 제안
을 했다고 세피스에게 들었다. 그녀의 신상을 미끼로 끌어내는
것은 본래 용납할 수 없는 일이다. 그러나 전하의 강한 요청이
있었다. 그녀가 대체 얼마나 용기를 가졌는지 감탄하지 않을
수 없었다.

이쪽을 향해 뿜어져 나온 물과 바람의 이중 마법을 쓸어버리며 올리버는 극장 전체를 내려다 보았다. 도적단 한 명 한 명의 역량을 파악하고, 꽃의 기사는 확신했다.

보르기이 일파는 오합지졸. 우두머리인 보르기이를 죽이면 집단은 단숨에 와해된다. 꽃의 기사는 보르기이가 뿜어낸 마법을 다시 격추하고, 2층에서 뛰어내리고자 난간에 손을 올렸다.

"세피스! 나는 놈의 목을 치러 1층으로 내려간다! 너는 전하를——."

각자의 역할은 미리 정해 놓았다.

올리버가 도적단을 괴멸하고, 세피스는 전하를 수호한다.

전하의 몸을 지키는 것이 무엇보다 중요하다.

세피스는 사생아지만, 실력으로는 이미 자신을 뛰어넘는 트리플 마스터.

사생아라는 핸디캡을 가졌으면서도 죽을 각오로 노력했다. 꽃의 기사도 그 힘에는 절대적인 신뢰를 주고 있었다.

"전하! 당신은 세피스 곁을 한시도 떨어지지 말——."

그러나 그때, 올리버의 가슴으로 지팡이검이 단숨에 파고들었다.

로열 나이트에게 지급되는, 접근전도 가능하도록 특별하게 만들어진 지팡이검이 그의 가슴을 꿰뚫은 것이다.

머리가 이해를 거절했다.

……이건, 뭐지?

"올리버 경."

뒤늦게, 격통이 찾아왔다.

토혈을 하면서 올리버는 세피스를 보았다.

아직 젊은 로열 나이트이면서도 앞날이 유망한 기사. 후작 가문의 사생아라는 말을 들으면서도 착실하게 성과를 올리고, 로열 버틀러과 여왕 폐하의 신뢰도 두텁다. 가디언의 필두 후보라는 말도 들었다.

"제 혈통을 신경 쓰지 않는 사람은, 로열 나이츠에서도 당신 정도였죠."

피 보라가 무구한 소녀에게 쏟아지고, 붉은 드레스가 피로 덧칠됐다.

알리시아는 눈앞에서 일어난 광경을 이해할 수 없었다.

말도 못하고, 그녀는 그저 망연자실하게 볼에 닿은 따스한 피에 시선을 주었다.

"세피스, 어째서……."

"작별입니다."

이렇게 요렘에 파견된 왕실기사 중 한 명.

꽃의 기사는 예기치 못한 동료의 배신으로 그 자리에서 무너져 내렸다.

●

아아아아아아아아아아아아아!!????

세피스가 올리버를 찌르는 그야말로 그 순간을 목격하고, 나는 마음속으로 절규했다.

아니아니. 세피스, 너 뭐 하는 거야! 너는 여기서 도적단을 괴멸시키는 역할이잖아!

그리고 네가 배신하는 건 훨씬 뒤, 가디언이 된 다음!! 거기서 카리나 공주에게 손을 대는 흐름이잖아. 왜 올리버를 공격하는데! 그리고 저 녀석, 알리시아를 데리고 가 버리다니! 나는 저 녀석의 운명이 바뀔 만한 짓은 아무것도 안 했는데, 그런데 어째서 애니메이션이랑 다른 흐름이 되는 거냐고!

"하하하. 제법 돈이 되겠어. 무엇보다 작은 게 좋아. 자, 그걸 내놔!"

"이쪽으로 오지마! 이 악기는 내 목숨이다. 네놈들 따위에게 줄까 보냐!"

올리버와 세피스, 도적단 이벤트를 해결해야 할 두 로열 나이트가 사라져 버렸다.

내가 대신 이 녀석들을 해치우라고? 아니, 그것보다 알리시아가 세피스한테 끌려 갔어!

어쩌지? 지금 당장 세피스를 좇아야 하나!? 아니, 안 돼. 극장을 이대로 둘 수는 없어!

"우앗."

악단의 악기에 손을 대려던 도적 하나를 마법으로 혼절시켰다.

도적단에는 마법사도 있다. 이 이상 혼전이 일어나면 사상자가 나올지도 모른다.

"샬롯, 언제까지 멍하니 있을 거야!"

"스, 스로우 님…… 저, 저는."

샬롯은 현실 앞에서 사고가 따라잡지 못하는 기색이었다.

쇼크 상태에서 빼내기 위해, 나는 마음을 단단히 먹고 그녀에게 말했다.

"……샬롯. 이게 전장이야. 내 전속 종자가 있을 세상이야."

비명이 끊이지 않고, 그 때마다 그녀도 또 떨었다.

그렇지만, 그녀는 그런 나약함을 지우기 위해 나에게 말했다. 이 전장에 오겠다고.

그래서 나는 동행을 허가했다. 그렇지만, 지금 떨고 있는 그녀는 아까의 그녀가 아니었다.

그때, 어디선가 살기가 느껴졌다. 온몸을 뒤덮는 절대 강자의 위압감.

극장 안에 숨어 있는 바람의 대정령이 날 보고 있었다.

그 녀석은 샬롯과 관계된 일만 있으면 앞뒤 분간을 못한다. 만약 무슨 위해가 미친다면, 노 모션으로 나를 죽이고 이 자리를 제압하겠지.

나랑 그 녀석은 샬롯을 지키는 공범자. 살짝 입을 움직여서, 갈라질 정도의 목소리로 바람의 정령에게 전했다. 이 거리라면 그 녀석에게 정확히 전달될 거다.

──나한테 맡겨, 아르트앙쥬!

그 녀석의 힘은 너무 대충이다. 도적단만 노리는 건 도저히 불가능했다.

그렇지만, 1초도 낭비할 수 없다. 올리버는 쓰러지고 세피스가 알리시아를 데리고 갔다. 그때 2층의 귀빈석까지 도달한 도적단 한 명이 아직도 단상에서 전체를 둘러보는 보르기이를 향해 외쳤다.

"보르기이 님! 왕녀는 로열 나이트가 데리고 갔고, 추적하는 녀석들은 모두 당했어요! 전멸입니다!"

"······더 이상 쫓지 마라. 뭔가 이상해! 서키스타에 남은 원한은 여기가 아니라, 다음 기회에 푼다! 얘들아, 울분을 푼 다음에는 얼른 철수 준비를 한다! 서둘러서 금품을 모아!"

"그러니까아. 거기 두 분."

서키스타 왕실의 원수인 보르기이가 가까이 있는 이 상황에서, 알리시아가 적에게 등을 돌릴까?

『슈야 마리오넷』의 고결한 메인 히로인. 애니메이션에서는 원수의 모습을 한 번 보기만 했는데도 목숨을 걸고 쓰러뜨리고자 한 알리시아다. 세피스가 상대라도 어떻게든 극장으로 돌아오려고 하겠지. 하지만, 방금 도적단이 한 말을 생각해 보자.

세피스는, 알리시아를 안전한 곳으로 피난시키고자 데리고 간 건가?

──절대로, 아니야!

그 녀석은 제국으로 돌아서면서 기사국가의 왕녀 카리나 리틀 다리스가 아니라, 수룡국가의 왕녀 알리시아 브라 디아 서키스타를 선택한 거야!

나 또한 각오를 정했다.

──나중에 이 나라에 재앙을 가져올 배신의 로열 나이트를, 요렘에서 해치운다.

"스, 스로우 님, 저는, 어떻게 하면."

"저기요오, 거기 두 분?"

샬롯은 아직 세피스의 배신조차 눈치 못 챘다.

……나는, 어떻게 하지?

세피스는 만만찮은 적이 됐고, 알리시아를 데리고 갔다. 극장에서는 도적단이 날뛰고 있다. 샬롯은 겁을 먹었다. 바람의 대정령 씨의 힘은 의지할 수 없다.

과거의 나라면 망설이지 않는다. 칠흑 돼지 공작의 행동원리는 확실했다.

샬롯과 알리시아라면, 망설임 없이 나는 샬롯을 선택한다.

하지만, 지금의 나는──!

"이봐요오, 거기 두 분…… 그렇게까지 무시하면 아무래도 좀 슬픈데요."

"아까부터 뭔데! 그리고 너, 상연할 때도 낄낄거리면서 웃고 시끄러웠어!"

극장에 아슬아슬하게 도착한 무례한 녀석.

이 상황에서도 경박한 목소리다. 사태가 얼마나 절박한지도 모르는 거냐!

돌아서서, 등 뒤의 관객을 노려보았다.

그곳에 하얀 망토를 대충 두른, 검은 머리 남자가 있었다.

"형씨! 좋은 검 가지고 있잖아! 내 거랑 교환하자구!"

흥분했는지 새빨개진 얼굴로 검은 머리에게 덤벼드는 도적.

위험하다고 말을 걸려고 했는데.

그러나 돌아보지도 않고, 검은 머리 남자가 검을 역수로 들더니 일격으로 도적의 가슴을 푹 꿰뚫었다.

그리고 아무것도 아닌 것처럼, 나를 향해 웃었다.

너무나도 매끄러운 솜씨와 친근한 웃음에, 나는 말을 잃었다.

"자기 소개는, 필요 없겠죠."

검은 머리가 오른쪽 눈을 뒤덮어 감추었지만, 옛날 모습이 남아 있었다.

그 모습에 나는 굳어 버렸다.

설령 아무리 나이를 먹더라도.

내가. 바로 내가, 이 녀석의 모습을 잊을 리 없었다.

평민에서 데닝 공작 가문의 정식 기사가 된, 이단의 소년.

젊은 나이에도 내 아버지인 데닝 공작에게 두터운 신뢰를 얻은 남자.

감정이 흘러넘친다. 네가 왜, 여기에?

그렇지만 추궁할 틈은 없었다. 만감이 교차하는 것을 억누르고, 내가 말했다.

"네가 지금―― 상황을 얼마나 파악했는지 말해봐."

"올리버가 세피스한테 당했고, 알리시아가 세피스한테 연행됐죠. 불쌍하기도 해라. 기껏 차려 입은 드레스를 망쳤어요. 그리고 올리버는 충의가 두터운 남자, 틀림없이 세피스한테 무슨 사연이 있겠죠."

"……충분해."

"로열 나이트님이 나타났나 했는데, 어, 세피스 님이 올리버 님을요? 어, 어어!? 그리고 어째서 ――씨가 여기 있는 건가요!?"

옆에서는 샬롯이 어쩌면 좋을 지 모르는 기색이었다.

그러나 이 녀석의 등장은 패닉을 훨씬 웃도는 충격이었나 보다. 그녀는 본래의 모습을 되찾았다.

나도 아직 엉망진창인 머릿속에서 자신을 되찾았다.

그날, 꿈에서 본 건방진 소년이 그대로 어른이 된 모습.

"프린세스를 구하는 건, 약혼자인 도련님 역할이죠."

"옛, 약혼자다. 지금은 이제 나 같은 건 바라지도 않겠지만, 나는 그 녀석의 인생을 부순 책임이 있어. 그러니까――."

무엇을 하든, 언제나 함께 행동했던 트윈 나이트 중 한 사람 앞에서.

그날 본 꿈의 끝과 마찬가지로, 환상에서 뛰쳐나온 남자를 향해 말했다.

"이 자리는 너한테 맡긴다――. 시르바."

"맡겨 주세요. 누가 뭐래도 나는―― 당신의 전속[실롯]이랑 마찬가지로, 특별하니까요.

●

믿을 수 없어 믿을 수 없어, 믿을 수 없어!

동료인 꽃의 기사를 베었다.

눈앞에서 일어난 처참한 광경은, 그녀의 뇌리에 깊숙하게 새겨졌다.

일체 망설임 없는 검을 맞고서 무너지는 꽃의 기사.

그다음에는 손을 붙잡은 채, 극장에서 도주.

두 사람을 쫓아온 도적들을 마법으로 쓰러뜨리더니, 2층 안쪽에 있는 화장실의 벽을 파괴. 두꺼운 벽 안은 시커먼 공동이었다. 세피스는 그녀를 안고서 안으로 뛰어 내렸다. 그곳은 미로처럼 구불구불한 지하 통로로 이어지고 있었다.

도적단의 출현 이상으로 마음이 따라잡지 못하고 있었다.

그야말로 표변.

세피스의 변화를 나타내는데 그것 말고 다른 말이 떠오르지 않았다.

그 상냥했던 로열 나이트는, 어디에도 없었다.

자신의 팔을 붙잡고 서늘한 웃음을 얼굴에 붙인 남자는, 이미 평민을 배려하던 세피스와 동일한 인물 같지 않았다.

——때는 무르익었다.

"이 손 놔요!"

어두운 길을 나아간다.

자신의 마음을 드러내는 것처럼 깊은 어둠을 벽에 걸려 있는 횃불이 미약하게 비추었다. 추적자는 없다. 왕녀를 쫓아오던 도적단은 모두 죽였다.

"세피스 씨, 대체 무슨 생각으로 그런 짓을 했죠!"

세상이 부조리하다고 느낀 것은 어렸을 때부터였다.

어렸을 때부터 마법을 쓸 수 있었지만, 결코 밖에서 마법을 쓰지 말라고 어머니가 일렀다.

마법은 알기 쉬운 재능의 상징인데, 어째서 마법을 쓰면 안 되는지 언제나 의문을 품고 있었다.

——그날, 후작 가문에서 심부름꾼이 왔다.

지금도 잊을 수 없는 광경, 마차에서 내리는 자들의 모습은 지금도 선명하게 기억에 남아 있었다. 없다고 생각했던 자신의 아버지가 귀족이었다.

그리고, 선택했다.

난치병을 앓고 있는 어머니의 치료와 맞바꾸어, 귀족이 되는 길을 선택한 것이다.

"올리버 씨는 동료가 아니었던 건가요! 그리고 어째서 병사가 한 명도 없었나요! 아, 설마, 올리버 씨가 놈들과 내통을 한 건가요!?"

"올리버 경이 적과 내통을 했다? 그는 꽃의 기사. 사랑보다도 나라를 택한 사람입니다. 누구보다도 이 나라를 사랑하는 그가 적과 내통하는 일 따위 생각하는 것도 바보 같은 일이죠."

후작 가문의 생활은 가혹했다.

그러나 무지한 평민에서 귀족이 되는 것이다. 전속 가정교사가 몇 명이나 붙었고, 피를 토하면서 귀족의 삶에 몸을 물들였다. 몇 번이나 도망치고 싶었지만, 어머니를 위해서 몇 번이고 일어섰다.

그리고 마법학원에서 생활하기 시작한 지 얼마 안 가서. 귀족도 평민도 아닌 그는 다른 학생들 누구보다도 마법을 능숙하게 다루게 됐다. 자신이 가진 마법사로서의 재능을 깨달았다. 마음 한구석에서 우쭐하고 있었다.

하지만 어느 날 사생아라는 소문이 퍼지고, 처절한 따돌림을 받게 됐다. 평민의 피를 가진 자는 귀족을 넘어서는 우위성을 보이면 안 되기 때문이었다.

"그리고 여기는, 어디인가요? 이 비밀 통로는 뭐죠! 세피스 씨, 어디로 가는 건가요? 그리고 보르기이가! 저는 극장으로 돌아가겠어요!"

"이 길은 북쪽으로. 제국으로 이어지는 길이옵니다, 알리시아 전하."

"부, 북쪽!?"

세상에 존재하는 다른 나라에 대해 배우고, 북방을 지배하는 도스톨 제국에는 신분의 차이가 거의 없다는 것을 알았다.

그 나라를 동경하게 되는 데 시간은 걸리지 않았다.

날이면 날마다 공부를 거듭하던 어느 날, 아마도 눈이 내리기 시작한 날이었으리라. 후작 가문에서 어머니가 죽었다는 연락이 왔다.

어머니의 상태가 악화된 것조차 그는 몰랐다. 더이상 살아갈 이유마저도 없었다.

그 남자── 펜드래건 후작은 정말로, 어머니의 치료에 최선을 다했을까?

끓어오른 의문은 차츰 증오로 변했다.

절망의 나날을 거듭하던 어느 날, 학원장의 방으로 불려가서 생각지도 못한 이야기를 들었다.

『어째서, 저를 로열 나이트에? 저는…… 사생아입니다.』

『……후작 가문에서 벗어날 필요가 있겠지. 자네는 아버지인 펜드래건 후작을 마음속 깊이 원망하고 있을 테니까.』

『거기까지 이해를 하셨다면── 어째서? 저는, 이 나라 따위 사랑하지 않습니다. 그런 제가 로열 나이트라니.』

『자네의 미래가 무너져 가는 모습을 보는 것이 너무나도 마음이 아픈 게야. 안심하게나. 자네가 이 나라를 배신하면 내가 책임을 지고 자네를 죽이러 가겠네. 그러니 세피스 군, 자네는 로열 나이트가 되게나.』

로열 나이트로서 가문의 이름을 지고 일하는 나날 속에서, 문득 깨달았다.

지위를 얻은 다음 배신하면, 그것은 후작 가문에 치명적인 타격이 되지 않을까?

그런 생각을 조장하는 것처럼, 갑자기 수상한 남자가 편지를 건넸다. 편지에는 자신의 출생부터 지금에 이르는 모든 것이 정밀하고 상세하게 조사되어 있었다.

그리고 마지막으로. 제국의 대륙 통일에 협력해 달라는 문자를 보았다.

──살아갈 의미가 생겼다.

"로열 나이트가, 북쪽으로!? 세피스 씨, 당신은 그것이 얼마나 큰 배신인지 알고 있는 건가요!?"

"하루아침이 아니라 오랜 고민 끝에 내린 결단입니다. 알리시아 전하."

커다란 꿈과, 무엇보다 큰 복수를 위해서 가디언이 된다.

그날까지 그것이 최선의 길이라고 생각했다.

『생각났어요. 저에게 가장 소중한 것이, 뭐였는지.』

『나도…… 생각이 났어.』

그 귀여운 데닝의 종자가 한 말이 가슴을 때리자, 깨달을 수 있었다.

펜드래건 후작 가문에 대한 복수 따위, 바라는 미래에 비하면 참으로 사소한 것이었다.

샬롯, 지금 그때의 대답을 하지.

나는 말이야—— 귀족과 평민의 경계가 없는 세상을 만들고 싶었어.

이제 망설이지 않는다.

이 나라에 미련은 없으며, 꿈을 위해서 한 시라도 빨리 행동을 해야 한다.

후작 가문에 대한 복수가 아니다.

그가 제국 통일을 위한 힘이 되고, 이상적인 세상을 만든다.

"설마—— 세피스 씨, 당신이 도적단을."

"아뇨. 그것도 틀렸습니다, 알리시아 전하. 저는 그저 정보를 흘렸을 뿐이죠. 그들을 이용했어요. 놈들이 조국에 가진 원한은 진짜였군요. 모두 웃음이 나올 정도로 순조로웠습니다."

왕녀의 작은 손목을 강하게 움켜쥐면서, 어두운 길을 나아간다.

요렘의 지하에 존재하는 무수한 지하 통로. 그가 가는 길 앞은 요렘의 교외에 있는 오래된 민가의 방으로 이어져 있었다. 그쪽에는 이미 제국 사람들이 대기하고 있을 것이다. 본래의 목적이었던 빛의 다리스 왕실은 아니지만, 남방의 나라들에 균열을 낼 수 있는 좋은 선물이 될 것이다.

"알리시아 전하, 가장 어려웠던 것은 당신과 그를 떼어놓는 것이었습니다. 그는 언제나 전하 곁에 있었으니까요."

"당신은 처음부터, 이걸 위해서 저를!"

"본래는 이런 수단을 쓸 생각이 없었어요. 전하, 당신은 만에 하나의 보험── 이제 곧 바깥입니다. 각오하세요."

긴 어둠 앞에 빛이 보였다.

작별이다. 조국 다리스여.

"당신, 비열해요──!"

이대로는 안 된다── 안 된다!

팔을 잡은 남자의 광기를 접하자 등줄기에 공포가 흘렀다.

어떻게든 도망쳐야 한다.

용병 때하고는 결정적으로 상황이 달랐다. 지팡이가 있다. 그때처럼 비무장이 아니었다. 그렇지만 피로 얼룩진 드레스가 아까 본 순간을 상기시켰다. 나도 꽃의 기사처럼── 오싹한 공포를 느끼고, 저항할 의지마저 시들었다. 이럴 바에는 그 녀석 말에 따를 걸 그랬다. 그녀는 세피스 안에 숨어 있는 광기를 무엇 하나 깨닫지 못하고 있었다.

분함에 이를 갈고, 땀이 스며 나온 손으로 지팡이를 쥐었다.

나는 왕족, 적의 손에 들어갈 바에야── 차라리.

떨면서, 비통한 각오를 정했을 때였다.

"——."

앞서 달리던 세피스가 문득 멈췄다. 붙잡혀 있던 팔을 갑자기 놓자 맥없이 넘어져 버렸다. 입에는 모래, 볼이 쓸리고, 발에는 상처. 아프다. 그렇지만 어디선가 누군가의 목소리가 들렸다. 환청이 아니다. 그래서 그녀는 고개를 들었다. 흙과 먼지투성이지만 『슈야 마리오넷』의 메인 히로인인 그녀는 똑바로 고개를 들어 앞을 보았다.

"그러니까 말했지? 세피스는 신용할 수 없다고."

어둠 속에서, 벽에 기대선 누군가의 그림자.

눈물로 젖은 시야가 참 심술궂다. 그 사람의 모습을 제대로 보여 주질 않으니까.

혹시 제국 사람일지도 모른다고 생각했지만, 알리시아는 즉시 부정했다.

왜냐면, 목소리가 분명하게 들렸으니까.

왜냐면, 그 목소리를 그녀가 잘 아니까.

누구인지 생각할 필요도 없다.

왜냐면 그녀가, 그의 모습을 잘못 볼 리 없었다.

알리시아는——.

그와 다시 한 번 이야기를 하고 싶어서, 이 나라에 찾아왔고.

그와 잔뜩 이야기가 하고 싶어서, 같은 방에 있었으니까.

"뒷일은, 맡겨라."

"……응, 구해 줘."

이번에는 그때와 달리, 분명하게 자기 마음을 목소리에 실었다.

그것만으로 기뻤지만, 목에 떨어지는 날카로운 충격. 소년의 옛 약혼자는 세피스 펜드래건의 손날에 너무나도 손쉽게 의식을 잃었다.

"로열 나이트치고는 상당히 거친 취급인데."

그 모습을 보고, 소년은 대단히 기분이 상했는지 표정을 찡그렸다.

"……자네군."

그가 바로, 면면이 이어지는 순혈의 피를 이은 진짜 귀족.

학생이면서도, 세피스 자신이나 올리버 경에게 겁먹지 않는 엘레멘탈 마스터.

"내가 이 길을 지나는 걸 용케 알았군. 어째서지?"

"가르쳐 줄 이유 없지. 그보다 알리시아를 내놔."

"이 소녀가 그렇게 소중한가? 자네의 옛 약혼자이기 때문인가?"

볼을 쓰다듬는 바람을 느꼈다.

위화감이 들어 볼을 만지자, 손에 피가 묻은 것이 보였다.

"지금, 영창을 했나? 젊은 학생."

"죽기 싫으면 알리시아를 내놔."

"……과연. 자네는 올리버 경이 말한 것처럼 학생치고는 파격적인 힘을 가진 모양이군. 그렇다면, 그에 걸맞은 태도로 상대해야지."

세피스는 알리시아를 차가운 땅에 살며시 눕히고, 한 걸음 나섰다.

그녀에게 상처를 입힐 수는 없다. 그녀는 제국에 데리고 갈 소중한 선물이니까.

"한 가지만 가르쳐 주겠나? 자네는 설마 그 귀여운 종자를 그자리에 두고 온 건가?"

"……."

무시했군. 그렇게 중얼거리는 세피스는 마치 배우처럼 화려하게 지팡이검을 뽑았다.

어둠을 등지고, 또 하나의 미래와 마찬가지로 배신의 기사가된 남자는 조용히 웃었다.

"전하를, 안전한 장소로 데리고 가는 것뿐이야."

"거짓말이지. 위에 있던 제국 녀석들은 내가 쓰러뜨렸어. 너는 로열 나이트이면서도 놈들과 이어져 있었지."

"나름대로 실력자를 불러 달라고 했는데."

"너는 뭐가 불만인데? 왜 이 타이밍에 조국 다리스를 배신하는 짓을 해?"

"조국, 이 다리스를 조국이라고? 미안하지만 나는 이 나라를 사랑한 적 따위 한 번도 없다. 그리고 계기라면 다른 나라의 왕족이 이토록 무방비하게 나를 신뢰하는 일 따위 거의 없으니까."

"네가 배신하면 후작 가문은 끝장이야. 그런 각오가 있어서 한 행동이냐?"

"……본래, 이 타이밍에서 배신할 생각은 아니었지만, 어느 소녀의 이야기를 듣고서 깨달았지. 어머니는 죽었고, 내 뒤에는 아무도 없어. 지켜야 할 가족이 없다. 그렇다면 앞을 봐야지. 나도 그 소녀처럼 이상을 이루기 위해서 살아가려고 생각한 것뿐이야."

누구에게도 말할 생각이 없었다. 애니메이션에서도 숨겨왔던 세피스의 본심.

그것은 이 자리에 찾아온 그에 대한 포상이었을지도 모른다.

그러나 스로우는 그것만으로 충분했다.

배신의 가디언의 근본을 이해할 수 있었으니까.

"그래…… 그랬었구나. 네 근본에 있는 건 가족이었나……."

"젊은 학생. 자네는 내가 사생아라는 걸 알고 있었지. 자네가 나를 보는 시선, 도저히 같은 귀족에게 향하는 시선 같지 않았어. 자네도 내심 나를 사생아라고 깔보고 있었겠지? 데닝 공작 가문의 순혈과 비교하면 나 따위는 쓰레기나 마찬가지니까."

그때, 소년의 얼굴이 슬프게 일그러졌다.

머릿속에서는 『슈야 마리오넷』의 세계에서 일어난 모든 것이 들어 있었다.

가여운 최후를 맞이하는 배신의 가디언이 거기에 있었다.

후작 가문의 사생아면서도, 로열 나이트까지 올라간 야심가이며, 교활한 전략가.

도저히 좋아할 수는 없지만——— 그 본심을 지금 깨달았다.

"세피스…… 너는 가엾은 남자다."

"나는 모든 것을 속이고 로열 나이트에 이르렀다. 모든 것은 오늘 이 날을 위해서였어. 젊은 학생."

"아니, 너는 아무것도 모르는 것뿐이야."

귀족 사회에 고독하게 저항해온 남자 앞에서, 스로우 데닝은 지팡이를 내렸다.

지금밖에 없다. 전해야 한다고 생각했다.

그것이 모든 것을 아는, 자신의 역할이라고 느꼈으니까.

"세피스, 네 어머니는 살아 있다."

그 순간, 배신의 왕실기사의 움직임이 멎었다.

눈을 완전히 부릅뜨더니, 당장에 살의를 담은 시선으로 소년을 보았다.

"너와 펜드래건 후작이 한 약속은 이미 달성된 거야."

배신의 기사에게 가장 건드려선 안 되는 부분.

지팡이검을 쥔 손에 자연스럽게 힘이 들어가고, 세피스는 숨

쉬는 것마저 잊었다.

어째서, 세피스가 귀족이 됐는가? 어째서, 평민으로서 모든 것을 버렸는가? 파라라락. 인생을 바꾸는 결단을 한 그 날부터 오늘에 이르는 기억의 페이지가 되살아났다.

"어째서…… 그것을."

나온 말은 그것뿐이었다.

"네 어머니를 치료한 게 데닝 공작 가문 사람이야. 데닝 공작 가문에서 높은 지위에 있는 사람이라면 누구나 알고 있지. 그 후작 가문에 대한 빚이니까."

"……."

"……나는 모르겠다. 세피스. 왜 가장 사랑하는 어머니가 죽었다고 들은 다음에, 한 번도 고향에 안 돌아갔지? 후작 가문을 뛰쳐나가서, 고향으로 돌아가 무덤이라도 보러 가자고 생각하기만 했어도, 너는 사실을 깨달았을 텐데."

"……어머니가 살아 있다니, 헛소리다."

"네 어머니는 상당히 네 미래를 생각했던 모양이다. 귀족으로 살아갈 아들의 미래에 평민인 자신이 연관되면 안 된다고. 위장 죽음을 연출해달라고 부탁한 사람이 바로 네 어머니야."

"증거 따위, 하나도 없다. 네놈의 말 따위 믿을 가치가 없어."

"이 나라에서 물의 마법사가 가장 많이 모인 곳이 어디지? 다리스 왕실? 로열 나이츠? 아니, 데닝 공작 가문이야. 이 나라의 군사를 틀어쥔 데닝 공작 가문에, 정말로 애국심을 가진 재능이 풍부한 마법사가 모이는 거지. 그러니까 후작 가문도 우리 가문을 의지했다."

"⋯⋯."

다리스에서 가장 힘 있는 대귀족, 빛의 다리스 왕실에 필적하는 권위.

분명히, 어머니의 치료는 데닝 공작 가문이 품고 있는 인재를 이용하면 쉬웠을지도 모른다.

"너는, 어머니가 있는 이 나라를 버리는 거냐?"

"⋯⋯그런 말로 내가 이제 와서 망설일 거라고 생각하나?"

이미 다리스에 미련 따위 없다고 생각했다.

그렇지만―― 망설임이 생겼다.

어째서 그는 이 세상에서 가장 증오하는 아버지의 말을 우직하게 믿었을까? 한 번이라도 확인했다면 이런 학생의 헛소리에 마음이 흔들리는 일도 없었을 텐데.

"위에 있던 제국 녀석들을 심문해서 놈들이 어떻게 너를 흔들었는지 알았다. 분명히 제국이 대륙을 통일하면 네가 바라는 세상이 찾아올지도 모르지."

"⋯⋯⋯⋯그만둬라."

"가라, 세피스. 혼자서 가면 아무도 안 말려. 네 마음대로 하면 돼. 그렇지만――."

"⋯⋯닥쳐."

"네 목적에 알리시아를 끌어들이지마. 그 녀석은 아무 상관

없어."

긴 침묵에 과연 어느 정도 의미가 있었을까?

그러나, 스로우는 각오한 남자의 얼굴을 보았다. 그것은 그 배신의 가디언이 짓던 표정이 아니었다. 슬픔과 분노, 갈 곳을 잃은 감정을 감당하지 못하는 형용하기 어려운 표정.

"네 말대로, 나는…… 어머니의 묘소에 한 번도 찾아가지 않았다."

"그렇다면──."

"나는 도적단에게 정보를 흘리고, 올리버 경을 베었다. 이제 이 나라에 내가 설 자리는 없어. 북쪽으로 가서 제국의 통일에 공헌하는 것 말고 다른 길은 남은 게 없다."

그저 하염없이 지하통로를 나아가던 세피스는 알 리 없었다.

지금 극장에서 일어나는 이상 사태를.

"그래. 그러면 네 귀향을 위해서 내가 한바탕 일해야겠네."

소년은 세피스에게 다가섰다. 세피스를 올바른 길로 이끌려면 지금 말고는 없다고 직감했기 때문이다.

서로를 노려본다. 긴박한 공기가 피부를 찔렀다.

"나는 북쪽에서 인생을 다시 시작한다. 그러니 거기서 비켜라."

"유감이야. 가디언 후보. 이미 승부는── 결정이 났어."

다리에 얽히는 포박의 흙 사슬이 세피스의 온몸을 뒤덮고자 촉수를 뻗었다.

"언제나 그랬지. 이상을 내세우는 자는 발밑의 현실을 보지 못해."

"역시 재주가 좋군! 무영창으로 이 정도 재주를 부릴 수 있다니."

소년의 말에 주의를 쏟느라 주의가 흐트러졌다.

그러나 어째서 깨닫지 못했지? 용병과 마주쳤을 때 무영창으로 흙 벽을 만들어냈다고 꽃의 기사에게 들었는데.

"그렇지만, 이 정도 마법으로 로열 나이트를 막을 셈이냐!"

로열 나이트의 지팡이검을 휘둘렀다.

세피스의 마법인 빛의 파동이 이윽고 피부에 느껴지는 바람으로 바뀌더니, 더욱이 냉기를 띤 칼의 일섬에 흙의 포박이 풀려버렸다.

"데닝 공작 가문의 추락한 바람! 너는 모든 것을 가졌으면서 모든 것을 버린 어리석은 꼬마다! 내가 네놈이라면 이렇게까지 괴롭지 않았어!"

●

『슈야 마리오넷』의 세계에서는 이 나라 최고의 기사가 되는 남자가 눈앞에 있었다.

"귀족과 평민으로 갈라진 이 나라에 있는 한, 내 보금자리는 어디에도 없다! 사생아이면서도 펜드래건, 크루슈, 로열 나이츠에서 보낸 지옥 같은 나날이 나에게 진실을 가르쳐 주었다!
내 몸에 흐르는 꺼림칙한 피가 사라지지 않는 한, 지옥 같은 감
옥에서 해방되는 날은 오지 않는다!"

　세피스 펜드래건의 진심 앞에서, 그렇지만 나는 물러날 생각
이 터럭만큼도 없었다.

　급속하게 내려가는 온도. 세피스의 발치에서 땅이 냉기에 휩
싸이고, 사람이 3명 옆으로 늘어서면 가득 찰 좁은 통로가 딱딱
하게 굳었다.

　얼음의 세계, 이것은 지팡이검을 나에게 겨눈 세피스의 마음
을 나타내는 거라고 직감했다.

　그렇지만 겁먹을 이유는 아무것도 없다.

　나는 배신의 가디언이 낼 수 있는 전력을 지겨울 정도로 알고
있으니까.

　"누구보다도 평민의 피를 저주한 네가 이상적인 세계를 만들
어? 웃기지 마라."

　"명예와 재능! 모든 것을 가지고 태어난 네놈이 내 기분을 알
겠나!"

　"마지막으로 한 가지. 네가 북쪽으로 가도, 평생 배신의 십자
가를 짊어지고 죽을 뿐이야."

　"지금까지도 그리고 앞으로도 길은 스스로 헤쳐 나간다. 나
는 네놈과 달리, 이 몸 하나로 여기까지 올라섰다!"

　"……그래. 그렇다면 우리가 더 말할 이유도 없네."

한 남자 앞에서, 나는 각오를 굳혔다.

망설임도 있었다. 이 남자의 결의에 내가 개입해도 되는 걸까?

그렇지만 지금. 내가 해야 할 일은 오로지 하나. 이제 망설임은 사라졌다.

배신의 로열 나이트, 네 저주를 끊을 수 있는 건 이 세상에 나밖에 없어.

"스로우 데닝! 귀족의 상징인 네놈을 넘어서, 나는 북쪽으로 간다!"

샬롯, 난 정했어.

"세피스 펜드래건. 알리시아에게 손을 댄 너를, 단죄한다."

너뿐만이 아니라—— 내 소중한 사람에게 손을 댄다면, 용서하지 않아.

●

"아이스 엣지."

보이지 않는 정령이 들러붙어서, 세피스의 지팡이검이 파란 빛을 남기며 힘차게 빛났다.

로열 나이트의 지팡이검. 마법의 부여가 가능하도록 기사국가의 지혜를 집결해 매직 아이템의 원료가 되는 마법광석을 대량으로 사용해 벼린 무장. 하지만 스로우 데닝은 그 앞에서 지팡이를 겨눈 채 꼼짝도 하지 않았다.

로열 나이트 는 근접전투가 특기다. 마법사가 로열 나이트에게 다가가는 것은 어리석음의 절정이지만.

스로우 데닝…… 나는 너 같은 마법사를 몇 번이고 해치웠다!

세피스는 정면을 향해서, 꼼짝도 안 하고 이쪽을 바라보는 소년을 포착했다. 땅을 기며 뻗어 가는 얼음이 소년의 발치에 도달하자 다음 단계로 이행을 시작했다.

"쉐이크 가운——."

발도의 자세, 지팡이검에서 뿜어져 나온 빛의 파동은 몬스터를 상대할 때하고는 비교도 안 되는 빛을 만들어 지하통로가 온통 하얀빛으로 휩싸였다.

집행자인 세피스조차 아무것도 보이지 않는 세계. 도망칠 곳이 없는 지하통로는 세피스에게 최고의 전장이 됐다. 앞에 서 있는 적을 향해 새로운 마법성질을 띤 지팡이검을 일섬.

트리플 마스터가 전력 발도술을 한다. ——작별이다, 순혈.

"——바람의 이중 칼날!"

빛의 검이 남긴 궤적은 위력을 그대로 유지한 채 바람의 칼날로 바뀌었다. 얼음으로 움직임이 봉해진 상대를 일도양단하는 삼중 마법. 세피스가 가장 특기로 삼는 필살의 검기는—— 이 기술을 처음 보는 상대에게는 필살이다.

시각이 소용없는 공간에서, 상대는 자신의 반신이 떨어지는 이유도 모른 채 시체로 변한다.

——그랬어야 했다.

아직도 시야는 온통 백색.

아무것도 안 보이는 세상에 으스스한 정적.

반신이 떨어지는 소리도 안 들리고, 그저 시간만 지나고 있었다. 백색으로 물든 세상 속에서, 세피스는 무슨 일이 일어나도 대응할 수 있도록 지팡이검을 겨누었다. 필살의 일격이 필살이 되지 못한 것을 이해한 것이다.

과연…… 다음은, 네놈 차례란 건가?

스로우 데닝은 그 대귀족의 직계, 그 힘은 아직도 미지수.

오랜만에 느끼는 감각에 꿀꺽 목이 울렸다.

……이것은 공포인가?

그러나 나에게도 펜드래건, 크루슈, 로열 나이츠에서 단련한 자부심이 있었다.

"……보지 않아도 안다. 네놈 같은 마법사와 몇 번이고 싸워 봤으니까."

——일도양단.

감촉으로 첫 수는 불꽃 채찍^{플 레 인 드}이라고 확신. 그러나 베어 버린 마법이 모습을 바꾸었다. 타오르는 열에서 고드름^{아 이 시 클}으로 성질을 바꾸어 세피스를 공격했다.

모조리 치명상이 될 수 있는 마법의 연속.

"——핫."

세피스는 하염없이 베었다, 벤다, 찢어 낸다.

어린애가 떠올린 것처럼 노타임으로 차례차례 성질을 바꾸는 마법. 복수의 자연 현상을 이토록 자유자재로 다루는 것은 일류 마법사라도 어렵다. 그러나, 이쪽도 일류를 넘었다는 자각이 있다. 빛을 두른 지팡이검을 구사하여, 마법에 대처하고 흙덩어리와 뻗어 오는 어둠을 지팡이검으로 쳐부순다.

호흡조차 들이쉴 틈이 없고, 떨어지는 땀을 멈출 생각도 안 든다. 이미 팔과 검이 일체화된 감각마저 들었다. 세피스의 검기로 튕겨나간 마법이 천장이나 벽을 깎아내고 흙의 벽면을 격렬하게 손상시켰다. 공간이 진동하는 흔들림을 맛보면서 세피스는 계속해서 지팡이검을 휘둘렀다.

이 도시에서 태어난 자들조차 존재를 모르는 오랜 지하공간.

노후화되고 제대로 된 보강도 되지 못한 과거의 이물질. 세피스는 지하에 내려설 때 지상과의 거리를 대략적으로 추측했다. 이 정도로 날뛰면 여기저기 왜곡이 일어날 것이다—— 세피스는 소년의 마법에 대응하면서 천장에 커다란 균열이 생긴 것을 확인하더니 입가에 희미한 미소를 지었다. 소년은 아직 공간의 왜곡을 눈치 못 챘다.

그것이 계기, 지금 이 때가 분기점.

그 순간, 세피스는 왜곡이 생긴 천장에 힘을 일점집중했다. 폭발하는 것처럼 부풀어 오른 마력을 단숨에 뿜어내어 지상을 향해 파괴의 힘을 해방했다.

"에어로 슬레이브."

이 위치, 이 시간대라면, 부탁한다──. 지상에 아무도 없어라!

바람의 마법으로 단단한 암반을 꿰뚫어 버리자, 천장이 꿩음을 내면서 무너졌다. 지지대를 잃은 토사가 지하통로에 쏟아져 내리고, 분진 때문에 숨도 쉴 수 없다. 세피스는 알리시아를 들어 끌어안았다. 소년의 놀란 목소리가 들리지만, 금세 모습도 보이지 않게 됐다.

세피스는 떨어지는 무거운 잔해를 바람의 마법으로 지탱하면서, 또 다시 전력으로 마법을 해방. 제어가 아니라 파괴만을 목적으로 한 바람의 마법이었다.

화산 분화처럼 솟아오르는 기세를 타고서── 단숨에 지상으로 뛰쳐나왔다.

"이건, 대참사로군……."

휑한 밤거리.

볼을 쓰다듬는 산뜻한 바람과 코를 찌르는 신선한 공기.

괴멸해 버린 조용한 돌의 도시. 예상대로 노후화되어 버려진 주택가가 눈에 들어왔다. 주위를 둘러보았다. 사람들의 기척이나 신음 소리가 같은 것이 없는 것을 확인하고 안도의 한숨을 쉬었다. 함몰되어 융기된 땅 위에 알리시아를 내려놓았다. 바닥이 좀 안 좋지만 어쩔 수 없다.

그보다도 자신의 상태를 확인했다. 한계를 넘은 마법 행사로 몸이 묵직한 피로감을 호소했다. 오랫동안 느끼지 못했던 감각이다.

얼마 동안 제대로 움직일 수 없겠다. 차라리 그녀처럼 기절할 수 있으면 편하겠군. 그렇게 생각할 정도의 권태감이 몸을 감싸고 있었다.

"땅이 흔들렸다. 아까 그 소리는 대체 뭐야!"

"봐, 저기 땅이 꺼졌어! 땅이 갈라졌다! 다가가지 마!"

주위에서 커다란 목소리들이 접근했다.

아까 그 흔들림과 굉음이 무슨 일인가 알아보러 불빛을 든 도시의 주민들이 속속 모이고 있었다. 한 사람, 또 한 사람 모이는 주민을 향해서, 세피스는 있는 힘껏 큰 소리로 외쳤다.

"요렘의 백성들이여! 내 이름은 세피스 펜드래건, 로열 나이트다! 현재 도스톨 제국의 국적과 전투 중이다, 다가오지 마라!"

"로열 나이트님이다! 하얀 망토님이다!"

"병사를 데리고 와! 기사님이 다쳤다! 제국 사람이랑 싸우고 있댄다!"

이것이 몸에 두른 하얀 외투의 힘.

로열 나이트의 말에 의심을 품는 자 따위 이 도시에는 없었다. 요렘의 백성은 지반침하가 일어난 근처 일대에서 거리를 벌리며 병사를 부르기 위해 목소리를 높였다.

호흡을 고르면서, 세피스는 아까 그 사투를 떠올렸다.

아까 서로 쏘아댄 마법은 그야말로, 보통 마법사에겐 있을 수 없는 역량이었다.

그리고 그 성질 변화. 데닝 공작 가문의 인간을 칭송하는 농담이라고 생각했지만, 진짜로 엘레멘탈 마스터가 이 나라에 존재할 줄은 몰랐다.

"이걸로 끝이면 좋겠지만……."

"아아! 한 순간 진짜로 죽는 줄 알았네! 너 처음부터 이걸 노리고 있었구만."

혼잣말이었을 터였는데.

그러나 잔해를 밀어내면서 신음 소리와 함께 나타난 소년의 모습을 또 다시 보자, 지겹기보다는 무시무시하단 생각이 먼저 들었다. 소년은 몸에 묻은 흙을 털어내고, 기침을 하면서 이쪽을 노려보고 있었다.

역시 무사하다. 로열 나이트인 세피스가 보기에도 있을 수 없는, 규격을 벗어난 힘의 소유자.

"……끈질긴 녀석."

"하하. 나를 죽이고 싶으면 대정령이나 제국의 삼총사 정도는 데리고 와라. 부여검도 없는 로열 나이트 따위한테 당할 것 같냐."

"……여전히 입만 산 꼬마로군. 그러나 주위를 둘러보도록 해라. 자네는 이 나라 병사를 상대로 싸울 수 있을까?"

위협적인 무기를 주르륵 겨눈 병사들이 자신들을 둘러싸고 있었다.

"자아, 그가 적이다! 로열 나이트인 이 몸이라도 고전하는 상대야! 제군의 힘을 빌려주게나!"

도시의 주민이 적의를 담은 눈으로 소년을 보았다.

로열 나이트가 두른 하얀 망토의 효과는 절대적이다. 누구나 소녀를 지키듯 서 있는 수려한 기사 세피스 펜드래건의 아군이었다.

불빛을 위해서 불을 피우고, 해가 떨어지자 사람들도 찾아오지 않는 폐허에 기이한 분위기가 피어 올랐다. 세피스는 또 다시 지팡이검을 뽑아 소년을 겨누었다.

병사의 힘을 빌려서 놈을 쓰러뜨린다. 놈만 타도하면 요렘의 병사들 따위 두려울 것 없다. 자신들의 주변을 병사들로 가득 채웠고── 세피스는 이변을 눈치챘다.

"무슨 생각이지! 나는 로열 나이트, 왕실의 수호자에게 검을 겨누다니, 네놈들──!"

요렘의 병사가 든 칼날의 끝이── 로열 나이트인 그를 겨누고 있었다.

●

"로열 나이트님에게 칼날을 겨누는 것은 나라에 대한 반역!

이런 일은 결코 용납되지 않습니다!"

잔해에 파묻혀서 융기된 대지 위에 선 두 명을 수많은 병사가 둘러쌌다.

한 명은 로열 나이트, 또 한 명은 로열 나이트가 적이라고 고한 젊은 소년이다.

그러나 병사들 중에서 오직 한 명. 젊은 병사는 하얀 망토에게 칼날을 겨누라는 명령을 내린 장년 남자에게 대들었다. 장년 남자의 얼굴에는 커다란 상처 자국이 있었다. 상관의 명령에 신병이 항의하는 것은 용납되지 않지만, 로열 나이트에게 칼날을 겨누라고 지시한 그의 명령을 믿을 수가 없었다.

"봄에 입대한 신병이군, 네놈…… 이름은 뭐냐?"

"요렘 2대 보안부에 배속된 카스토마라고 합니다!"

"카스토마. 네놈은 로열 나이트가 아니라, 저 소년에게 칼날을 겨누라고 하는 거냐?"

"소, 송구하지만! 저 소년이 나라의 적이라고, 로열 나이트님이 말하지 않습니까!"

"바보 자식. 누군가 거기 병아리한테 저 소년이 누구인지 가르쳐 줘라."

그러자 익숙한 선배가 손을 잡아 끌더니, 몰려든 군중의 가장 앞줄까지 카스토마를 연행했다. 그리고 로열 나이트가 아니라 소년의 모습을 보라고 재촉했다.

어둠을 비추는 불꽃에 둘러싸인 가운데, 그 소년은 그저 로열 나이트만 바라보고 있었다.

손에는 지팡이. 마법사란 것은 틀림없다. 체형은 살이 쪘고, 꼼짝도 안 하면서 로열 나이트를 보고 있었다. 신병인 그가 이해한 것은 그것뿐이었다.

그때 선배가 가르쳐 주었다. 주시해야 할 것은 체형이 아니라 지팡이라고. 저 소년이 가진 지팡이를 똑똑히 눈에 새기라고 명령했다. 신병은 타오르는 붉은 세상에서 소년이 쥐고 있는 검은 지팡이에 새겨진 문장이 무엇인지를 확인했다.

그 이상의 설명은 필요 없었다.

신병은 떨면서 검을 겨누었다. 칼날 끝은 다른 병사들과 마찬가지로 로열 나이트의 목을 향했다.

"네놈은 참 운이 좋은 남자로군."

누가 어깨를 두들겨서 고개를 돌렸다. 아까 명령을 내렸던 커다란 흉터가 있는 남자였다. 가슴에 훈장을 단 걸 보면 남자가 군의 사관 중 한 명이란 것을 알 수 있었다.

"……저기, 설마 저 소년은 추락한 바람의——."

"데닝 공작 가문이다. 그것 말고 이유가 필요한가?"

"……아뇨. 충분합니다."

"이런 변경 도시의 신병이 데닝 공작 가문 분과 같은 전장에 서는 것은 흔한 일이 아니다. 좋은 기회야. 눈에 똑똑히 새겨라."

"넷!"

카스토마는 눈을 깜빡이는 것마저 잊고서 그 소년을 바라보았다.

이 나라를 섬기는 군속 사관들뿐 아니라 자신처럼 말단 병사들마저도 알고 있었다. 더욱이 이렇게 병사가 됐기 때문에 보다 깊게 배울 수 있었다.

기사국가를 위해서 목숨을 깎아내는 것은 로열 나이트가 아니라, 데닝 공작 가문 분들이라는 것.

그렇기에, 그 소년이 쥔 검은 지팡이가 가리키는 상대가 틀림없이 적이다.

아무리 왕실의 수호자라고 해도── 자신이 데닝 공작 가문 사람에게 칼날을 겨누는 것은 있을 수 없었다.

●

"내 이름은 세피스 펜드래건! 병사들, 왕실의 수호자에게 칼을 겨누다니 무슨 짓이냐!"

오산이었다. 설마 병사가 자신에게 무기를 겨눌 줄이야.

다리스군을 지휘하는 데닝 공작 가문의 힘이 이런 변경 도시까지 효과가 있는 것은 예상 밖이었다. 병사가 차례차례 늘어난다. 100에서 200, 그야말로 사면초가. 이미 체력의 회복을 기다릴 유예는 없었다.

"병사는 나설 기색이 없군. 고마운데. 아무래도 이 도시 요렘은 눈치가 좋은 녀석들이나, 유능한 사관이 모인 모양이야."

"······."

"자, 결판을 내자. 배신의 로열 나이트."

스로우 데닝. 너는 대체 정체가 뭐냐?

너는 추락한 바람의 신동이 아닌가?

데닝 공작 가문의 직계 남자면서 예외가 된 낙오자. 데닝 공작 가문 출신이면서 전장에 나선 경험조차 없고, 사지를 헤쳐 나온 적도 없는 자가 어째서, 어째서 로열 나이트인 나와 수많은 자들 앞에서 그토록 당당한 태도를 취할 수 있는 거지?

절대적인 자신감을 뽐내듯 소년은 이쪽을 향해서 웃었다.

마법이—— 온다. 이상할 정도로 고조되는 마력에 본능적인 공포를 느끼고, 뒤로 물러날 것만 같았다.

그러나, 한 걸음이라도 물러날 수는 없다. 물러나는 것은 패배 이상의 의미를 가진다. 무엇이 오더라도, 벤다. 불퇴의 각오와 함께 세피스 펜드래건은 지팡이검을 겨누었다.

"영광으로 생각해라, 세피스. 이건 세상을 구한 남자의 마법이야."

자만심도, 동요도 없었다.

설령 만신창이라도 세피스는 대응할 수 있을 것이다.

미래를 바꾼다. 그러기 위해 온갖 예상을 해왔으니까.

"영창의 시작은—— 발화충전."

보르기이의 마법에 맞선 올리버의 플레인드보다도 훨씬 높은 열을 가진 불꽃 앞에서, 둘러싼 병사들뿐 아니라 도시의 백성들까지 입을 쩍 벌리고 하늘에 떠오른 마법을 눈에 담았다.

압도적인 볼륨과 함께 구현된 신비로운 커다란 불꽃을 목격하고, 병사들의 마음에 감동의 불이 붙었다. 이것이, 데닝 공작 가문. 군의 정점에 서 있는 대귀족의 마법 행사.

"창생의 불꽃이여, 내 팔에 깃들라—— 열폭주.^{폴드라이브}"

그것은 아는 자라면, 한눈에 알아보는 마법이었다.

『슈야 마리오넷』의 주인공 슈야 뉴케른이 가진 힘의 일부.

불의 대정령과 함께 세상을 구한 구세주의 힘이 구현된다.

애니메이션이 재래한 것처럼, 오른팔에 하늘에서 떨어지는 불꽃을 깃들인 소년이 세피스를 향해 팔을 휘둘렀다. 방대한 닥쳐온다. 세피스가 몸을 지키는 결계가 아니라 오로지 공세를 선택한 것은 대항심 탓일까? 선택된 순혈에게, 하다못해 한 방이라도 먹이고 싶다는 바람이었다.

"정령이여, 나에게 힘을—— 쉐이크 가운!"

마지막 힘을 쥐어짜내, 닥쳐오는 폭염을 일도양단.

기백을 담아서 베어냈다.

그 순간, 기세를 그대로 유지한 빛의 발도가 바람으로 성질을 바꾸어 소년을 공격했다.

그러나, 그때 세피스는 깨달았다. 베어버린 불꽃이 갈라지고, 여파 앞에 그녀가 있었다. 세피스는 곧장 물의 결계를 발현

했지만 이미 늦었다.

"그걸 베다니 대단한데…….. 하지만 그건 예상 밖이었어."

반사적인 행동에 망설임은 없었다.

먹잇감을 바라는 불꽃이 지팡이검에 들러붙어서, 세피스의 오른팔까지 태워 버린다. 아깝지는 않다. 본래 지하 통로에서 사용한 필살의 일격이 막힌 그 시점에서 세피스의 패배는 확정된 거였으니까. 그 뒤는 그저 오기로 버텼다. 어쩌면 그때 승기를 잡을 수도 있었으리라. 전투란 것에서 때로 기적이 일어나는 것을 세피스는 잘 알고 있었다.

그러나, 세피스의 마음은 이미 꺾였다.

그렇다면 승패 따위, 싸우기 전에 정해진 것이었다.

사생아로 태어나 사회의 어둠 속에서 누구도 믿지 못하고 살아온 세피스의 인생이 고했다. 놈의 말은 모두 진실이다. 애당초, 이 정도 힘을 가진 자가 거짓을 말할 이유가 전혀 없었다.

……어머니의 생존은 모두 사실.

싸우는 의미 따위 이미 없었고, 저주할 것은 고향에 한 번도 돌아가지 않았던 자신의 삶이었다.

"네가 알리시아를 감쌀 줄은 몰랐어."

"……내 힘은, 닿았나?"

무사, 하지는 않다.

소년의 옷이 가로로 찢어졌다. 세피스는 지금 자신의 마법이 그에게 닿은 것을 확인했다. 그러나, 그뿐이다.

둘로 갈라져야 했을 몸통은 아직 건재했다. 전투에는 아무 지장도 없어 보였다.

"마지막 일격. 만약 네가 가디언의 증거인 인챈트 소드를 가졌다면 내 힘으로는 막지 못했을 거야."

로열 나이트의 증거인 지팡이검이 덜커덕 소리를 내면서 땅에 떨어졌다.

이미 지팡이검을 쥘 힘조차 남지 않았다.

……자조하는 기색으로 웃었다. 그가 가디언이 되어 왕녀를 지키는 미래 따위 이제는 상상도 못 할 일이며, 그런 미래는 있을 수 없다.

이 소년은 데닝 공작 가문의 사람. 귀족을 처벌하는 대귀족의 얼굴도 가진 순혈의 가계.

그렇다면, 자신 같은 남자에게 심판을 내리는 데 이보다 더 좋은 상대는 없으리라.

"괜한 문답은 됐다…… 끝내라."

"그래. 그럴 셈이야."

세피스는 눈을 감고, 천천히 숨을 내쉬었다.

자부심이 있었다. 다리스 왕실을 지키기 위해서 갈고 닦은 기술이다. 그러나, 그 일격이 통하지 않는다면 포기할 수 있다.

그리고, 만약 정말로 어머니가 살아 있다면——.

어머니가 살아 있는 이 나라를, 배신할 수…… 없었다.

"윽."

가슴에 이물질이 깊숙하게 박혔다.

이 감촉은 아마도 손에 익은 지팡이검. 지금까지 수많은 자를 벤 애검이, 마지막에는 나를 베는군. 그러나, 그거면 된다. 그는 빛의 다리스 왕실의 적이다.

수많은 사람들이 지켜보는 가운데, 힘이 빠져나갔다. 이 나라의 병사, 주민들이 자신을 보고 있었다. 배신자 세피스 펜드래건에 걸맞은 최후다.

"세피스, 마지막으로 할 말 있냐?"

"있지.

자네는, 추락한 바람의 신동이 아닌가?

그 힘은 뭐지?

자네는 설마, 평생을 마음 편할 일이 없는 전장에 있기라도 했던 건가?

그리고 설마, 자신의 최후를 지켜보는 자가 그녀의 주인일 줄은 몰랐다.

자신에게 각오를 다지게 해 준 자가 샬롯이고, 자신을 막은 자가 그녀의 주인. 이 무슨 얄궂은 일인가? ……남기고 싶은 말 따위, 너무나 많다.

그렇지만, 마지막으로 한 가지 말을 남긴다면——.

출혈과다로 정신을 잃어 가는 배신의 로열 나이트가 뇌리에 떠올린 것은 추억 속의 어머니가 아니었다. 추악한 순혈의 소년에 대한 원망도, 모욕도, 후회도 아니고.

"극장은──."

"진짜 주역이 진압하고 있을 거야. 안심해라."

"…………감사한다."

그 말만 남기고, 세피스 펜드래건은 실이 끊긴 인형처럼 쓰러졌다.

가슴에 퍼지는 기분은 안도와 놀라움.

어머니의 적이 되지 않아서 안도한 마음.

그리고 이상보다도 어머니가 슬픈 일을 겪지 않았으면 좋겠다는 어린애 같은 감정을 우선한 자신에 대한 놀라움.

뭐지? 뜻밖에 나는 그릇이 작은 인간이었나 보군. 어째서 그런 거창한 꿈을 꾸었는지, 이제는 알 수 없었다.

고맙다, 소년.

말을 할 생각은 전혀 없지만, 자네를 만나서 정말 다행이야.

차가운 땅에 새빨간 꽃이 피고, 가여운 배신자의 모습을 바람의 신동이 지겨운 기색으로 노려보고 있었다.

●

"오늘 나는 강해. 왜냐하면── 최고로 기분 좋거든."

"오지마오지마오지마! 누군가, 이 녀석을 막아라!"

라 퀴빌리에 극장은 충격으로 흔들리고 있었다.

그 남자가 나타나고서 형세가 순식간에 역전됐다.

도망치는 자도 나타나지 않았다. 무대 위에서 상연되던 이야기의 후속편은 그야말로 신들린 것 같았다.

조금 전까지 공주와 평민 검사의 만남을 묘사하던 무대였다.

수백 명의 관객을 매료하고 있던 단상에서 두 남자가 싸우고 있었다.

그러나 우열은 명백했다. 단상에서 춤추는 젊은이의 모습을 모두가 멈춘 채 바라보고 있었다.

보르기이의 지팡이가 뿜어내는 마법을 휘두르는 검이 지워 버리고――.

"네놈, 정체가 뭐냐!"

"안됐지만 너한테 소개할 정도의 이름은 없어. 나는 평민이거든."

"평민이라고, 거짓말――하지 마라. 그 검술은, 기사의 기술이잖아!"

검은 머리의 남자가 압도하자 보르기이의 얼굴은 조바심을 넘어서 창백함에 이르렀다.

……정말 강하다. 이런 검사는 서키스타에도 몇 없다.

검사가 한 걸음 한 걸음 다가오는 모습은 마치 사신의 행진 같았다. 온몸의 털이 곤두선다. 마법을 지우는 신비로운 검술, 정체를 파악하려고 눈에 힘을 주자 다리스의 문장이 새겨져 있었다. 그제서야, 보르기이는 간신히 눈치챘다.

"인챈트 소드! 그렇다면 네놈은, 설마…… 설마! 가디――."

"그렇게 부르는 건 안 좋아해. 하얀 망토를 두르고 있긴 하지만, 나는 지금도 옛날에도 트윈 나이트의 한쪽 날개라고 생각하거든."

"트윈 나이트……. 그러면 네놈은 그 바람의——."

그러나 마지막까지 말하지 못했다.

왕족 살해자의 가슴을 검이 꿰뚫고, 갑옷 무사로 분장한 남자는 맥없이 그 자리에 무너졌다. 너무나도 맥 빠지는 종막에, 도적단의 모두가 믿지 못하고 굳어 버렸다.

서키스타의 왕족을 죽이고, 강력한 서키스타군에서 도망친 남자. 두 명의 로열 나이트마저도 상대할 수 있다고 큰소리를 친 남자가, 이토록이나 아무것도 못하고 패하는 일이 가당키나할까?

"그러고 보니 도련님이랑 처음 만났을 때도 이런 느낌이었지……. 어이, 도적들. 이 녀석처럼 죽기 싫으면 그 자리에서 움직이지마. 헤헷, 왜냐고?"

검은 머리의 검사가 극장에서 도망치려던 도적단을 향해 단상에서 검을 겨누었다.

"움직이면 그 목을 내가 한 번 그어서 잘라 버릴 테니까. 불가능하다고? 그게 이 검이라면 된다니까."

청년의 말이 가리키는 것처럼, 곧장 신비로운 검에서 빛이 늘어났다.

"……아아, 의미가 없나? 드디어 본대가 도착했네."

시르바의 말처럼, 극장 입구가 날아가더니 하얀 외투를 입은 남자들이 흐트러짐 없는 움직임으로 진입했다. 남방의 대국 기사국가 다리스가 자랑하는 로열 나이츠가 등장한 것이었다.

종장 사랑의 확신

세피스와의 전투가 끝나고, 나는 그제야 안심했다.

그 녀석은 생각보다 강했다. 애니메이션의 그 녀석과 달리 지금의 세피스는 가디언이 아니라서 기사국가의 국보인 인챈트 소드가 없었다. 그래서 솔직히 여유롭라고 생각했는데, 설마 지하통로를 파괴해서 나를 생매장하려고 하다니…… 실제로 조바심이 좀 났다.

하아아. 상당한 피로감을 느끼면서 전투의 여파를 받은 주위를 둘러보았다.

울퉁불퉁하게 융기된 땅에, 지금도 먼지가 피어 오르는 폐허로 변한 주택가……. 좀비 같은 게 땅속에서 나올 법한 꼴이다. 본래 쓰이지 않던 구역인 것 같지만, 복구하는 데 상당한 시간이 걸리겠지. 하지만 이렇게 심한 꼴이 된 것은 내 책임이 아니다. 세피스가 이래저래 날뛰었기 때문이다.

"다가오지 마라! 흩어져! 흩어져!"

어디 보자. 수많은 병사가 불을 들고서 주민들에게 이 지역에서 떨어지라며 거칠게 말하고 있었다. 나는 그중에서도 가슴에 어엿한 사자의 훈장을 달고 얼굴에 커다란 흉터가 남은 덩치 큰 남자, 어디선가 본 장년 병사 아저씨에게 말을 걸었다. 아마 여러 병사들에게 명령을 내리고 있으니 이 아저씨가 이 자리를 지휘하는 사관급이겠지.

"개입하지 않아 줘서 고마워. 덕분에 살았어."

"이쪽도 부하들이 괜히 희생되지 않고 넘어갔습니다. 몇 명인가 마법사가 있지만 로열 나이트가 상대여서는……. 그러나 그 배신자를 압도한 마법, 지난번 치유와 마찬가지로 참으로 깔끔한 솜씨였습니다."

"적장을 치는 것은 데닝 공작 가문인 우리의 일이야. 그리고 나한테 있는 재능이래 봐야 마법 정도밖에 없으니까."

"겸손하시군요. 그 서키스타의 왕녀뿐 아니라 작은 공자님 덕분에 저는 그 몬스터 소동에서 빠르게 재기하여 직무에 복귀할 수 있었습니다. 당신의 과거가 어떻든, 저에게 작은 공자님이 은인이란 것은 변함이 없습니다."

"너, 내 정체를 깨닫고 있었구나."

"군에 오래 재적하고 있으면, 데닝 공작 가문 분들의 얼굴은 자연스럽게 기억하는 법입니다. 그러나, 설마 도시 지하에 이런 공간이…… 그걸 도스톨 제국의 입김이 닿은 자들이 알고 있을 줄이야."

신음하는 남자들을 병사들이 오래된 민가에서 끌고 나와 포박했다.

그들은 세피스와 이어져 있던 도스톨 제국의 사람들로, 놈들은 나를 보더니 작은 비명을 질렀다. 알리시아가 세피스의 제안을 받아들인 그 날부터 도시 전체를 철저하게 조사한 것이 성과를 냈다. 요렘의 지하 통로, 애니메이션에서도 사용됐던 비밀 미로의 길 중 하나에 노골적으로 새로운 횃불 등이 놓여 있는 것을 발견할 수 있었다.

나는 극장을 시르바에게 맡긴 다음 세피스가 지하 통로에 간 것을 확인하고 앞질러 가기로 결심했다. 세피스가 사용하는 길을 확신하고, 미리 확인해둔 곳에 있는 주택지의 오래된 민가로 가자 제국 사람이 몇 명 대기하고 있길래 정성스레 심문하고서 세피스에 대한 자백을 받았다. 어허, 참 즐거운 시간이었다니까.

"작은 공자님. 로열 나이츠가 극장에 있습니다. 그곳에 추기경 전하도 계십니다. 이 자리는 우리들에게 맡기고 작은 공자님은 그쪽으로."

"그렇군……. 그럴게. 아아, 내가 말할 것도 없는 일이지만 저 로열 나이트는 로열 나이츠에 넘겨. 놈들이 처우를 정하겠지."

"예!"

병사들은 입을 일자로 다물며 경례했다.

그것은 그저 학생에게 취하기에는 있을 수 없는 태도였다.

그러나 내가 가진 데닝 공작가의 문장이 들어간 검은 지팡이.

대귀족의 증거인 이것을 보더니, 병사들은 혈색이 바뀌어 전력으로 나를 따랐다.

마치, 그렇다. 자신이 소속된 조직의 정점에게 하는 것처럼. 동경하는 영웅을 보는 병사들의 시선을 등으로 느끼고, 나는 쓸쓸한 생각을 품으며 멍하니 있는 알리시아에게 말을 걸었다.

"로열 나이츠가 왔다!"

"이 나라 놈이 아니다! 수룡국가 서키스타다! 그 수룡의 나라에서 도망친 외국인 일당이 요렘에 와 있었어!"

평소에는 딱히 커다란 범죄도 일어나지 않는 평화로운 도시를, 서둘러 달려 다니는 병사들의 모습.

저녁 해가 비추는 요렘의 거리는 술렁거림과 소란에 흔들리고 있었다.

원인을 만든 놈은 세피스, 지금도 기절 중일 바보 자식.

"가디언 필두! 시르바가 로열 나이츠와 함께 찾아왔다! 가디언 세리온에 평민이 연관됐다는 소문은 정말이었어!"

아직 내 가슴속에서는 꿀꿀한 감정이 소용돌이치고 있었다.

그 녀석 최후의 표정과 말이 내가 알고 있는 애니메이션 속 그 녀석과 너무나도 달랐다. 설마 그 배신의 가디언이 될 남자에게서 극장의 안부를 걱정하는 말이 나올 줄은 몰랐다.

"저것은 빛의 인챈트 소드! 평민에게 국보를 내렸다는 이야기도 사실이었어!"

"이봐들! 시대가 변했다! 다음 가디언은 평민이다!"

더욱이, 그 최후의 말.

……대체 뭐에 대한 감사였을까?

"어이, 야―― 알리시아."

그건 그렇다 치고.

뒷모습만 봐도 기분 안 좋은 걸 알 수 있는 동맹국의 왕녀님.

그렇게 어엿했던 드레스가 너덜너덜하고, 온몸에서 심통 아우라를 뿌리고 있었다.

그렇지만 여기는 도시의 중심부로 가는 중앙대로다. 아무리 좀 고개를 숙이며 걷고 있어도 고귀한 신분이란 것은 일목요연했다. 그리고 설령 입은 드레스가 더럽혀졌어도 눈에 띄는 것은 변함이 없고, 대신에 다른 자를 압도하는 도착적인 아름다움을 풍기고 있었다.

대체 저 소녀에게 무슨 일이 있었을까? 쏟아지는 호기심 어린 시선도 빛이 바랜다. 남녀를 가리지 않고, 길을 오가는 사람들의 태반이 움직임을 멈추고 알리시아를 보았다.

가시 돋친 태도의 이유는 희한한 것을 보는 수많은 시선에 노출된 탓도 있을 것이다.

"너는 운이 나빴을 뿐이야. 누군가가 뽑았을 꽝을 뽑은 거지."

"……서투른 동정은 관둬요. 지금 기분 최악이니까."

이 녀석이 이토록 깊게 풀이 죽은 원인은 생각할 것도 없었다.

진심으로 믿고 있던 세피스에게 팔려갈 뻔한 것. 보아하니 내가 구해 낼 때까지 세피스의 내면에 숨어 있던 광기를 모두 이해해 버린 모양이군.

　기절했다가 눈을 뜬 뒤부터 계속, 뭔가 생각에 잠긴 표정으로 말이 없는 것이 증거였다.

　"……용서할 수 없어. 다시 진심으로 걷어차고 올까요?"

　"관둬. 더 이상 괴롭히면 이 세상에 돌아오질 못한다구."

　"그 정도라면 싼 거죠. 그 녀석, 누구한테 손을 대려고 한 건지 알고는 있는 걸까요?"

　"……너한테는 나중에 로열 나이츠가 정식으로 사죄할 거야. 어쩌면 추기경이 직접 시간을 낼지도 모르지. 이 나라의 중진에게 빚을 만들어 두는 건 엄청난 일이거든?"

　"그것도 마음이 무거워요. 저 혼자서 그분과 무슨 이야기를 하라는 거죠? 이 나라의 추기경은 무슨 생각을 하는지 알 수도 없고 상당히 무서워요."

　"헤에, 너도 무서운 게 있구나."

　"저를 뭐라고 생각하는 건가요…………. 그보다도."

　알리시아가 멈춰서더니 내 관자놀이 근처를 향해서 손가락으로 척 가리켰다.

　"나는, 당신이 다이어트를 시작했을 즈음부터 못 볼 꼴만 당하는 것 같아요."

노페이스에게 인질로 잡히고, 다음은 로열 나이트에게 배신당하고……. 그렇지만 이 녀석의 불운에 내가 어느 정도 관련이 있다는 거지?

배신의 로열 나이트에 이르러서는 이 녀석의 자업자득이잖아. 실제로, 나는 극장에 가기 직전까지 말렸다고.

하지만 지금 이 녀석은 머리에 피가 쏠려 있으니 그런 말을 하면 또 말다툼을 하게 되겠지.

"내 탓이라고 말하고 싶은 거냐?"

"그야…… 너무하잖아요."

그건 진짜 너무한 말이었지만, 사실 그 말이 맞기도 하다.

본래 알리시아가 북쪽으로 끌려갈 뻔하는 이벤트는 일어나지 않는다. 그러나 내가 개입한 탓인지 아직 애니메이션이 시작도 하기 전인데 알리시아는 목숨의 위기라고 할 수 있는 큰일을 두 번이나 겪었다.

조국에서는 계속 보호를 받고 있던 왕족 미소녀에게는 견디기 어려운 일이겠지.

"……두 번 다 구해 줬잖아."

"그건…… 우우우…… 그렇네요……."

하지만 분명히 그것이 메인 캐릭터 특유의 스토리 전개 분기점이라는 거겠지.

슈야와 알리시아.

애니판 주인공과 애니판 메인 히로인.

애니메이션의 메인 캐릭터는 어쩌면 내 이야기에서도 주역에 가까운 격을 가졌을지도 모르겠네.

"……어라? 좀 움직이지 말아 봐요."

"갑자기 뭔데?"

"역시…… 달라요. 돼지 스로우, 당신 오늘 뭔 일 있었나요?"

"세피스를 마구 두들겨 패고 널 구했지."

"그런 게 아니라, 다이어트 이야기예요. 어제보다 어쩐지 꽤 살이 빠진 것처럼 보이니까……."

"살 좀 빠진 거 같아? 그래?"

"전혀 달라요……. 윤곽이 평소보다 날카롭고, 체형도 조금 듬직해진 것 같은."

"극장으로 가기 전에 샬롯이 살 빼는 약을 잔뜩 먹였으니 혹시 그게 원인일지도 모르지. 요즘에 안 마셨거든. 알리시아, 너도 마르고 싶으면 그거 줄게. 아직 반 남았어."

"됐어요……. 그런 걸 마셨다간 몸이 망가진답니다."

샬롯 특제의 살 빼는 약.

나 자신은 모르겠지만, 알리시아 말에 따르면 나는 살이 빠졌다나 보다. 그것도 급격하게. 말도 안 된다고 생각하는데, 어제부터 오늘에 걸쳐서 매일 아침 하는 조깅도 못했거든. 오히려 극장으로 가기 전에 힘을 낸다는 적당한 이유를 들어서 평소보다 밥을 많이 먹었을 정도다.

　잔뜩 먹은 만큼 샬롯이 살 빼는 약을 콸콸 먹였지만……. 돌아가면 거울로 내 모습을 확인해 봐야지.

　"하아…… 우울해요……. 하지만 구해 준 건 사실이고……."

　"왜 그래? 갑자기 중얼중얼. 그보다도 얼른 가자, 알리시아."

　"시끄러워요. 이런 건 말이죠. 마음의 준비가 필요하답니다."

　"마음의 준비?"

　"그래요."

　말하자마자, 알리시아는 나를 향해 고개를 숙였다.

　어, 아, 야. 이건 예상 못한 사태인데.

　요전에 그렇게나 나를 매도하면서 소리치고, 자기 마음을 뱉어냈던 알리시아가 나를 향해 고개를 숙이다니. 믿을 수가 없다.

　"잠깐 기다려. 나는 당연한 일을 했을 뿐이야. 오히려 이 나라 사람으로서 네가 위험한 일에 휘말린 걸 사과해야지."

　"──그러면 제 기분이 안 풀려요."

　확실하게, 애니판 메인 히로인이 잘라 말했다.

　그러고 보니, 알리시아라는 소녀는 이랬다.

　설령 상대가 자신보다 격이 높은 상대라도 틀린 점은 바로잡는 고결한 존재. 그렇기에, 슈야 같은 올곧은 인간과 서로 이끌린 것이다.

　때때로 이렇게 작고 가녀린 몸 어디에 그런 에너지가 있는 거냐는 생각밖에 안 드는 힘찬 삶과 타고난 기품을 갖춘 『슈야 마리오넷』의 메인 히로인이, 옛 약혼자이자 원수이기도 한 나를 향해서 고개를 숙였다.

"……좋아, 각오는 됐어요."

중얼거린 목소리에, 무슨 각오? 라고 물어볼 틈도 없었다.

고개를 든 그 녀석은, 지금까지 짓고 있던 뚱한 표정과 딴판으로 부끄러운 기색이었다.

만월을 배경으로, 아름다운 물의 도시에 사는 공주님이.

"구해 줘서…… 고마워요."

그렇게 말하며, 알리시아는 웃었다.

그것은 세피스와의 싸움을 잊어버릴 정도였고.

이 미소를 본 것만으로, 이 도시에 온 보람이 있었다고 생각해버릴 정도로 귀여웠다.

"……."

수많은 시청자를 사로잡은 메인 히로인의 미소는 주인공인 그 녀석이 아닌 자를 향하는 일이 없을 거라 생각했다. 특히 나처럼 돼지 일직선인 천덕꾸러기에게 이 녀석이 웃어 준다니 평생 있을 수 없다고 생각했다.

그러니까 이건 너무 기습이었다.

"어째서 이쪽을 안 보는 건가요. 기껏 제가 고마워했는데, 이런 일은 흔치 않다고요!"

"시, 시끄러워! 아무래도 좋잖아."

"뭔가요! 이쪽을 보세요!"

이 녀석의 미소가 다이렉트로 내 마음을 뒤흔들었다.

마음을 꽉 붙잡힌 것 같다. 이것이 수많은 애니 캐릭터를 사로잡은 메인 히로인의 매력이란 것일까?

그러고 보니 옛날에 시르바가 말했었다.

알리시아는 분명히 미인이 될 테니까 내가 부럽다고.

혼신의 일격 같은 미소에 내가 쑥스러워하는 걸 짐작한 모양이다. 이 녀석은 내 바로 옆까지 다가와서는 고개를 들어 보라며 아래쪽에서 나를 들여다 보았다. 기특한 태도를 보여 준다 싶더니 금세 이런다. 그리고 계속 놀림 받는 것도 맘에 안 든다.

"──뺑이지롱."

"네?"

애니메이션 『슈야 마리오넷』의 정식 히로인.

나는 고개를 들어 그런 비운의 소녀를 향해 지팡이를 겨누었다.

지금부터 1천 년 가까운 옛날 이야기.

불과 흙 같은 속성으로 갈라지기 전, 옛날 이야기의 시대.

마법의 개조(開祖)라고 불리는 여성은 정령이라고 불리는 존재의 힘을 빌어, 그 시대의 사람들이 상상할 수 있는 것을 대강 뭐든지 다 해냈다고 한다.

기사국가에서 살아가는 평민은, 고도의 마법 교육을 받은 우리 귀족을 뭐든지 할 수 있는 존재처럼 생각하지만 그건 커다란 오해다. 불의 마법사라면 불에 관련된 마법밖에 쓰지 못하고, 현재 상황은 오랜 옛날과 비교하면 할 수 있는 일이 상당히 한정적이었다.

 그래서 불과 물 같은 속성에 둘이고 셋이고 적성을 가진 마법사는 귀중하게 우대를 받는다. 그래서 평민이 여러 마법 속성에 눈을 뜨면 귀족과 마찬가지 대우를 받는 걸 넘어서 작위마저 얻을 가능성이 제로가 아니다. 마법은 속성의 조합에 따라 할 수 있는 일이 몇 배에서 몇 십 배로 늘어나니까.

 "……이거, 당신이 한 건가요?"

 "아무리 그래도 그 모습 그대로는 가여우니까, 함께 있는 내 품격도 연관될 거고."

 바람, 물, 흙의 삼중 마법.

 새것처럼은 안 되겠지만 적어도 지금까지 볼품없는 드레스 차림하고는 딴판이다. 이것은 분명 나 말고는 아무도 쓸 수 없는 신비의 힘이다. 사실은 이런 일에 쓰면 안 되겠지만, 오늘은 특별하다고 해둬야지.

 "……그렇다면 좀 더 빨리 하세요. 내가 얼마나 창피한 마음으로 걷고 있었다고 생각하나요……."

 "나도 마음의 준비가 필요했거든. 예쁘게 차려입은 너는 마치 다른 사람 같으니까. 이래저래 대하기가 어렵다고."

"……그건 어떤 뜻이죠?"

"그 공주님 역할을 한 사람보다, 훨씬 예쁘다고 하는 거야."

"그래서, 어떤…… 어, 제가……."

알리시아는 뭐라고 했는지 모르겠다는 기색으로 잠시 동안 굳어 버렸다.

바람? 바람 피워? 속삭이는 바람의 정령을 완전히 무시. 이런 말은 확실하게 전하는 편이 좋다. 어렸을 적에 배운 처세술, 그리고 이 녀석도 낯간지러운 미사여구에 익숙할 테니까.

그런데 어라?

슬그머니 빨개진 얼굴을 감추듯, 알리시아가 볼에 손을 댔다.

"무, 무, 뭐. 뭔가요. 지금, 당신, 뭐, 뭐라고 한 거죠?"

"굉장히 예쁘다고 했는데."

"예쁘다고, 뭐…… 뭔가요, 그거……."

내가 그렇게까지 이상한 말을 했나? 아마 익숙해질 정도로 들었을 칭찬일 텐데, 이 녀석은 입고 있는 드레스에 지지 않을 정도로 새빨개졌다.

얼굴이 홍당무처럼 새빨개진 옛 약혼자. 그 모습은 나를 매도하던 평소 이 녀석을 봐서는 생각하기 어려울 정도로 무방비하고, 어쩐지 좀 귀여웠다.

엄청 미워하던 나에게 들은 찬사가 뜻밖이라서 믿기지가 않는 건가? 뭐, 그렇겠지. 가능하다면 언제까지나 보고 싶지만,

얼른 극장으로 돌아가서 샬롯의 안부도 확인해야지.

그래서 나는 경직된 그 녀석을 얼른 추월했다.

"자, 얼른 가자. 알리시아. 나를 놀리다니 100년은 일러."

무뚝뚝하게 말해 봤다. 그대로 서로 마주 보고 있으면 이번엔 나까지 쑥스러워질 것 같으니까.

그대로 빠른 걸음으로, 그 자리를 등지려고 하는데.

"마, 망할 돼지 주제에—— 멋 부리지 마요!"

"아야."

직후에, 머리 뒤에 무거운 충격. 발치를 보니 저 녀석이 신고 있던 하이힐이 구르고 있었다.

아오, 아파. 분명히 커다란 혹이 생겼을 거야.

그렇지만 어째선가, 그 상처를 물의 마법으로 고칠 마음이 안 들었다. 우리는 나란히 서서, 하지만 서로의 얼굴을 보지 않으며 극장까지 길을 천천히 걷기 시작했다.

극장의 차가운 외벽에 조금 체중을 맡기면서, 알리시아는 멀리 검은 머리 검은 눈의 검사를 조용히 바라보았다.

"시르바다! 저 남자가 평민이면서 왕녀의 가디언 필두라고 불리는 남자다!"

"있죠, 저 악수했어요! 저분이에요! 검의 난의 모티브가 된 분!"

이 시대를 풍미하는 평민 검사의 등장으로 공기가 일변했다.

더욱이 로열 나이츠가 통솔된 돌입을 보여주고, 즉시 극장 안이 진압됐다.

그건 그렇고 상당히 오랜만에 저 사람의 모습을 본다. 상당히 어른스럽게 보여서 지금 몇 살 정도인가 손가락으로 세어 보았다. 자신이 열여섯이니까, 저 사람은 아마도 20대 중반을 지났을 무렵. 그럼 이미 어엿한 어른이라고 홀로 납득했다.

어렸을 무렵, 데닝 공작 영지에서 자주 놀아줬던 종잡을 수가 없는 오빠.

"도련님, 역시 상당히 살이 빠졌네요! 하하, 마지막으로 봤을 때는 어린이 오크 같았었는데!"

어린 마음에 정체가 뭐지? 라고 생각했지만, 그의 정체는 옛날 저 녀석을 수호하기 위해서 선발된 두 명의 기사. 트윈 나이트 중 한쪽 날개, 평민 시르바.

지금은 하얀 망토를 입은 영웅 후보인 그가, 과거의 주인인 그 녀석을 향해 손을 들어 흔들고 있었다.

"이야. 제정신 차린 도련님이 요렘에 있단 얘기를 듣고서 로열 나이츠를 추월해 줬죠!"

"그것보다, 야! 너 주위에 사람 너무 많아! 왜 네가 나보다 인기인인 건데!"

그런 그의 곁으로 밀려드는 사람, 사람, 사람. 지금도 아직 열광이 가라앉지 않고 있었다.

······굉장한 인기지만, 평민이 가디언 후보로 선발됐다는 것

은 전대미문, 당연하다.

"알리시아 전하, 이제 그만 가시죠."

"조금만 더, 여기 있게 해 주세요, 올리버 씨."

"……알겠습니다."

끊임없이 찾아오는 사람들에게 대응을 마친 알리시아의 곁을 꽃의 로열 나이트가 따르고 있었다.

세피스에게 입은 상처는 물의 마법이 특기인 로열 나이트가 치유하여 즉시 현장에 복귀했다.

물의 마법사인 알리시아도 그런 상처를 이렇게 빨리 고치는 것은 불가능했다. 과연, 로열 나이츠에는 인재가 많은 모양이다.

그리고 간신히 움직이는 게 가능해진 꽃의 기사는 이건 자기가 할 일이라며 그녀의 옆에서 한시도 떨어지지 않았다.

그렇지만 표정은 어쩐지 슬퍼 보였다. 세피스에 대해 물어봐도 굳게 입을 다물고 있었다.

이 다음에 정식으로 추기경이자 로열 버틀러를 겸임하는 말디니와 영주의 집에서 대화를 나눌 예정이었다. 그러나 그녀가 그 추기경을 상대로 불평할 수 있을 리 없었다. 그저, 그가 말하는 대로 어떤 서류에 사인을 하게 되리라.

……귀찮아라. 그것이 솔직한 감상이었다.

"하핫, 지금 나는 하얀 망토잖아요."

"아까는 덕분에 살았지만 지금의 너 같은 건 아무래도 좋아!

그것보다 샬롯이야! 샬롯, 어디 있어! 샬롯!"

정략 결혼을 위한 맞선은 이미 지긋지긋하다.

얼마 동안 자유롭게 해 달라고 부모님에게 부탁했다. 그 기세로 다리스의 크루슈 마법학원에 가고 싶다고 했다. 부모님에게는 견식을 넓히기 위해서라고 말했지만 결국 마지막에는 자백하고 말았다.

——그 녀석과의 관계에 결판을 내고 싶으니까, 그뿐이었다.

그렇다면 어쩔 수 없다고 부모님도 납득했다. 그뿐만 아니라 등을 떠밀어 주었다.

유예는 크루슈 마법학원에 유학할 수 있는 3년. 믿을 수 없을 정도로 긴 시간을 받았다. 이유는 아마도 부모님 또한 옛날에 본 그 녀석의 그림자를 좇고 있었으니까.

기사국가의 미래라고 불리던 데닝 공작 가문의 바람의 신동.

지금도 저 녀석의 일거수일투족을 자연스럽게 눈으로 좇게 된다. 그것은 옆에 선 꽃의 기사도 마찬가지.

"올리버 씨. 잠깐, 괜찮을까요?"

"무엇이든 말씀하십시오."

"당신은 그 세피스 펜드래건이란 남자를 상처 없이 붙잡는 일, 할 수 있나요?"

"…………."

꽃의 기사는 침묵했다. 그것이 대답이었다.

고명한 기사라지만 배신의 기사가 가진 힘은 확실하다.

그러나, 지금도 큰 소리를 지르며 샬롯을 찾고 있는 저 녀석은 그것을 해냈다. 격전의 영향 따위 보이지 않고, 아무렇지도 않은 표정으로 로열 나이트 한 명을 타도한 것이다.

그것도 한 번이 아니다. 용병에 이어 배신의 로열 나이트까지.

아무도 아군이 없다고 생각한 가운데, 저 녀석만이 깨달아 주었다.

마법학원에서는 시선을 나누어도 그녀가 아니라 어딘가 먼 세계를 보고 있던 저 녀석이 그녀를 보았다. 그것도, 과거와 같은 상냥한 눈빛으로.

"샬롯, 그런 데 있었구나! 다친 데 없어? 괜찮아!?"

그것뿐인데 확실하게—— 그녀는 저 녀석에게 마음이 갔던 이유를 떠올렸다.

오직 저 녀석이, 왕족이라는 신분의 장식을 신경 쓰지 않고 자신을 봐 주었다. 나쁜 짓은 안 된다고 화를 내거나, 사소한 걸로 싸우고, 숲에 자생하는 이름 모를 과일을 먹어 보고, 그런 모든 것이 신선해서—— 저 녀석은 알리시아를 대등한 상대로 접해 준 첫 상대다.

"어, 그 지팡이는 뭐야? 어, 주웠어? 어, 전리품? 아니 무슨 말을 하는데, 안 돼!"

"도련님, 샬롯도 도적 한 명을 쓰러뜨렸어요. 하지만 역시 마법 컨트롤은 못 하는 모양이던데요. ……하핫, 정말로, 또 두 사람이랑 이렇게 만나다니…… 오늘은 좋은 날이네…….”

지금 돌이켜보면 참으로 간단한 이유였다.

알에서 태어나 처음 본 것을 어미 새라고 생각한다. 마치 아기 새 같았다.

하지만, 그 무렵의 그녀는 그것만으로도 날아갈 것 같아서, 구원받은 느낌이었다.

별것 아니다.

그녀는 계속 모른 척하고 있었던 것이다. 일부러 이 나라의 마법학원에 찾아온 것은 언젠가 옛날의 그 녀석이 돌아올 거라고 굳게 믿었으니까.

왜냐면 꿈속에서 보는 것은 언제나 과거의 추억이니까.

“하아…….”

이유는 모르겠지만, 저 녀석은 돌아왔다.

이제 리얼 오크라고 불리던 그 녀석은 아무 데도 없었다.

대륙에 이름을 떨치는 명가, 데닝 공작 가문. 남방이 자랑하는 대귀족의 직계에 걸맞은 모습. 살이 조금 많이 붙은 것이 옥에 티지만…… 지금의 모습은 역시 한 사이즈 작아진 게 아닐까?

매일 저 녀석과 함께 생활한 그녀이기에 알 수 있는 것이 있다. 더 다가가서, 어떻게 된 건지 확인하고 싶다. 하지만 그녀가 다가가는 것은 역시 창피하다…….

“전하, 어쩐 일이십니까?”

"……아무것도 아니에요."

손가락 끝에 닿는 감촉.

주머니 안에는 빨간색과 하늘색이 들어간 특별한 반지가 있었다. 데닝 공작 가문의 빨간색과 서키스타 왕실의 깊은 파란색을 모티브로 만들어진 약혼의 증거가 있었다.

"하아〜〜〜〜……."

그렇게 길고 긴 한숨을 쉬고 난 뒤.

그녀의 표정은 마치 오랜 짐을 덜어낸 것처럼 후련했다.

다리스에, 크루슈 마법학원에 찾아와서 다행이라고 진심으로 느끼고 있었으니까.

어린 시절부터 이어지는 이 사랑의 행방은 끝나긴커녕, 또 다시 타오르고 있다는 것을 깨달았으니까.

"영웅의 등장. 이미 가디언 세리온은 필요 없겠죠. 말디니."

로열 나이츠의 방문에 요렘은 끓어오르고 있었다.

도시 중심부에 존재하는 시계탑과 같은 부지에 있는 영주의 집. 주변 제후나 유력 귀족이 모인 가운데 로열 나이츠를 거느리고 마차 안에서 내리는 소녀가 한 명 있었다.

황금색 머리칼을 나부끼며 분명한 발걸음으로 땅에 내려선 모습은 신성하다. 그렇지만 어쩐지 졸린 표정이 매력 포인트였다.

옆에는 로열 버틀러. 기사국가의 숨은 지배자라고 평가받는

요하네 말디니를 거느린 그녀가 바로 기사국가의 성스러운 빛, 카리나 리틀 다리스다.

"영웅 없는 대국은 쇠퇴한다. 그것이 당신의 입버릇이었죠. 하지만 다행이네요. 이제 후보자 한 명이 나타났으니. 그리고 집안은 그 세피스를 추천했으니 문제가 안 되겠죠."

왕녀의 말에 로열 버틀러는 말 없이 고개를 끄덕였다.

반론할 생각마저 안 들었다. 왕녀의 반대에도 세피스 펜드래건을 가디언 세리온에 천거한 것은 말디니 자신이었으니까.

"여러분, 마침 적당한 기회이니 확실하게 말하겠어요."

왕녀의 말에, 알리시아를 호위하는 꽃의 기사를 제외한 로열 나이트들이 땅에 무릎을 짚었다.

미래의 여왕이 하는 말은 기사국가의 의사와 마찬가지.

"저는, 집안도, 과거도 묻지 않아요."

시대의 구분점. 세상은 전에 없던 전란에 돌입하려 한다.

적은 그저 명확하게 한 나라. 북방에 존재하는 대국의 이름은 도스톨.

후세에 크게 이름을 남기게 될, 논하는 것조차 바보 같아지는 세 사람의 위대한 영웅을 품은 초대국은 호시탐탐 남방 진출을 넘어 대륙통일을 노리고 있었다.

그런 제국의 야망에 대항하기 위해 남방 4대국의 동맹관계가 조직됐다. 그러나 최근 남방 4대동맹 안에서 기사국가의 발언력 저하가 현저한 것이 고민거리였다.

이유는 단순명쾌했다. 기사국가에는 나라의 얼굴이라 할 수 있는 영웅이 없었으니까.

"전—— 인격에 아무리 문제가 있어도, 영웅의 자질이 있다면."

그렇기에, 특이한 힘을 가진 그가 구세주로 추앙됐다.
『슈야 마리오넷』의 주인공이며, 불의 대정령 엘드레드와 목숨을 태우는 세상의 구원자.
불꽃의 열혈 접술사의 이름으로 불릴 남방의 구세주, 슈아 뉴케른이 각성할 조짐은 아직 보이지 않았다.
그래도 운명은 커다랗게 방향을 틀어, 본래 있어야 할 정사를 향해서 움직이기 시작했다.

"설령, 데닝 공작 가문과 전쟁을 하게 되더라도—— 그를, 가디언으로 지명하겠습니다."

폭풍이 가까이 다가왔다.
대륙을 뒤흔드는 대사건은, 벌써 눈앞에 닥쳐오고 있었다.

후기

격동의 연예계.

요즘 TV에서 출가다 은퇴다 하는 글자를 자주 목격합니다. 화려한 세상처럼 보이지만 뒤에서 얼마나 고생하는지 짐작도 안 된다~라고 짐작을 하면서 와이드쇼를 보고 있습니다. 즐거워라.

돼지가 살아가는 기사국가도 갑갑한 귀족사회이긴 합니다만, 지금은 마법학원 이야기의 중심이죠. 게다가 주인공은 대귀족 소년, 어떤 의미로 특권계급이라서 제멋대로 굴고 있습니다만……. 진짜 귀족사회에 연관되면 돼지도 권력에 치어서 출가하고 싶어질까요?

그런 생각을 하다 보니, 현대의 마음 편한 러브 코미디를 쓰고 싶어졌습니다.

하지만 저는 밑바닥 성공담을 좋아하기 때문에, 학원과 성공담 요소를 조합해보면 어떨까? 조금 생각해 봅니다.

천덕꾸러기가 사실은 이사장의 아들이라거나. 아니, 그냥 천덕꾸러기잖아.

천덕꾸러기가 사실은 좋은 녀석이었다거나. 이건 너무 흔하고.

죽어라고 돼지란 말을 듣는 주인공이 사실은 인간이 아니라 진짜 오크였다. 어째서 오크가 일본의 학교에 있는데? 아니, 사실 오크는 이세계에서 보낸 몬스터라거나. 의문스러우니 이 것도 관둡니다.

러브 코미디 중심으로 가슴이 뛰는 학원물이라면, 역시 특별한 학원에 입학한 일반 학생 같은 걸까요?

흔한 왕도물이지만, 역시 이것이 가장 가슴이 뜁니다. 왕도는 강하죠.

돼지도 2권이 끝나고, 이제 슬슬 이야기가 커다랗게 움직이기 시작할 무렵이 됐군요.

지금은 학원의 문제아가 갑자기 굉장한 힘을 보여서, 저건 대체 무슨 일인가? 위험하다. 위험해……. 다가서기 어렵다고 생각하는 학생이 태반이었습니다만……. 이제 그만 주인공의 변화를 보고서, 어라? 저 녀석 정말로 변했나? 대귀족 데닝 공작 가문의 사람다운 존경의 눈길을 받거나, 다른 사람이 의지하는 일이 늘어날지도 모릅니다.

그리고, 이제 슬슬 애니판 주인공인 그도 힘을 내 줘야겠죠.

슈야는 정통파 주인공 타입이라서 자신의 선택을 고민하거나, 꾸물거려서 의지가 약하게 보이는 일도 있을 법합니다.

『슈야 마리오넷』.

그를 주인공으로 삼은 애니메이션에서는 옆에 언제나 알리시아가 있었습니다만…… 어디, 돼지 이야기에서는 어떻게 될까요?

지금까지는 존재감이 너무 흐릿해서, 주인공답게(그래 봤자 애니판 주인공이지만요) 힘을 내 줬으면 좋겠어요.

그러면 또 봬요!

아이다 리즈무

돼지 공작으로 전생했으니까,
이번엔 너에게 좋아한다고 말하고 싶어 2

2019년 02월 15일 제1판 인쇄
2019년 04월 25일 2쇄 발행

지음 아이다 리즈무 | **일러스트** nauribon | **옮김** 박경용

펴낸이 임광순 | **제작 디자인팀장** 오태철
편집부 황건수 · 신채윤 · 이병건 · 이홍재 · 김호민
디자인팀 한혜빈 · 김태원
국제팀 노석진 · 엄태진

펴낸곳 영상출판미디어(주)
등록번호 제 2002-000003호
주소 21311 인천광역시 부평구 평천로 132 (청천동)
전화 032-505-2973(代) | **FAX** 032-505-2982

ISBN 979-11-319-9545-7
ISBN 979-11-319-9290-6 (세트)

실격문장의 최강 현자
~세계 최강의 현자가 더욱 강해지기 위해 환생했습니다~

1

마법 전투에 통달하여 【현자】로 칭송받은 최강의 마법사는 자신이 타고난 【문장】의
한계를 깨닫고 다시 태어나는 것으로 한계를 뛰어넘는 도박에 나섰다.
마침내 자신이 원했던 최강의 문장 【제4문장】을 가진 '마티아스'로 환생한 그는,
어째서인지 자신의 문장을 【실격문장】이라고 무시하는 미래 세계의 현실을 깨닫는데——
일그러진 현실 속에서 【실격】의 낙인이 찍힌 【최강】의 현자가 세상의 상식을 뒤엎는다!
최강 현자의 두 번째 무쌍 인생, 스타트!

신코 쇼토 지음 / 카자바나 후우카 일러스트

영상출판
미디어(주)

2019년 7월 애니메이션 방영 예정작!
신비와 미스터리가 교차하는 마술의 세계, 제4탄!

로드 엘멜로이 2세의
사건부 4

레일 체펠린
case.마안수집열차(상)

마안수집열차(魔眼蒐集列車). 그것은 지금 이 순간에도 유럽의 숲을 달리고 있는 전설.
로드 엘멜로이 2세는 천체과 '아니무스피어'의 일족인 올가마리 일행과 함께
마안 경매에 참가한다. 그러나 엘멜로이 2세의 목적은 경매가 아니었으니.
그에게 빼놓을 수 없는── 빼앗긴 긍지를 되찾는 것이었다.
마안을 바라는 자와, 마안을 꺼리는 자.
비밀 중의 비밀인 『무지개』 위계의 마안이란?
수많은 눈이 바라보는 가운데, 세 번째 사건이 막을 연다.

산다 마코토 지음 / 사카모토 미네지 일러스트

영상출판
미디어(주)